Contraste insuffisant

NF Z 43-120-14

BIBLIOTHÈQUE ANECDOTIQUE
ET LITTÉRAIRE

LES
CAMPAGNES DE MOFFINO

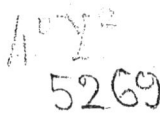

BIBLIOTHÈQUE ANECDOTIQUE
ET LITTÉRAIRE

LES CAMPAGNES

DE

MOFFINO

ÉPISODES DE LA GUERRE DE RUSSIE

PAR

Mᴸᴸᴱ ÉMILIE CARPENTIER

PARIS

LIBRAIRIE D'ÉDUCATION A. HATIER

33, QUAI DES GRANDS-AUGUSTINS, 33

La paix et l'union semblaient régner en reines... (Page 6).

LES CAMPAGNES DE MOFFINO

ÉPISODES DE LA GUERRE DE RUSSIE

CHAPITRE PREMIER

LE BEAU-PÈRE

Dans la rue San-Marcellino, à Milan, en face de l'église San-Tomaso, s'élevait, au commencement de ce siècle, une maison dont l'extérieur modeste était rehaussé par deux panonceaux dorés à neuf sur lesquels on lisait : *Notajo imperiale :* Notaire impérial, car on était en 1812, et l'empereur Napoléon Ier tenait pliée sous son sceptre la meilleure partie de l'Europe : le royaume d'Italie, gouverné par le prince Eugène, n'en était pas moins esclave de la terrible volonté du grand empereur. La maison de la rue San-Marcellino était habitée par maître

Carló Brunetti, notaire, par sa femme, la signora Brunetti, par
le fils de cette dernière, Mario, né d'un premier mariage, et par
une fillette de douze à treize ans, gaie, empressée et caressante,
une pauvre orpheline que Mme Brunetti faisait passer pour une
parente éloignée, afin de faire accepter plus aisément cette adop-
tion à son mari. Une seule domestique et les clercs complétaient
le personnel de l'habitation.

Le soir du jour où commence ce récit, on était le 15 février 1812 : les frimas avaient disparu, et l'on voyait déjà quelques
hirondelles hâtives ; le temps était doux comme ici un soir de
mai, le ciel commençait à s'étoiler, et une foule nombreuse se
pressait dans les jardins et les promenades, bruyante et affairée,
curieuse de recueillir des nouvelles sur la guerre que faisaient
pressentir les nombreuses levées de troupes et leur départ fixé à
la fin du mois. La maison Brunetti ne se ressentait pas de l'agitation générale : la signora, dont l'activité avait dû céder à la
nuit tombante, était assise près de la fenêtre ouverte, et, son
ouvrage sur ses genoux, écoutait avec une attention attendrie
un air tyrolien que Mario jouait très bien sur sa bonne flûte de
Crémone ; Bianca, la petite parente, marquait la mesure du pied
et accompagnait la danse montagnarde d'un murmure mélo-
dieux et contenu, assez semblable au ramage des petits oiseaux
dans leur nid. La paix et l'union, ces deux fées protectrices du
foyer, semblaient régner en reines dans cet intérieur charmant,
lorsque la porte s'ouvrit brusquement, et un petit homme,
maigre, brun et de figure peu avenante, entra, tenant en main
une lampe qu'il posa sur la table d'un air brutal et mécontent.

— Eh bien, quoi ? dit-il d'un ton bourru, le signor Mario
donne encore une audition du *Ranz des vaches* ? On va prendre
ma maison pour l'orchestre du théâtre des Marionnettes. Je suis
sûr qu'il y a encore plus de cent badauds à ma porte ; c'est
comme cela tous les soirs. Santo Carlo ! cela me fâche et m'irrite, madame Brunetti. Voilà plus d'une heure que j'appelle,
sonne, crie, nul ne répond. Mario aurait pourtant dû songer qu'il

avait à me rendre compte d'une affaire que je lui avais confiée. Voyons, monsieur, vous a-t-on payé?

— Oui, monsieur, répondit Mario d'un ton tout à fait en harmonie avec celui de son beau-père, et voici l'argent.

Ainsi disant, le jeune homme mit la main dans la poche de sa veste, puis dans son gilet, puis encore dans sa veste, explora, tâta toutes ses poches, les retourna et, ne trouvant rien, pâlit et jeta vers sa mère un regard plein d'anxiété.

— Eh bien! dit Brunetti en mordant ses lèvres jusqu'à les rendre imperceptibles, sera-ce pour aujourd'hui?

— Mon Dieu, monsieur, je ne comprends rien à ce qui arrive. Je suis allé ce matin chez la veuve Palmerti toucher les cinq cents livres dont l'échéance tombait aujourd'hui. Elle me les a données en échange de votre quittance. J'ai enfermé l'argent dans ma bourse, et je ne la retrouve plus sur moi.

M. Brunetti frappait le parquet de son pied avec une vivacité qui n'annonçait rien de bon.

— Mario! Mario! enfant étourdi, dit Mᵐᵉ Brunetti avec une véritable angoisse, cherche, cherche encore, mon fils. Bianca mia, cours à la chambre de ton cousin, cherche dans la commode, dans les armoires.

— Où êtes-vous allé en sortant de chez la veuve Palmerti? dit le notaire avec de faux airs de patience.

De pâle qu'il était, Mario devint rouge et baissa la tête avec embarras, mais il ne mentait jamais, et il répondit simplement:

— J'avais une heure d'avance, je suis revenu par le Conservatoire de musique, et je m'y suis oublié avec quelques amis.

— Bien, bien, très bien, dit le petit homme en rageant; vous voyez, madame Brunetti, comment votre fils entend les affaires, les courses surtout; il fait le tour de la ville! ah! ah! j'en rirai longtemps... le plaisant jeune homme! il est capable d'avoir été encore ailleurs qu'au Conservatoire.

Mario frottait le parquet du pied avec des mouvements de coursier impatient.

— Répondez, monsieur, s'écria Brunetti, changeant tout à coup son ton railleur contre celui de la colère.

— Il est vrai que je me suis arrêté au petit théâtre de Girolamo, mais je n'ai fait qu'entrer et sortir.

— Bravo ! Et mon argent, monsieur, mon argent est perdu ! Cela est certain, je suis trompé, volé.

— Perdu ! oh ! soyez en repos, monsieur Brunetti, vous ne perdrez rien de par moi, répliqua Mario avec les yeux allumés. Je vais chercher cet argent maudit par tout Milan, et si, dans deux jours, je ne l'ai pas, je vous jure que cette tête-là trouvera un moyen pour vous le rendre... !

Et le violent jeune homme, oubliant la présence de sa mère que cette scène rendait éperdue, s'élança dehors en fermant violemment la porte. Mme Brunetti voulut le rappeler, mais le notaire lui imposa silence du geste.

— Mon ami, dit-elle, que voulez-vous qu'il aille faire à cette heure ? Il y a des rôdeurs de nuit, des voleurs, que sais-je ?

— Calmez-vous, ma chère, suivez mon exemple; ne suis-je pas calme, et pourtant n'en suis-je pas là pour mes cinq cents livres ? Que peut-il arriver autre à votre démon de fils, si ce n'est d'être arrêté comme un vagabond et d'être enfermé au poste ? Diavolo ! cela ne lui ferait pas de mal, un peu de *carcere duro*.

Mme Brunetti soupira profondément et abaissa ses longues paupières pour dissimuler une larme qui s'obstinait à couler.

— Que voilà bien les femmes ! Vous soupirez, vous pleurez parce que vous ne tenez pas votre fils à la lisière. Eh bien, moi !...

— Vous, monsieur Brunetti, vous n'êtes pas son père, pas même son ami et, loin d'avoir la moindre patience pour sa nature emportée et violente, vous le heurtez à toute heure. Oh ! non, vous n'êtes pas son père, et pourtant vous aviez promis de l'être.

— Allons, allons, signora, ne divaguons pas. Je suis homme de loi, et je ne promets rien que je ne veuille tenir. J'ai adopté votre fils, je l'ai aimé, je vous ai laissé lui donner une belle éducation ; aujourd'hui, il a dix-sept ans, je veux user de mon droit de tuteur pour le pourvoir d'un bon état et en faire un jour mon successeur. Où prenez-vous que je ne suis pas son ami ? Je l'ai admis comme clerc dans mon étude, où il ne fait que bévue sur bévue, non qu'il soit sot, mais inappliqué et fantasque. Que puis-je de plus ?

— Être patient; ne pas le rebuter à tout propos; lui permettre quelques plaisirs; je le connais, si vous cédiez quelque chose, il aurait égard à vos bontés et vous serait soumis.

— Quelques plaisirs ! c'est cela : le laisser courir les théâtres; ou bien, monsieur Mario aime la musique : le laisser jouer du violon, de la flûte à toute heure du jour ! monsieur Mario aime à dessiner, à modeler, que sais-je? C'est un artiste, un garçon exceptionnel : on doit être trop heureux d'applaudir à ses talents. Mais, après qu'il aura ainsi suivi toutes ses fantaisies, qu'arrivera-t-il? sera-t-il un homme enfin ? Et, moi, je veux d'un homme pour mon héritier !

Et, sur cela, il se leva et se mit à marcher de long en large. Mme Brunetti soupira de nouveau ; puis, s'approchant de la lampe, reprit sa broderie, pendant que le notaire murmurait entre ses dents : « Cinq cents livres ! encore si j'étais sûr de sa probité ! »

CHAPITRE II

Mario s'était élancé tête nue dehors et arpentait d'un pas rapide la suite de rues qui conduisaient à la demeure de la veuve. Il y fut en moins d'un quart d'heure et lui demanda s'il n'avait pas oublié de prendre l'argent qu'elle lui avait remis ; la brave femme, très mécontente d'être réveillée en sursaut dans son premier sommeil, et effrayée outre mesure à l'idée de payer une seconde fois cette grosse dette qui avait grevé son petit ménage pour longtemps, reçut Mario avec défiance et mauvaise humeur.

— A quoi pense ce notaire d'employer un étourdi de la sorte ? grommela-t-elle. Comment, jeune homme, vous ne vous souvenez pas d'avoir ramassé les vingt-cinq napoléons et de les avoir enfermés dans une bourse rouge? D'ailleurs, j'ai ma quittance, et elle est bien en règle.

— Qui songe à dire le contraire ? reprit Mario brusquement ; personne ne veut vous inquiéter ; c'était un simple renseignement. Bonsoir !

Et il reprit sa course toujours courant. Le Conservatoire était fermé, le théâtre de Girolamo tellement encombré de spectateurs qu'il n'y avait pas à songer aux recherches. Il ne pouvait se décider à rentrer ainsi à la maison, quand une exclamation joyeuse lui échappa.

— J'oubliais que j'avais suivi l'Olona, s'écria-t-il; la maudite bourse est peut-être tombée dans l'herbe, allons!

Et, ne songeant pas à l'impossibilité de trouver un objet dans le gazon, à neuf heures du soir, Mario, tout à l'espérance, se dirigea vers la rivière. La nuit tout à fait complète était illuminée par le disque d'argent de la lune, et mille étoiles réflétaient leurs feux scintillants dans le fleuve; le silence n'était troublé que par le clapotement de l'eau et les bruits de la ville qui venaient mourir là.

— Voyons, dit Mario, je suis venu par la porte Sicinese, j'ai suivi la rivière jusqu'au borgo di Vicentio, cherchons.

Et le jeune garçon, faisant les yeux aussi grands que possible, se mit à marcher pas à pas, la tête baissée; mais, hélas! hélas! il ne vit, comme dans le conte, « que le chemin qui poudroie et l'herbe qui verdoie, » et, encore, quelques cailloux cristallisés semblables à des vers luisants, qui le firent trébucher, quelques joncs qui embarrassèrent sa marche furent tout ce qu'il rencontra.

— C'est par trop fort, disait-il avec dépit; je joue de malheur, et quelqu'un m'aura jeté le mauvais œil. Vingt fois je suis allé en recouvrements, et jamais pareille chose ne m'est arrivée. Faudra-t-il rencontrer encore le regard défiant et irrité de M. Brunetti, ou voir les yeux pleins de larmes, que ma pauvre mère essuiera à la dérobée, en disant : « Mario! ô Mario! » Et moi qui ai juré à ce notaire que je lui rendrais ses cinq cents livres! — Aïc! eh! diavolo! qui a crié, sur qui ai-je donc marché? est-ce que les cailloux trottent tout seuls par ici?

En effet, Mario avait fait un faux pas qui faillit le faire tomber. Dans le même moment, un homme sortait en rampant de derrière un arbre et, saisissant l'objet qu'avait heurté Mario, il le poussait vers la rivière en disant d'une voix sourde:

— Diavolo! cet animal-là se croit déjà poisson, il vous glisse entre les mains comme une anguille.

— Qui va là? cria Mârio en s'élançant bravement vers l'individu qui se débattait pour fuir. Un rayon de lune éclaira son visage.

— C'est Tita! s'écria le jeune homme, le montreur de marionnettes. Que fais-tu ici à cette heure?

— Tiens! c'est le signor Mario! Bonsoir à sa seigneurie, dit l'homme en redressant sa haute taille. Je venais mettre fin aux jours d'un nommé Moffino, caniche taquin, gourmand et voleur. Il ne se passe pas de jours où il ne me joue quelque mauvais tour : hier il a dévoré le Scaramouche, aujourd'hui il a presque étranglé le singe Coco ; Coco, sans lequel il n'y a pas de fête à Girolamo !

— Comment! Moffino! ce jeune caniche blanc, si beau et si bien dressé? Tu es fou ou méchant, Tita. Allons, aide-moi à repêcher ce malheureux.

— Inutile, signor ; il a une pierre au cou qui, selon toute apparence, l'empêchera de surnager.

— Birbante ! cria Mario en colère, tuer un chien, c'est lâche! mais il est peut-être encore possible de le sauver.

Et il s'avança sur la rive en talus et couverte d'herbes hautes et touffues : pour la seconde fois il se heurta, un faible gémissement se fit entendre.

— Ah ! tu as manqué ton coup, Tita, dit-il d'une voix triomphante, en tirant à lui un caniche de moyenne espèce et plus mort que vif pour l'instant. La pierre qui devait l'entraîner l'a sauvé, elle a été retenue par les roseaux, et le voilà ! Pauvre Moffino, tu l'as échappé belle ; ne tremble pas, mon bon chien, tu ne retourneras plus avec ce méchant, je t'adopte et je t'emmène.

— Bonsoir donc, signor Mario, dit Tita de son ton narquois, bonne chance ! — Je ne voulais pas de mal au caniche, autrement que cela, moi! Du moment qu'il ne couchera plus avec Coco, tout est dit! Vous devriez me donner una lire pour avoir manqué mon coup ! Vous voilà dorénavant à la tête d'un quadrupède des plus distingués.

— Una lire ! tu m'y fais penser. Tita, je venais chercher ma
bourse qui renfermait 25 napoléons à maître Brunetti. — Je la
cherchais ici, je l'ai cherchée partout; je suis désespéré.

« Tu as manqué ton coup, Tita!... (page 12).

— Ah ! bah ! monsieur Mario, vous avez perdu votre bourse
comme cela ! Qui sait ? On vous l'a peut-être volée ! Sancta
Madona ! il y a tant de mauvais ragazzi par la ville !

— Oh ! mais n'importe ! perdue, volée, envolée si tu veux,

il me faut pourtant l'argent qu'elle contenait! il me le faut, je l'ai juré à mon beau-père ! je dois trouver un moyen.

— Il n'en manque pas de moyens, dit Tita ; vous pouvez vous faire acteur à la Scala, ou frère quêteur, ou soldat ! on paye cher un remplaçant, de ce temps !

— Tais-toi, Tita, je ne te demande pas conseil ; si tu veux m'en croire, prends à droite, moi je vais à gauche. Bonsoir, Tita ; ne viens pas trop souvent à ma rencontre, car voilà Moffino qui te montre déjà les dents, et vois comme elles sont aiguës et blanches.

L'Italien haussa les épaules.

— Vous savez, dit-il, il n'en manque pas de moyens. Et il s'éloigna.

Mario connaissait ce garçon qui avait été longtemps commissionnaire, puis montreur de marionnettes. On le tenait généralement pour un paresseux, un peu vagabond même, d'une probité douteuse, mais gai, point sot, et débitant avec un sel tout particulier les lazzi que les Milanais se plaisent tant à entendre au petit théâtre de Girolamo.

CHAPITRE III

ORSQUE Mario frappa à la porte de maître Brunetti, dix heures sonnaient; il avait espéré pouvoir se glisser dans sa chambre et soigner un peu son nouvel hôte. Depuis longtemps, il voulait un chien, et cette satisfaction lui avait toujours été refusée; aujourd'hui il avait saisi l'occasion sans beaucoup réfléchir. Ce fut le notaire lui-même qui lui ouvrit la porte.

— Et les cinq cents livres? dit-il.

— Pardonnez-moi, monsieur, je suis désolé, — mais...

— Mais vous n'avez rien retrouvé? Oïmé! d'où venez-vous donc, Mario? Madame Brunetti, ma femme, venez voir votre fils!

— Eh! monsieur, laissez-moi passer, dit Mario, rouge et embarrassé.

Mme Brunetti était accourue et, en regardant son fils, elle ne put retenir une exclamation d'effroi.

Mario était entré dans la vase, et ses souliers, son pantalon en étaient couverts; le chien, qu'il avait porté pour le réchauffer, s'était tendrement essuyé sur son gilet et son habit et jusque sur sa figure.

— Et, en place de l'argent, il nous amène un chien, Dieu me pardonne! Jetez cela à la rue, monsieur! La maison est-elle une ménagerie?

— Mario, tu n'as pas retrouvé l'argent ? demanda Mme Brunetti avec inquiétude.

— Mais, ma femme, je vous avais dit qu'il ne se retrouverait pas, cet argent ! Il ne se retrouvera jamais, ajouta-t-il en regardant le jeune homme avec mépris.

— Vous vous trompez, vous, s'écria Mario pourpre de colère et de honte ; il sera retrouvé, ou plutôt il vous sera payé, je vous le jure encore, je travaillerai à n'importe quel métier, mais je saurai m'acquitter.

— Travailler ! dit le notaire avec ironie, et à quoi, grand Dieu ! Vous irez jouer des pipeaux autour des cafés, sans doute ?

— Monsieur !

— Avez-vous un autre moyen honnête de gagner de l'argent, vous qui passez vos journées dans l'inaction ou le plaisir ? Ces vies sans but, vous savez ce qu'elles produisent pourtant : témoin votre père !...

— Assez, dit Mario ; assez, monsieur ; je vous défends d'insulter mon père, qui ne peut se défendre, et je vous prouverai que, s'il n'a pas laissé de fortune, il m'a au moins légué un cœur plus fier que le vôtre.

Et Mario courut à sa chambre, où il s'enferma à double tour, se refusant à ouvrir à sa mère qui l'en priait.

Maître Brunetti demeura silencieux un instant, puis il dit avec colère : — C'est bien, tout est fini entre nous.

Ce soir-là, la signora pria longtemps aux pieds de la Madone. Elle repassa ces premières années où, jeune et veuve, elle avait remis son bonheur et celui de son fils aux mains du signor Brunetti. Tout était alors illusions et espoirs. Depuis, que de jours tristes ! Combien l'humeur emportée de son fils, la ténacité quelquefois mesquine du notaire lui avaient causé d'inquiétudes et de chagrins ! Ses souffrances journalières, cent fois plus pénibles qu'une vive douleur d'un instant, avaient fait de la jeune femme insouciante, enjouée et confiante, une femme triste, songeuse et concentrée. Mais peu lui importaient sa beauté flétrie, ses charmes envolés; la vanité était étrangère à cette âme toute maternelle. Pour un avenir glorieux et assuré à son fils, elle eût tout sacrifié avec joie, mais rien de tel ne lui semblait promis, et elle pressentait avec terreur une crise inévitable.

Quant à Mario, une fois seul, il se laissa aller à toute la violence de sa colère, maudissant, frappant, brisant tout, jusqu'à ce que son courage se fondît dans les larmes. Il pleura longtemps ; lui non plus, malgré son bel âge, ne voyait pas l'avenir heureux : placé entre un homme dont les instincts semblaient contrarier les siens, et sa mère qui ne savait que pleurer et prier, il ne se sentait pas assez d'énergie pour accepter la vie de travail qu'on lui offrait et pour gagner son beau-père en cherchant à le satisfaire. L'idée de ce sacrifice n'entra même pas dans la tête de ce jeune homme, hier encore adolescent; il ne songea qu'à se soustraire brusquement à ce genre de vie : — Je partirai ! je partirai ! disait-il d'une voix entrecoupée. Personne ne m'aime ici; il n'y a que ma mère, et encore elle m'oubliera peut-être aussi ! Non, personne ne m'aime.

Mario sentit en ce moment quelque chose de frais et de doux qui se promenait sur sa main : c'était le caniche qui le léchait en attachant sur lui son beau regard intelligent. Il passa sa main sur la toison frisée de l'animal.

— Toi, lui dit-il, il faut que tu sois mon ami, tu entends?

Moffino remua la queue et répondit par un petit grognement joyeux. Il avait compris.

Mario ne ferma pas l'œil de la nuit : on ferait un volume des projets extravagants qu'il forma. Les premiers rayons du jour le trouvèrent debout et, dès qu'il eut entendu ouvrir la porte d'entrée, il prit son chapeau et, suivi de son chien, il descendit légèrement l'escalier et sortit. Il alla tout droit à la caserne du Château et demanda le capitaine Robert Benard, qui était un peu de ses amis pour s'être rencontrés souvent au théâtre, au café ou aux promenades.

— C'est vous, Mario ? dit celui-ci un peu surpris ; venez-vous me demander votre revanche pour la partie de paume de dimanche dernier ?

— Il n'est pas question de cela, capitaine, dit le jeune homme; je viens vous demander un service.

— Parlez. Mais vous êtes très pâle. Est-ce une affaire d'argent ? Vous savez que ma bourse vous est ouverte. Le militaire français ne roule pas sur l'or, mais il a toujours de quoi obliger un ami. Est-ce une affaire d'honneur ? Vous savez que je suis votre premier témoin.

— Capitaine, je viens vous demander si vous ne connaîtriez pas quelqu'un qui eût besoin d'un remplaçant ?

— Plus d'un, sans doute ; mais vous ne voulez pas vous vendre comme tel, je suppose ? dit Benard en riant.

— Voilà ce qui vous trompe, mon cher, je veux remplacer quelque garçon riche et poltron que la conscription n'ait pas épargné.

— Vous êtes fou, Mario ; et votre mère ? Avez-vous son consentement ?

— Elle le donnera quand elle saura que mon honneur et ma tranquillité en dépendent.

— Mais son chagrin, son désespoir...

— Ce ne sera qu'au premier moment... et, puis, Bianca la consolera.

— Je vous supplie, mon cher Mario, de ne pas agir dans la colère ; vous êtes très animé.

— Très résolu, capitaine, voilà tout, et peut-être affligé.

Benard, la tête appuyée sur sa main, songea un instant.

— Certainement, je ne puis vous blâmer de venir grossir nos rangs, Mario. Il est très vrai que nous sommes appelés par le prince Eugène de Beauharnais, et qu'il nous faut passer les Alpes en mars prochain ; les chasseurs du Pô et de Corse doivent rejoindre les bataillons de l'Elbe. La conscription s'est exercée avec une sévérité sans exemple : on poursuit partout les réfractaires ; il est évident qu'on aime mieux un homme résolu et intelligent comme vous, que quelqu'un qui vient en rechignant et en tremblant de peur.

— Sans doute.

— Eh bien, allez trouver de ma part le sergent du troisième quartier : j'ai idée qu'il a votre affaire. Mais, avant, il vous faut le consentement de vos parents.

Mario secoua la tête d'un air résolu, serra énergiquement la main du jeune officier et alla trouver le sergent. En effet, le fils d'une riche famille avait tiré un mauvais numéro et avait une grande difficulté à trouver un remplaçant. Mario reçut l'adresse et retourna chez son beau-père.

— Monsieur, lui dit-il, j'ai choisi une carrière : je veux être soldat ; votre consentement m'est indispensable, j'espère que vous ne me le refuserez pas.

M. Brunetti le regarda à deux fois, haussa les épaules et, prenant une feuille de papier sur son bureau, écrivit le consentement demandé et le présenta à Mario, sans une parole.

— J'agirai, pensait-il, pour qu'on le mette dans la réserve, et cela ne lui fera pas de mal de manger de la vache enragée.

Le consentement de la mère fut plus dur à arracher et, après l'avoir d'abord refusé, si elle le donna, ce fut sous l'empire de l'indignation que lui inspirait la résolution de son fils.

Le soir, Mario arriva juste pour l'heure du dîner, il présenta à son beau-père l'acte de remplacement et lui mit les cinq cents livres sur la table.

— Monsieur, dit-il avec une amertume triomphante, vous voyez que je puis tout comme un autre gagner de l'argent.

— Tu pars comme remplaçant ! s'écria la mère en saisissant la main de son fils.

— Vous savez, maman, que je n'avais pas le choix des moyens pour payer cette dette.

— Vous n'aviez qu'à me donner un engagement, Mario, dit le notaire plus ému qu'il ne voulait le paraître.

— Vous croyiez que votre argent n'était pas perdu ? dit Mario avec dureté.

Bianca, qui n'avait cessé de pleurer depuis qu'elle savait le parti pris par son cousin, redoubla ses sanglots, et le dîner s'acheva sans que personne songeât à rompre le silence.

Les jours suivants, Mario les passa à la caserne, où les conscrits avaient ordre de se rendre pour apprendre l'exercice avant même d'avoir reçu l'ordre de joindre les corps auxquels ils devaient appartenir.

C'était Moffino qui avait délicatement saisi l'étui... (Page 25.)

CHAPITRE IV

LE DÉPART

N jour qu'il sortait de la caserne, à la brume, il se heurta contre un homme qui y rentrait, la tête basse et la démarche traînante.

— Tita! dit-il en reconnaissant l'aventurier.

— Le signor Mario! fit l'Italien. Oïmé! monsieur, que la vie est triste!

— Que t'est-il arrivé? demanda Mario en rappelant son chien qui montrait les dents aux jambes de Tita.

— Oïmé! je suis volontaire de l'armée du Pô, signor! dit le montreur de marionnettes avec un air penaud qui contrastait comiquement avec la dénomination qu'il se donnait de volontaire.

— Je ne te croyais pas la vocation militaire.

— Ni moi, signor; c'est le commissaire de mon quartier qui

m'a persuadé que je l'avais. Il m'a donné à choisir entre la prison et l'armée d'Italie. J'ai eu peur de manquer d'air, et voilà !

— Vous aviez encore fait de vos tours, Tita ?

— Oh ! fit modestement le vagabond, il arrive quelquefois qu'on se trompe de poche avec son voisin.

— Hum ! un honnête garçon que j'aurai là pour camarade !

— Comment, signor, vous partez aussi ?

— Oui, ne me l'avais-tu pas conseillé ? dit Mario railleur.

— Est-ce que c'est toujours pour l'argent ?

— Que t'importe ?

— Mais si vous le retrouviez ?

— Il serait trop tard ; j'ai tout payé ; que l'argent ne pèse pas trop à ceux qui l'ont trouvé ou pris !

— Alors cela ne vous ferait pas changer d'idée ?

— Non.

— A la grâce de Dieu, donc, signor Mario, à la grâce de Dieu, dit Tita avec un soupir d'allégement.

M{{me}} Brunetti, frappée au cœur par la résolution de Mario, lui montrait une froideur à laquelle il n'était pas accoutumé et, pourtant, elle se nourrissait de l'espoir qu'il resterait en Italie. L'unique préoccupation des esprits était le départ prochain des troupes, et les gigantesques préparatifs ordonnés par l'Empereur excitaient l'admiration des uns et la terreur des autres.

Mario semblait fuir les occasions de se trouver seul avec sa mère, soit qu'il craignît ses reproches, ou l'attendrissement auquel il pouvait céder.

Cependant, le 27 février, M. Brunetti était allé souper en ville ; Mario vint après le dîner dans la chambre de sa mère, suivi de Bianca qui l'accablait de questions, et de Moffino qui, après avoir promené un œil interrogateur sur l'assemblée, finit par s'asseoir sur le plus beau tapis. Mario avait pris sa flûte, il joua tous les airs favoris de sa mère avec tant de suavité et d'expression qu'il semblait que cette flûte parlât pour lui et redît la tristesse, le découragement et les regrets de son cœur.

Mme Brunetti se sentit, en l'entendant, le cœur serré et pria Mario de finir; celui-ci se tut; mais, s'approchant de sa mère, il la saisit dans ses bras, l'embrassa à plusieurs reprises, la suppliant de lui pardonner tous les chagrins qu'il lui avait causés. Elle n'essaya pas de lui résister.

— Oui, lui dit-elle, je te pardonne, Mario, et mon plus grand chagrin est de ne pas te voir heureux.

Elle l'embrassa plusieurs fois avec effusion.

— Promettez-moi que vous aurez du courage, lui dit-il, quand le moment de nous séparer sera venu !

— Ce ne sera pas pour longtemps au moins, dit-elle, tu n'es pas de ceux qui passent les Alpes.

Mario embrassa sa mère sans répondre et sortit.

Il ne savait pas mentir, et pourtant il n'osait se résoudre à dire à sa mère que le lendemain était le jour du départ, qu'il avait reçu sa feuille et qu'il était casé dans la 5e compagnie de fusiliers du 2e bataillon du 106e régiment de la division française Delzons.

Le lendemain, au lever du jour, les tambours battirent aux champs, les clairons sonnèrent, et les régiments qui avaient ordre de partir pour Brescia, quittèrent les casernes et se mirent en marche aux cris de : Vive l'Empereur !

— Les troupes quittent Milan ! dit Bianca en allant à la fenêtre, où Mme Brunetti la suivit. Mais l'une et l'autre croyaient bien que Mario restait encore à Milan pour un certain temps.

La mère s'apitoyait sur le sort de ces vieux soldats qui allaient encore tenter le sort des batailles, sur celui de ces jeunes conscrits, ignorants dans la manœuvre, destinés à tomber les premiers sous les coups ennemis, lorsque ses regards s'arrêtèrent sur une brune tête qui levait les yeux en passant et qui, en la voyant, parut frappée de crainte et de douleur. C'était son fils.

— Mario ! s'écria-t-elle, mon enfant !

Les clameurs de la foule couvrirent ses cris, et elle demeura un moment privée de sentiment. Elle fut rappelée à la réalité par Bianca qui lui tendait une lettre trouvée dans la chambre de Mario. C'était un adieu tendre et dévoué, un pardon pour le passé, une espérance pour l'avenir, la répétition de tout ce qu'il lui avait dit la veille. Elle la lut et relut cent fois dans la journée, s'abandonnant à toute l'amertume de sa douleur. Hélas! bien des mères pleurèrent ce jour-là dans Milan, bien des épouses, bien des enfants : n'en avait-on pas encore fini avec la guerre, et quel était le sang qui allait couler? Dans les premiers instants de sa douleur, il sembla à Mme Brunetti qu'elle venait de faire un mauvais rêve, que Mario était dans la ville et qu'à l'heure du repas il allait venir prendre sa place accoutumée ; tantôt elle croyait l'avoir vu pour la dernière fois et se laissait aller au plus violent désespoir ; tantôt, cédant à un reste d'indignation, elle l'appelait ingrat, cœur indifférent, se reprochant les tendresses dont elle l'avait comblé, puis les larmes revenaient, son cœur s'amollissait, et elle n'éprouvait plus que de la pitié et de l'amour pour ce pauvre enfant de dix-huit ans à peine, son fils unique, exposé à tous les hasards de la guerre ; elle se rappelait sa vie peu en harmonie avec ses goûts et, oubliant ses colères, ses injustices, elle s'accusait de n'avoir pas su le comprendre.

Il faut être mère et avoir vu partir son enfant, sans espérance de le revoir, pour comprendre la douleur mortelle de Mme Brunetti. Son mari n'essaya pas de la consoler, il la laissa pleurer en paix, c'était ce qu'il avait de mieux à faire ; lui-même était affligé du départ de Mario plus qu'il ne voulait en convenir.

Cependant Mario entendit longtemps le cri de sa mère retentir à ses oreilles : il aurait bien voulu pleurer, mais il ne le pouvait pas.

Quoiqu'il fût brave, le son des clairons ne pouvait faire taire en lui ce sentiment intime et déchirant qu'on éprouve quand on quitte sa ville natale pour une expédition lointaine. Les murs, les maisons, les arbres des promenades prenaient à ses yeux une expression douloureuse qui semblait le rappeler en arrière. Quand il franchit la porte orientale qui s'ouvrait sur la route de Brescia, il ne put refouler un sanglot qui lui étreignait la gorge.

— Adieu donc, se disait-il; adieu, mère, patrie, art, avenir! me voilà seul, bien seul! ô ma belle ville, ô mes prés fleuris! ô mon enfance! adieu, adieu!

Les clairons sonnaient toujours, les tambours résonnaient, et ce bruit militaire retentissait dans l'âme de Mario comme un glas sinistre, sonnant le départ pour un autre monde. Quand il se retourna pour donner un dernier regard à Milan, le dôme se perdait dans le brouillard, très épais ce matin-là, et le jeune homme se dit que tout était bien fini. Il marchait la tête baissée, songeant et soupirant, lorsque la courroie qui retenait l'étui de fer-blanc contenant sa feuille de route se détacha; avant qu'il n'eût eu le temps de se baisser pour le ramasser, *quelqu'un* l'avait devancé: c'était Moffino qui avait délicatement pris l'étui dans sa gueule et qui, s'obstinant à le garder, trotta bravement aux côtés de son maître qu'il n'avait pas quitté d'une semelle depuis que celui-ci l'avait sauvé. C'était la seconde fois que ce brave chien venait couper court aux tristes pensées de Mario ; sa vue fit, en effet, diversion au chagrin de l'enfant (à dix-sept ans, on est encore un enfant), il se mit à lui parler, à l'encourager, à s'amuser de son air important et pressé, et finalement s'applaudit de l'avoir sauvé, pressentant un gai et utile compagnon de route dans ce bon chien.

CHAPITRE V

LE SERGENT MARENGO

O N marchait sans trop se presser, et l'on s'arrêta dans un petit village pour y passer la nuit. Mario rêva beaucoup tout éveillé ; il regretta, il espéra. Le nouvel avenir qui s'ouvrait devant lui pouvait être beau : avec de la bravoure, du savoir et du sang-froid (il ne brillait pourtant pas par là, on le sait, mais on s'abuse aisément), on arrive à tout. Quel conscrit ne s'est rappelé ces paroles de je ne sais quel général : « Soldats, il y a dans votre giberne un bâton de maréchal. »

Le lendemain, en reprenant sa marche, Mario fut plus surpris que charmé de se trouver à côté de Tita, le saltimbanque.

— Mais oui, signor, c'est moi, dit l'Italien qui avait bien vu le mécontentement de Mario ; quel bonheur ! je suis de votre compagnie ; dame ! deux compatriotes !

— Je ne suis pas votre compatriote, Tita, puisque mon père était Français et que je n'ai pas été naturalisé Italien.

— Oh ! signor, ne me regardez pas avec cet air contrarié, nous n'en sommes pas moins deux pauvres exilés ; et, puisque nous sommes destinés à trotter assez longtemps ensemble, veuillez prier mon ci-devant acteur Moffino de respecter mes jambes, car il fait tort à l'État en déchirant mes pantalons. Ce n'est plus moi qui fais les frais de ma garde-robe !

Mario, qui ne se souciait pas de causer, rappela son chien à l'ordre et ne desserra pas les dents jusqu'à Brescia où l'on arriva le soir.

Chaque bataillon fut envoyé dans la partie qu'il devait occuper; celui dont Mario faisait partie fut dirigé sur l'hôpital et, après une distribution abondante de vivres, les compagnies se

Le sergent Marengo.

groupèrent dans les dortoirs, dans les réfectoires, dans les cours et les corridors.

La plupart s'étendirent, la tête sur leur sac, et ronflèrent à ébranler les murs. D'autres s'assirent et se mirent à fumer, et entamèrent de longues conversations.

Le sergent Marengo, dans la compagnie duquel étaient Mario

et Tita, n'avait pas encore eu le loisir d'examiner ses deux
recrues; il écarta le cercle de soldats qui l'entouraient et fit
signe aux jeunes gens d'avancer; quand ils furent debout devant
lui, il se mit à les regarder à son aise tout en tirant sa longue
moustache grise. Mario supporta impatiemment cet examen.

— Sergent, dit-il, est-ce que cette visite fait partie de l'exercice ; et avez-vous l'ordre de prendre mon signalement ?

— Hum! hum! jeune conscrit, il ne faudra pas parler sur ce
ton à un chef quand vous serez sous les armes, parce que la
salle de police vous connaîtrait. Ceci dit, vous me plaisez parce
que vous avez l'air d'un luron qui ne se laissera pas marcher
sur le pied. Au régiment, on ne déteste pas ceux qui se rebiffent
un peu. Quant à vous, le grand, dit-il à Tita qui se dandinait
et prenait un air innocent, ne faites pas l'air bête, car je sais
que vous ne l'êtes pas : on a ses renseignements. Ah! çà, les
camarades, on va donc voyager?

— C'est probable, dit Mario; mais où allons-nous? jusqu'à
présent j'ai marché comme un aveugle; je ne serais pas fâché
de me renseigner.

— Nous allons faire un voyage d'agrément qui ne finira
pas demain, et j'ai idée qu'on entendra jouer bien des instruments.

— Où donc allons-nous? dit Tita.

— Où allons-nous? répéta un jeune soldat, en se balançant
comme Tita.

— Vous, conscrit, vous avez un beau corps pour gauler des
noix; mais gare au vent! vous seriez vite à bas.

— On peut se plier sous le vent et se relever après, répondit
Tita avec un large sourire.

— Mais, dit Marengo en fronçant ses sourcils touffus, dans
l'état que nous faisons, Italien, on ne plie pas, on reste debout
ou on est renversé!

— Bravo! le sergent Marengo, dirent les soldats qui l'entouraient, pendant qu'il relevait fièrement sa belle tête résolue

traversée par une balafre, qui partait du front et finissait au bas de la joue.

— Écoutez tous, vraisemblablement, dit-il, soldats de la 5ᵉ compagnie de fusiliers du 3ᵉ bataillon du 106ᵉ régiment ; nous agissons en ce moment comme qui dirait en tapinois : l'Europe ne se doute pas que nous marchons. Tous nos corps se réunissent à Brescia, ou à Vérone, ou à Trieste ; puis, de là, ils vont s'enfiler à travers les Alpes, traverseront le Tyrol, entreront en Bavière, et, une fois là, enfants, on saura du nouveau. Les Polonais sont rappelés d'Espagne, une partie de l'armée d'Italie va aller les remplacer pour tenir en échec les *habits rouges* que j'exècre, que nous exécrons tous !

— C'est vrai, reprirent les soldats en chœur, à bas les Anglais et leur Wellington !

— Eh bien ! mes amours, une fois là-bas, nous trottons, nous trottons jusqu'à ce que les Cosaques viennent sur nous avec leurs vilains bonnets de peau d'ours, et nous les battons, et nous plantons le drapeau français sur toutes les villes de Russie : ça n'est pas plus difficile que ça.

— C'est donc notre régiment qui va là-bas, demanda un vieux soldat en faisant la grimace.

— Sans doute et d'autres encore ; mais, si tu as peur, mon vieux Landais, je te mettrai dans ma poche.

— Peur ! peur ! on n'a pas plus peur que toi, Marengo, dit l'autre en mâchonnant son impériale, et, si c'était un autre que toi qui me dise cela, Brigitte lui dirait un mot.

— Brigitte ? demanda Mario étonné qu'une femme se mêlât de ces choses.

— C'est son sabre, dit Marengo : il l'a appelé comme cela en mémoire de sa promise qu'il n'a pas trouvé le temps d'épouser depuis vingt ans qu'il fait la guerre.

— C'est bon, c'est bon, reprit Landais, ce n'est les affaires de personne, ça. Mais la guerre en Russie ne me sourit pas,

parce que je me rappelle la guerre de Pologne, en 1807 ; il sera
beau, ton voyage d'agrément !

— Môssieur Landais, un soldat français ne cherche pas
l'agrément, mais la gloire.

— Et il trouve la mort, dit Tita.

— Diable ! diable ! dit Marengo, si l'on est disposé comme
cela au départ, ce n'est pas de bon augure.

— Le fait est, dit Landais, qu'on avait assez piétiné l'Europe
depuis quinze ans, on pourrait se reposer. L'Empereur ne s'ar-
rêtera donc jamais !

— Et qu'il fait bien, dit Marengo, puisque personne ne l'ar-
rête. Comment c'est toi, Benoît Landais, toi à qui il a donné ce
petit bout de ruban rouge le lendemain d'Eylau, qui veux lui
marchander ses campagnes. Il nous a menés assez de fois à la
victoire, pour qu'on lui passe ses fantaisies.

— Ainsi, dit Mario, ces bruits de rupture avec la Russie
étaient vrais, et la guerre est déclarée.

— Je n'ai pas dit ça, conscrit, je n'en sais rien ; mais je suis
sûr que nous y allons, et nous travaillerons ferme ; on y aura
chaud malgré le froid.

Et Marengo, enchanté de ce dernier trait, poussa un sonore
éclat de rire.

— Nous allons traverser l'Europe, sans secours, mal venus,
dit Landais qui était homme de sens et bon raisonneur, bien
que, au fort du combat, il brûlât autant de poudre qu'un autre.
Nous y sommes chéris en Europe ! et, si tous ces braves gens,
Autrichiens, Saxons, Prussiens l'osaient, ils nous mangeraient
à la croque-au-sel.

— Tais-toi donc, vieux trembleur, dit Marengo, tu vas donner mal au cœur à mes deux nouvelles recrues.

— N'ayez pas peur, sergent, dit Mario ; je sais qu'on ne
marche pas à la guerre en reculant, et je tâcherai de me rendre
digne de l'armée d'Italie.

— Petit blanc-bec, dit Marengo enchanté en tapant sur

l'épaule du jeune homme, je te répète que tu me plais, et je n'ai pas l'habitude de mesurer le courage aux moustaches, ajouta-t-il en jetant un regard sur Tita qui, avec sa longue barbe noire et épaisse, ressemblait assez à un bandit.

La retraite battait en ce moment, chacun se coucha ; seulement Pierre Lenoir, qui était un jeune soldat fort gai et assez étourdi, dit avant de s'endormir :

— Soldats, le conscrit Mario vous invite tous à trinquer pour sa bienvenue, demain, avant le départ de la mère Antoine.

Mario l'approuva, et l'on s'endormit en riant.

Ce que le sergent Marengo pressentait et annonçait à ses camarades était très vrai : Napoléon irrité contre les Anglais, surtout à cause de la campagne d'Espagne, s'était juré de ruiner à jamais cette puissance, et il maintenait le blocus continental avec un redoublement de sévérité. Cette combinaison, fruit de sa profonde politique, offrait de grandes difficultés, puisqu'il fallait tenir tous les peuples sous sa loi et fermer, de concert avec eux, tous les ports de l'active Angleterre. La plupart des nations intimidées avaient obéi ; mais la Russie était accusée d'entretenir en sous main des échanges avec cette puissance qu'elle aimait et admirait tout ensemble. Nos rapports avec cet empire s'étaient donc refroidis depuis 1811, lorsqu'au mois de mars de cette année elle rappela, des bords du Danube, l'armée qui combattait les Turcs avec succès. Napoléon reprit dès lors l'idée, qu'il n'avait jamais abandonnée, de continuer la lutte avec le Nord, et peut-être de refouler en Asie ces peuples qu'il ne reconnaissait pas Européens. En conséquence, il hâta ses armements et exerça la conscription de la façon la plus sévère. De grandes rigueurs furent exercées contre les déserteurs et contre leurs familles : il fallait des hommes et, quand Napoléon avait dit : « Il faut, » il ne connaissait pas d'obstacles. Le maréchal Davout, le meilleur organisateur des généraux de ce temps, reçut le commandement de l'armée de l'Elbe et, dès lors, l'Empereur se préoccupa de réunir assez de vivres pour alimenter cinq cent mille hommes pendant un an. Les avoines, les blés, les grains furent accaparés. 1.500 voitures devaient transporter le biscuit. Des vivres pour cinquante et soixante jours seraient placés dans des chars à bœufs et des chars à la comtoise et suivraient l'armée. Il voulait aussi réunir le pain et la viande dans les mêmes convois. On moulut le grain et on enrôla des maçons qui devaient construire des fours pendant la campagne, parce que le soldat préfère le pain au biscuit. Le maréchal Éblé avait fait réunir tous les matériaux nécessaires à la construction d'un grand nombre de ponts. Et Napoléon, convaincu d'avoir ainsi détourné toutes les difficultés, s'écriait : « Avec de tels moyens, nous dévorerons tous les obstacles ! » Pendant que s'accomplissaient tous ces préparatifs, en janvier 1812, le prince Eugène reçut l'ordre de quitter l'Italie avec les régiments français et italiens, vers la fin de février, afin de rejoindre, en mars, les corps commandés par Davout. Toute l'armée devait franchir le Niémen à la mi-juin, pour se trouver, au temps des moissons, en Russie.

La Prusse, encore humiliée et meurtrie par les sanglantes défaites d'Eylau et de Friedland, fut pressurée d'impôts et dut nous fournir des hommes : le tout lui coûtait 90 millions ; à ce prix, elle avait le droit de se dire notre alliée. L'Autriche apportait aussi son contingent, mais en apparence elle conservait plus de puissance, étant liée à l'Empereur par l'archiduchesse Marie-Louise. Pourtant, malgré cette apparence de force, l'Empereur commençait à perdre de son prestige en France : des clameurs mécontentes remplaçaient parfois ces acclamations passionnées qui l'avaient enivré tant de fois : la disette avait augmenté la misère ; la conscription atteignait toutes les classes ; le blocus arrêtait le commerce. Mais, si la France se lassait et se refroidissait, c'était encore pis à l'étranger : l'Europe s'indignait sourdement de se voir sans cesse harassée et foulée par ces troupes victorieuses et remuantes, combattant pour l'ambition d'un seul homme qui renversait les antiques monarchies avec autant de hardiesse qu'il en créait de nouvelles. L'idée d'une nouvelle guerre les épouvantait autant qu'elle les indignait et, si la fortune nous était contraire, on pouvait dès lors prévoir de sanglantes représailles.

Napoléon traitait dédaigneusement ces plaintes et ces murmures de vaines clameurs, il marchait toujours, l'œil ardemment attaché sur son étoile, jusqu'à ce que quelque chose de plus fort que les rois et les peuples ensemble l'arrêtât : la volonté de Dieu qui allait lui dire dans les déserts glacés de la Moscowa : « Tu n'iras pas plus loin ! »

On se lie vite au régiment ; dès le matin de son arrivée à Brescia, Mario comptait un ami, Marengo, et plusieurs bons camarades. L'air brave du conscrit, sa belle figure ouverte et noble, sa jeunesse lui avaient conquis la sympathie de la compagnie. Il revêtit, ce matin-là, l'uniforme de son régiment : la capote lui parut horriblement pesante, les gros souliers et les guêtres autrement lourds que ses bottes ; le sac, le sabre, le fusil, les buffleteries l'empêchèrent de remuer tout d'abord ; mais, ne craignant rien comme le ridicule, Mario s'harnacha courageusement, enfonça son gros schako sur les yeux pour ne pas avoir l'air étonné d'un Jeanjean, et courut au pas de course à la cantine où il avait rendez-vous.

Ses camarades l'acclamèrent et la cantinière le reçut très bien.

C'était une femme de trente-cinq à quarante ans ; très soignée, très ponctuelle ; d'une figure intelligente et bonne plus que belle. Les soldats du bataillon l'aimaient tous, vantaient sa probité en temps de paix et sa charité inépuisable en temps de guerre. Les chirurgiens la connaissaient bien, et lui reprochaient en riant d'exercer illégalement la médecine.

— Versez bien, mère Antoine, dit Pierre Lenoir, c'est le conscrit qui régale.

— Vous allez donc lui vider sa bourse, à ce pauvre enfant ?
dit-elle.

— N'ayez pas peur, dit Mario en souriant avec contrainte,
j'ai de l'argent, beaucoup d'argent.

— Beaucoup d'argent, dit la mère Antoine, levant légèrement les épaules. Vous en verrez la fin, mon jeune camarade,
ménagez-le.

— Il doit avoir près de deux mille francs, chuchota Tita à
un soldat. Il s'est vendu comme remplaçant.

— Comment, camarade, dit le soldat, vous aimez donc bien
la guerre que vous vous êtes fait remplaçant?

Mario rougit.

— Je crois pouvoir vous promettre que je me battrai bien,
parce que la lutte m'enflamme et que j'aime à triompher ; mais
mon goût naturel ne me portait pas vers l'état militaire ; des
circonstances imprévues m'ont jeté là. Mon père était Français,
comme le prouve mon nom de Du Vallon ; il s'était battu dans
la guerre de Sept ans ; ma mère est Italienne et, quoiqu'elle
déteste la guerre et tremble quand on décharge un fusil, je l'ai
vue pleurer d'émotion au son de la musique militaire, ou quand
une proclamation de l'Empereur annonçait vos victoires ; elle
m'a appris à aimer votre drapeau, et je me sens d'humeur à le
suivre jusqu'au bout du monde.

On salua ces paroles d'un toast général porté au drapeau, à
l'armée et à la France. On aurait acclamé ainsi tous les États
l'un après l'autre, si le clairon n'eût annoncé qu'il fallait se
réunir en corps d'armée, pour être passés en revue par le
prince Eugène et Junot qui étaient arrivés.

Le capitaine Benard, quoique aimable compagnon, était,
comme tous les jeunes, très rude pour la discipline ; ses lieu-
tenants suivaient son exemple ; il n'y avait que le lieutenant
Lerowsky, un grand jeune homme triste et sérieux, qui tem-
pérait cette sévérité par une extrême douceur ; aussi l'aimait-
on beaucoup au régiment. C'était lui qui portait le drapeau.

Tous les hommes de Benard furent des premiers à leur rang. Le vice-roi d'Italie avait un visage doux et noble ; sa personne élégante était rehaussée par une certaine grâce chevaleresque qui le caractérisait. Junot, duc d'Abrantès, remarqué par Bonaparte à Toulon, de simple soldat devenu général de division et gouverneur de Portugal, avait perdu dans l'estime de l'Empereur à cause de son dernier échec dans cette province ; il devait cependant partager le commandement des Italiens et des Bavarois avec Eugène. Il souffrait beaucoup d'une blessure sur le crâne, reçue depuis peu ; c'était sans doute ce qui lui donnait cet air sombre et triste, peu en harmonie avec son caractère habituel. Il occupait la droite du vice-roi, entouré de l'état-major. Tous les chefs étaient brillants, chamarrés d'or, couverts de décorations ; leur visage respirait la résolution et la confiance, ce qui impressionna favorablement l'armée. Quand la compagnie de Marengo défila, le prince Eugène lui dit, en fronçant le sourcil à la vue de Mario :

— Comment se fait-il qu'il y ait de si jeunes recrues dans le 106e ? Les conscrits devaient former la réserve.

— Mon général, dit Marengo, je ne suis pour rien dans l'enrôlement du jeune homme ; mais il y avait des vacances dans la compagnie, le capitaine a choisi dans les nouveaux, les mieux bâtis et ceux qui demandaient à partir.

— Avancez ! dit le prince, avec un léger mouvement d'épaules.

Mario était ébloui par cet appareil militaire : la musique, les chefs, toutes ces troupes bien vêtues et bien armées lui semblaient annoncer un triomphe sûr : il était impossible que de si beaux soldats, à l'air si mâle, pussent jamais connaître la défaite. Tita paraissait avoir pris son parti et chantonnait entre ses dents, avec la même gaieté indifférente qu'il avait en rangeant les chaises devant le théâtre de Girolamo.

CHAPITRE VI

PRÈS avoir traversé la Chiese, on arriva dans une plaine au nord d'Arco ; c'était là qu'on devait passer la nuit ; pour la première fois, Mario allait connaître le bivouac. Les distributions de vivres ayant été faites, on s'était groupé, les feux s'allumaient, et l'on s'apprêtait à faire la soupe. Marengo, Landais, Lenoir, Tita formaient un groupe : la soirée était belle, les feux allaient bien, les estomacs sonnaient le creux, tout présageait donc un souper agréable, et cependant Marengo était triste, il regardait les étoiles, tirait sa moustache, jurait en sourdine à propos de rien et tenait sa pipe à la main sans l'allumer.

— Qu'est-ce qu'a donc le sergent ? dit aimablement Tita, que l'odeur de la soupe rendait toujours fort gai ; il ne nous raconte rien ce soir ; est-ce que ça le fâche de laisser la belle Italie ?

— Silence ! conscrit, dit brusquement Landais, quand les gens ne parlent pas, c'est qu'ils veulent se taire ; laissez-le tranquille.

— Chaque fois que l'on couche à la belle étoile, dit Lenoir, c'est la même chose ; le sergent tombe dans ses humeurs noires ; c'est parce qu'il songe à un ancien qu'il aimait et...

— Et qui est tombé pas loin d'ici, reprit Landais ; pas vrai, camarade ?

Le sergent Marengo secoua la tête.

— C'est vrai ça, dit-il ; c'est une idée qui me revient comme ça de temps en temps, et que je ne puis chasser. Je n'étais que volontaire sans souliers, je me battais avec ce que je trouvais, et, dame ! j'en abattais comme un autre. Je l'avais vu à l'armée du Rhin, et il m'avait plu : c'était Desaix, quoi ! le sultan juste, comme on l'appelait en Égypte; et, voyez-vous, soldats, il y avait en lui l'étoffe de cinq généraux d'aujourd'hui. Par une nuit comme celle-là, j'étais au bivouac et je pleurais comme un niais, parce que ma pauvre mère était allée de vie à trépas; voilà qu'il vint à passer, il m'entendit, s'approcha et se mit à me consoler : il me serra la main, et finalement me parla comme un ami à un ami.

« — Général, lui dis-je, car il m'enhardissait, emmenez-moi avec vous, partout où vous irez, que je combatte à vos côtés. » Il sourit, et le lendemain j'étais sergent dans une compagnie de son avant-garde. Je le voyais tous les jours, et il me demandait si j'étais consolé. A Marengo, le 14 juillet 1800, le Premier Consul l'envoya à la tête de 6,000 hommes, dont j'étais, pour couper la route aux Autrichiens : je le vis tomber frappé en pleine poitrine, je m'élançai en avant, furieux comme un lion, pour le venger; bref, je descendis tant d'Autrichiens que, le lendemain, j'étais porté à l'ordre du jour et je reçus un sabre d'honneur ; mais peu m'importait : Desaix mort, il me sembla longtemps que rien ne pourrait plus réussir. Marengo ! Marengo ! était le mot qui me revenait sans cesse sur les lèvres. C'est depuis lors que les soldats m'ont donné ce surnom. Ah ! je voudrais que les Autrichiens finissent par ne plus être nos alliés, car j'ai toujours à venger ce mort-là !

En ce moment des cris mêlés d'aboiements retentirent, et Moffino, se précipitant au milieu du cercle avec tant de brusquerie qu'il faillit renverser la marmite, jeta aux pieds de son maître un objet sur lequel il se tint en arrêt.

— Mon poulet, mon poulet ! fripon, voleur, me le rendras-tu, disait une voix très haute et un peu criarde ; et un jeune garçon, portant le numéro de la compagnie et l'uniforme des fusiliers, arriva tout essoufflé près des soldats.

— Tiens ! c'est Clairon, dit Lenoir.

— Salut ! sergent, et bonsoir aux camarades ! Ah ça, à qui donc est ce quadrupède-là ? Il est rusé comme un Autrichien et voleur comme un Cosaque. — Ici, Azor, Brutus, Tomi, rendez-moi mon poulet?

— Un poulet ! dit Landais avec un sentiment d'admiration mal dissimulée ; où pousse-t-il des poulets, par ici?

— Pas si haut, Landais, c'est un émigré que j'ai cueilli sur la route. Hum ! si les autorités m'entendaient! Je lui avais dignement tranché la tête, car vous savez qu'on n'étrangle pas les prisonniers de guerre, et maman allait le faire cuire, quand ce chien maudit s'est avancé en tapinois, l'a saisi lestement et s'est envolé avec.

Moffino, les pattes posées sur les genoux de son maître, attachait des yeux ardents sur sa proie et semblait prêt à tout pour la défendre.

— Tant pis pour toi, dit Landais, tu as battu les buissons, un autre a ramassé l'oisillon. C'est comme cela très souvent.

— Vive Moffino ! et vive la soupe ! dit Lenoir ; passez-moi le volatile, je vais le dépouiller de ses ornements naturels et, quand il sera cuit, Clairon en aura sa part.

Clairon se gratta l'oreille et réfléchit.

— Allons, ça va, dit-il enfin ; pressez les rangs et faites-moi une place; on se partagera ma part à la cantine, ajouta-t-il en s'asseyant.

Lenoir pluma le susdit poulet avec une dextérité qui eût fait honneur à un cordon-bleu, et Marengo, ayant vu Mario examiner le nouveau venu, le lui présenta en ces termes :

— Ce garçon-là est Clairon, l'enfant de troupe de notre régiment, un brave petit corps qui n'a peur de rien et qui mérite de se battre à côté de nos vieilles moustaches. Il a de grandes dispositions pour...

— Voyons, Marengo, tu vas donner de l'orgueil à ce jeune homme, dit Landais. Qu'il suffise de savoir qu'il est rusé comme un renard, agile comme un écureuil et brave comme un lion.

— Suffit, camarade, dit Clairon en faisant le salut militaire; assez d'encensoir comme cela : je n'aime pas qu'on rie à mes dépens; on sait ce qu'on vaut, ce n'est pas grand'chose pour le quart d'heure; mais, plus tard, ce sera mieux. A moins que messieurs les Russes ou leurs cousins les Cosaques ne m'envoient dans l'autre monde.

— Vive Clairon ! dit Pierre Lenoir qui avait fini son office ; il m'est toujours revenu, ce gamin-là, depuis que je l'ai vu parler à l'Empereur sans broncher.

— Tu as parlé à l'Empereur, toi, gringalet, dit Marengo.

Demain, mon vieux, je commence ton éducation... (Page 42.)

— Quand on vous le dit, sergent. C'était à la revue qui suivit la bataille de Wagram ; l'empereur venait de décorer plusieurs soldats, quand le petit, qui était en rang, dit de la voix que vous lui connaissez : « Et moi, mon Empereur, quand me donnerez-vous le ruban rouge ? » — L'Empereur fronça d'abord le sourcil ; puis, voyant la taille du citoyen, il sourit et répondit : « Pupille, on te décorera quand tu auras pris un drapeau ! » — « Ça va », dit l'enfant, et voilà.

Les soldats rirent, et Clairon baissa les yeux d'un air modeste. C'était un garçon d'environ douze ans, grêle, pâle, nerveux, un vrai enfant de Paris : ses cheveux châtains frisotaient sur un front plus large que haut ; ses yeux gris clair avaient de la naïveté et de la finesse ; son nez en l'air, sa bouche grande et railleuse surmontait un menton accentué, orné d'une fossette mutine ; tout cela réuni donnait à sa physionomie de la fermeté, de la hardiesse et de l'enfantillage. Il y avait en lui du gamin de Paris, type trop vanté, mais il y avait aussi du soldat, c'est-à-dire de l'homme reconnaissant l'empire de la discipline et le sentiment du devoir. Comme Mario, séduit par son air enjoué et résolu, le questionnait sur sa présence au régiment et s'étonnait qu'un enfant pût en supporter les fatigues, voici comment Clairon, pendant que la marmite bouillait et que les soldats fumaient leurs pipes, résuma son existence :

— On m'a dit que j'étais né le jour de la bataille de Zurich, en 1799. Masséna, l'enfant de la victoire, gagna une grande gloire ce jour-là. Mon père était sergent-fourrier, car il savait lire et écrire, et ma mère tenait la cantine. Je ne l'ai jamais connue. Ces coquins de Russes, enragés de leur défaite, se vengeaient sur tout ce qu'ils rencontraient ; et, étant tombés sur l'arrière-garde, ils brisèrent les fourgons, assommèrent les chevaux, tuèrent les femmes. Ma pauvre mère fut du nombre. C'est alors que la mère Antoine m'a pris et élevé tout comme son enfant.

Mon père, qui était un vieux dans le genre du sergent Marengo, avait des humeurs noires et, depuis la mort de sa femme, il était encore plus dur à l'ennemi. Il allait passer sergent-major après Austerlitz, mais il n'en revint pas. Je n'avais que quatre ans ; je ne pleurai pas, l'attendant toujours en moi-même, et pensant après tout que, s'il ne revenait pas, j'irais le chercher chez les Autrichiens, avec un sabre et un fusil. Je n'ai jamais quitté le régiment ; tous les vieux m'ont appris l'exercice et, quand j'aurai quatorze ans, je ferai le service comme les soldats. Quand j'étais petit, la mère Antoine me mettait dans sa charrette, et je m'y endormais au milieu des paquets et des tonneaux ; maintenant, je fais les étapes et je marche en rang avec ma compagnie.

La soupe était cuite à point comme Clairon finissait son récit, chacun tira sa cuiller et mangea à la gamelle. Tita essaya de manger deux coups contre les autres un, mais un coup sec que Clairon lui appliqua sur les doigts le rappela à la politesse.

Mario eut d'abord quelque peine à prendre son repas de cette façon, mais la faim l'emporta, et il partagea avec son chien qui s'était assis entre ses jambes et attendait avec anxiété.

— Comment ! dit Landais, que l'adresse de Moffino avait touché, le conscrit Mario n'a pas sa part entière. Camarades, puisque le chien suit le régiment, je propose qu'on l'adopte et que désormais il ait sa place à la gamelle.

— Adopté ! dit-on en chœur.

— D'autant plus, ajouta sensément Clairon, que, si on ne lui donnait pas sa part, il ne serait pas embarrassé pour la prendre. Ainsi donc, monsieur le caniche, approchez : désormais vous faites partie de la compagnie du sergent Marengo.

Moffino, enchanté de l'accueil qui lui était fait, remua la queue et, s'avançant vers Clairon, dont la taille se rapprochait davantage de la sienne, il lui promena avec complaisance sa large langue sur le visage.

— Le chien est l'ami de l'homme ! dit sentencieusement Landais en savourant la carcasse du poulet.

— Ce n'est pas nouveau ce que vous dites là, hasarda Tita qui n'était pas content, parce qu'il n'avait eu que la tête.

— Trouvez-vous que ce n'est pas juste, au moins ? dit Marengo en roulant de gros yeux.

— Oh ! je ne veux contrarier personne, reprit celui-ci.

— Vous pourriez ajouter, dit Mario, que l'homme n'est pas toujours, lui, l'ami du chien, Tita.

— Oh ! je n'ajoute rien, signor Mario.

— Hum ! vous faites bien.

— Il a l'air franc comme un jeton, celui-là, dit Clairon à Lenoir.

— Oui, et hardi comme un lièvre, répondit celui-ci.

— Il ne faut juger personne avant le coup de fusil, dit sentencieusement Marengo, qui avait entendu.

— Soit, dit Clairon; mais, pour que ce caniche ne caponne pas au feu, je me charge de son éducation. Voulez-vous, camarade? dit-il à Mario.

— Mais oui, répondit le jeune homme.

— Et, d'abord, comment s'appelle-t-il?

— Moffino, répondirent à la fois Mario et Tita.

En s'entendant nommer par son ennemi, le chien lui montra ses dents blanches et aiguës.

— Ce n'est pas un nom, ça, dit Clairon avec une moue dédaigneuse. A l'armée, il faut un beau nom ; tenez, voyez le sergent Marengo ; voyez Landais, dit le Vieux-Grognard ; Lenoir, dit Pied-Léger ; et moi, Louis Mônier, dit Clairon. Il faut lui donner un nom de guerre : Alexandre, Turenne, Kléber, César.

— Va pour César, dit Marengo, et dormons.

— Demain, mon vieux, dit Clairon, je commence ton éducation.

Et il alla rejoindre sa mère qui, roulée dans un grand manteau, était déjà endormie sur la terre. Clairon en attrapa un bout, se glissa dessous et, après avoir regardé un instant les étoiles en murmurant quelques mots, car il ne se couchait jamais sans faire sa prière, il ferma les yeux et, deux minutes après, il ronflait de tout son cœur.

CHAPITRE VII

INSI que se l'était promis Clairon, il commença dès le lendemain à dresser le chien de Mario. Il s'aperçut bien vite que sa tâche serait aisée : Moffino était loin d'être ignorant, et son éducation avait été ébauchée. Tombé tout petit entre les mains de Tita et de ses compagnons, on avait tenté d'en faire un amusement pour le public, et Clairon vit avec joie que son élève savait saluer, faire le mort et sauter en valsant sur ses pattes de derrière. Il comprit qu'il avait affaire à un chien intelligent et commença par lui apprendre à se tenir en faction avec un petit morceau de bois en guise de fusil ; puis l'exercice, puis la marche au pas, et Moffino montra qu'il avait la tête beaucoup moins dure qu'un conscrit.

Cependant il fallait le prendre par la douceur et la raison : les mauvais traitements qu'il avait reçus avaient aigri son caractère, et les coups ne faisaient que le rendre sauvage et méchant. L'enfant de troupe, qui avait penché pour ce moyen dès le principe, dut y renoncer pour arriver à un résultat ; à chaque halte, il courait au chien qui trottait constamment à côté de Mario, et lui faisait exécuter ses exercices aux applaudissements de ceux qui ne dormaient pas.

On avait déjà laissé loin les plaines de la Lombardie, on avait franchi les Alpes et l'on était entré en plein Tyrol ; tantôt on traversait des vallées charmantes, tantôt des gorges étroites, tantôt encore d'étroits sentiers côtoyant des précipices. La plu · part du temps, on campait en plein air : l'infanterie, parfois dans les villages ; la cavalerie, aux alentours ou dans les bois.

Les montagnards sont par nature hospitaliers, et bien que la charge d'héberger les soldats fût lourde pour leur pauvreté, ils ne murmuraient pas et accueillaient avec une grave cordialité leurs invités forcés. Mario supportait la fatigue sans faiblesse, et montrait une énergie très grande pour apprendre : il questionnait, il observait : dans les jours de repos (il y en avait parfois), il écoutait avec avidité les leçons du caporal instructeur, il était généreux et franc avec ses camarades ; mais il ne pouvait chasser de son âme une tristesse profonde que ne diminuaient ni les longues marches ni les objets nouveaux qui frappaient sa vue. Son esprit était plein d'appréhensions : la manière dont il avait quitté sa mère lui laissait comme un remords ; il s'imaginait qu'il ne la verrait plus, et que ce cri qu'elle avait poussé en le voyant partir était le dernier accent qu'il devait entendre de cette voix, qui lui avait été toujours si miséricordieuse et si tendre. Aussi, plus d'un soir, à l'heure où le sergent Marengo, tout en tirant sa moustache, pensait et repensait au brave Desaix, son héros parti avant l'heure, Mario cachait sa tête dans l'herbe, afin d'étouffer ses sanglots. Il avait beau se dire que la vie qu'il menait à Milan était insoutenable, que la sévérité de M. Brunetti était excessive et ridicule, que sa vocation avait été brisée par ce méchant homme, une voix calme et sérieuse parlant plus haut que sa passion et son dépit lui disait intérieurement que sa vie n'avait pas eu que de mauvais jours, que ce beau-père, qui l'avait tant aimé enfant, ne pouvait être bien méchant, et qu'il n'eût pas refusé un arrangement pour la fâcheuse dette qui avait tout précipité.

On n'avait pas encore beaucoup à souffrir. Les distributions de vivres se faisaient assez régulièrement, et l'on vivait chez les habitants des pays qu'on traversait. Chaque soir, une dizaine de soldats, parmi lesquels étaient ceux que nous connaissons, se réunissaient autour de la mère Antoine, qui faisait la soupe pour tous.

Adroite, industrieuse et vive, elle mettait tout à profit et ravissait toujours ses convives. Bien qu'elle fût brusque de manières et très brève de paroles, elle était fort aimée et respectée, et la compagnie l'appelait *la Providence*.

On disait que le canon n'avait pas ses sympathies et que, malgré son courage, quand elle en entendait les premiers grondements, elle se tenait immobile et pâle près de sa voiture restée à l'arrière ; mais ce premier mouvement de faiblesse se dissipait bien vite ; à mesure que le bruit devenait plus menaçant, elle reprenait possession d'elle-même et, bientôt, elle ressentait une ardeur qui l'entraînait dans la mêlée, sous le feu des pelotons. Elle trouvait alors des paroles propres à encourager le soldat.

— Arrière, les femmes ! criaient les sergents et les caporaux ; elle ne s'effrayait pas, tenant un petit verre à la disposition de qui lui en demandait, et chargeait à l'occasion un fusil pour les tirailleurs. Mais son heure était à la fin de la bataille. Alors, elle devançait les intendants militaires dans leur lugubre tâche, et, armée d'une gourde qu'alimentait le tonneau qu'elle portait en bandoulière, la brave mère Antoine arpentait le champ de bataille, l'œil dilaté, l'oreille au guet, habile à saisir les plaintes ou les soupirs, écoutant et voyant avec son cœur. Elle en avait dégagé plus d'un qui gisait sous les morts, elle en avait ranimé plus de vingt avec sa bonne eau-de-vie et, quand la mort opiniâtre ne fuyait pas à son approche, elle avait au moins adouci par des paroles amies le départ d'une pauvre âme abandonnée. Bien qu'elle entendît la plaisanterie et y ripostât avec à-propos, elle était plus triste que gaie, et ne raillait jamais, comme le faisaient maintes de ses camarades, les pauvres conscrits qu'on forçait de vider leur gousset pour payer la bienvenue.

Elle n'était pas avide de butin et n'avait jamais poussé les soldats à piller. Son affection était répartie entre son bataillon, son fils Clairon et son cheval Pologne, une petite bête noire qui était digne de sa maîtresse par sa sobriété, son activité et son instinct (je n'ose dire son intelligence).

Parfois, les soldats, témoins de cette vie d'abnégation et de courage, disaient : « Mère Antoine, si le petit Caporal vous connaissait bien, vous auriez la croix ! »

Le visage de la vivandière s'animait alors d'un singulier éclat, et elle répondait : « Taisez-vous donc, soldats ; je ne mérite pas ça ; mais mon garçon l'aura quand il aura pris un drapeau ! »

L'excellente femme n'avait pas été sans remarquer la tristesse de Mario, et elle l'accueillait toujours avec un sourire.

— Voyons, monsieur l'Italien, lui disait-elle, n'ayez pas l'air de bouder la guerre ; sans cela, elle ne fera pas de vous un bel officier avec des épaulettes d'or.

Quant à Tita, elle trouvait qu'il rôdait de trop près autour de la cantine et ne l'aimait pas, quoiqu'il fît beaucoup de conssommation et montrât des pièces d'or. « Vous, lui disait-elle, en clignant de l'œil, ce n'est pas l'épaulette qui vous attend, mais la police, ou la prison, ou... Vous faites la maraude tout le long du chemin ; c'est pourtant bien défendu. Il pourrait vous en arriver malheur. »

En effet, le saltimbanque, après avoir surmonté l'ennui que lui causait sa nouvelle condition, était retourné à ses vieilles habitudes et suivait les maraudeurs qui se détachaient du corps pour errer et piller dans la campagne. Il se faisait mal noter par ses chefs et mal voir par ses camarades qui, tous Français, tenaient à honneur de tout supporter, faim, fatigue, sans se débander. L'œuvre des maraudeurs était à la fois cruelle et lâche : bien des chaumières avaient été pillées et ensuite brûlées par eux ; bien des paysans avaient vu détruire en quelques heures le fruit de plusieurs années d'un travail pénible.

Un soir qu'à la nuit tombante on hâtait le pas pour arriver à l'étape indiquée, un bruit de cris étouffés, de voix menaçantes, mêlé au cliquetis du fer, vint frapper l'oreille subtile de Clairon qui cheminait à côté de Mario ; la route était étroite : d'un côté, une montagne nue et aride ; de l'autre, un épais fourré ; les cris venaient de la forêt.

— Écoutez, dit Clairon. Est-ce que ces pays sont infestés de bandits comme le centre de l'Italie.

— Par la Madone ! dit Mario, je parierais que je connais cette voix-là. En avant, mon Moffino !

Peu de soldats suivaient les rangs, on se réunissait par groupes ou compagnies ; et les deux jeunes gens purent se détacher. Moffino leur servait d'éclaireur : ils n'eurent pas à courir loin. A travers une clairière qu'abritaient les grands arbres de la lisière, ils virent un vieux paysan tyrolien et une petite fille qui étaient aux prises avec Tita en personne, escorté de trois autres gaillards ; ils voulaient s'approprier deux chèvres que les pauvres gens réclamaient.

— Arrière, cria le vieillard, je ne me laisserai pas dépouiller pour vous, coquins ! Vous n'êtes pas dignes de porter l'uniforme !

— Mes bons Français, disait la petite en joignant les mains, n'emmenez pas nos chèvres, c'est tout ce qu'il nous reste à présent : on a ruiné nos champs pour nourrir les chevaux de vos cavaliers. Notre chaumière est vide, ayez pitié de nous ! Nos chèvres nous donnent du lait, notre seule ressource !

— Veux-tu lâcher, criait Tita. Sais-tu que nous avons déjà plus de cent lieues dans les jambes, et que nous avons besoin de nous restaurer. Ces chèvres feront notre souper aujourd'hui et demain.

Et Tita avait saisi une chèvre par les cornes et s'apprêtait à l'entraîner, quand un vigoureux coup de plat de sabre lui fit lâcher prise et lui arracha un cri de douleur. Il voulut fuir, mais Moffino s'était pendu aux basques de son habit ; force lui fut de demeurer pendant que les autres étaient déjà loin.

— Fusilier Tita, dit Marengo qui l'avait frappé, vous faites honte au 106ᵉ.

— Nous avons faim, murmura Tita en essayant de faire lâcher prise au caniche.

— Et parce que vous avez faim il vous faut dépouiller de plus pauvres que vous? et ceux que vous devez protéger encore, des alliés? Qu'est-ce que feront les ennemis, alors? Ce n'est pas la première fois qu'on vous note mal. Allez retrouver votre rang et priez Dieu que je ne vous prenne plus en maraude.

Mario siffla Moffino, et Tita, libre de s'en aller, disparut en murmurant des paroles de menace.

— Vous autres, dit le sergent aux paysans consolés, emmenez vos bêtes, et promptement.

— Oui, dit Clairon, heureux de placer son mot, il y en a là une centaine qui en feraient des côtelettes et des gigots. Ainsi, vieux, et vous, mademoiselle, allez vous cacher près des aigles et des chamois, sans cela l'armée qui a faim vous croquerait de ses longues dents.

L'enfant tirait son père pour s'enfuir mais il dit à ses libérateurs :

— Merci, à vous, soldats; vous êtes des braves, — nous ne oublierons pas.

— Vous voyez, sergent, disait Clairon en courant au pas de course aux côtés de Marengo, que Moffino sait tenir le gibier en arrêt : sans lui vous n'auriez peut-être pas reconnu Tita. vous tapiez à tâtons.

Quand on fut arrivé à Ratisbonne où l'on devait rallier les Bavarois, on fit dix jours d'arrêt pour donner aux chariots en retard le temps de rejoindre.

Les Français, prestes et légers, comme s'ils n'eussent pas fait une marche pénible, profitèrent de ce repos pour parcourir la ville en vainqueurs. On logeait dans les casernes, dans les hôpitaux, chez les habitants, ce qui ne souriait que médiocrement aux Allemands, qui commençaient à avoir assez des bruyants Français. Les Italiens semblaient plus abattus : pour la première fois depuis son départ, Mario eut la chance d'avoir un matelas et de dormir dans un vrai lit; il savoura ce plaisir en sybarite. En arrivant, le prince Eugène avait fait défiler les troupes sur la place publique.

Il paraissait fort irrité et s'emporta contre les pillards qui déshonoraient leurs corps. « Si ces abus continuent, dit-il, j'en avertirai l'Empereur lui-même et vous connaîtrez son courroux. Avez-vous oublié ce qu'il disait à l'armée d'Égypte : « Le pillage « n'enrichit qu'un petit nombre d'hommes : il nous déshonore ; « il détruit nos ressources ; il nous rend ennemis des peuples « qu'il est de notre intérêt d'avoir pour amis. » N'oubliez pas ces paroles ; j'exercerai de terribles châtiments sur les rebelles. »

Une surprise attendait Mario : comme il rentrait au logis qui lui était assigné, le vaguemestre lui remit une lettre, timbrée de Milan, et qui l'avait devancé depuis quatre jours. L'adresse n'était pas de la main de sa mère, il rompit le cachet d'une main mal assurée et il lut :

« Mon cher cousin Mario,

« Ne vous effrayez pas si vous ne voyez pas l'écriture de ma tante, elle a été bien souffrante ; mais elle va mieux, seulement elle doit garder un repos complet. Elle a tant pleuré depuis votre départ, Mario, que c'est cela qui l'a rendue malade. Elle répétait toujours : « Mon seul enfant ! mon fils unique ! » Je l'aime beaucoup et je tâche de la consoler, mais je n'y peux pas grand'chose, moi ! Elle est mieux, surtout depuis qu'on a annoncé que l'Empereur allait signer la paix avec Alexandre ; on assure à présent que c'était un faux bruit et que la guerre est résolue : je fais tout ce que je puis pour qu'elle garde sa croyance. Je ne passe pas un jour sans penser à vous, cher Mario ! La maison est immense. M. Brunetti est sombre et préoccupé ;

je vous assure, mon cousin, qu'il ne vous a jamais détesté et qu'il regrette votre départ. La ville est comme un désert : tout le monde est inquiet et triste. J'aurais voulu être homme comme vous ; la guerre ne m'aurait pas fait peur ; je vous aurais accompagné et ma tante aurait été plus tranquille en sachant que vous aviez un ami près de vous. Je prie Dieu pour qu'il fasse faire la paix ; il est si puissant et si bon ! Quelle joie, mon ami, si vous reveniez nous surprendre ! Il ne faudrait pas revenir sans nous avertir cependant, votre mère est si faible qu'une grande joie lui serait aussi mauvaise qu'une grande douleur. Vous n'avez donc pas emporté votre flûte de Crémone? Ma tante l'a fait accrocher dans sa chambre au-dessous de votre portrait. Pauvre flûte ! elle m'a donné envie de danser bien souvent; aujourd'hui, je pleure en la voyant. Vous ne saurez jamais, Mario, combien vous nous avez fait de la peine à tous. Si malheureusement la guerre se déclare, veillez sur vous, songez que votre vie est celle de votre mère, la nôtre aussi ; mais vous êtes dans un régiment de Français, ne soyez pas moins brave qu'eux, cependant. Ma tante a fait chercher partout le pauvre chien pour lequel M. Brunetti vous avait grondé le soir des écus perdus, on n'a pu le trouver nulle part. Je souhaite qu'il vous ait suivi. Répondez-nous, bien cher Mario, et, si le bavardage d'une petite fille comme moi ne vous ennuie point trop, je vous écrirai encore. Nous saurons les grandes étapes où vous devez vous arrêter. Adieu, adieu. »

Après avoir lu cette naïve épître de la bonne Bianca, Mario resta un moment rêveur. puis, repliant lentement la lettre, il la porta à ses lèvres en essayant en vain de renfoncer ses larmes. Que ces accents affectueux et doux lui parurent éloquents ! Comme Bianca, qu'il regardait à peine d'ordinaire, lui sembla intelligente et bonne !

Ah ! quand nous sommes isolés, loin de la patrie, de la famille, qu'une voix amie est donc la bienvenue !

— Morbleu ! dit le sergent Marengo en faisant des yeux terribles, notre jeune Italien pleure ! renfoncez ça, conscrit ; allons, ferme, de peur que les anciens ne vous voient !

— Pauvre enfant ! dit le lieutenant Lerowsky qui rentrait avec le drapeau, qu'il était chargé de porter, le voilà déjà qui trouve la giberne trop lourde !

— Renfoncez donc ça, répéta Marengo presque en colère.

— Bah ! dit Clairon en regardant effrontément le sergent sous le nez, il y a aussi des anciens qui ont quelquefois la larme à l'œil, et ça ne les fait pas fondre pour ça. Voyons, camarade Mario, ne pleurez pas ; au fait, ragez plutôt, et vous passerez votre colère sur ces gueux de Cosaques que j'ai hâte de voir entre quatre-z'yeux, moi !

— Tais-toi, petit bravache, dit la mère Antoine ; cours plutôt donner à dîner à Pologne qui va croire qu'on l'oublie. Et vous, monsieur Mario, allez à la cantine, je ne vendrai rien d'ici trois heures ; vous pourrez y pleurer à votre aise, et vous y trouverez ce qu'il faut pour écrire !

Mario serra la main de la bonne femme et alla sous le hangar où elle avait établi son magasin. Là, en tête-à-tête avec le seul Moffino, il pensa longtemps. Plusieurs fois il prit la plume pour écrire, commença même, mais déchirant bientôt les lignes tracées : « Je suis trop inquiet, dit-il. Ah ! maudite résolution ! fatal argent ! » et, se tournant vers son chien qui le suivait des yeux : « Voyons, toi, dit-il, es-tu comme moi, as-tu envie de revoir l'Italie ? » Pour toute réponse, le caniche remua la queue. « Ah ! Moffino ! dit-il en caressant la tête de l'animal, quel sort m'attend ? Tué sur le champ de bataille, ou fusillé, ou libre peut-être ! Ah ! Dieu me soit en aide ! »

Et, toute la journée, il évita ses camarades, erra par la ville, maussade et songeur.

Ainsi ce jeune homme faible et violent, pour éviter une contrariété, s'était jeté dans un malheur (c'en est un d'embrasser une vocation antipathique) et, pour échapper à ce malheur, était prêt à faire une lâcheté.

Pendant la marche du lendemain, Moffino qui trottait toujours aux côtés de son maître, sans que rien pût lui faire ralentir ou précipiter son pas, témoigna une agitation qui fut vite remarquée. Il sortait du rang, se fourrait dans les jambes des soldats, tirait obstinément les basques de la capote de Mario, ou courait mordiller les jambes de Pologne, et finalement grondait, aboyait autour des Bavarois, et leur montrait les crocs. Mario, tout à ses pensées, ne vit pas cette gymnastique. A chaque pas qui l'éloignait de Milan, il sentait comme un déchirement et un vif désir de retourner en arrière. Mais Clairon qui, dès le principe, s'était pris d'une amitié pour le jeune Du Vallon, et qui observait tout avec l'attention d'un esprit curieux, s'étonna de ce manège.

— C'est singulier, pensa-t-il. César est toujours tranquille, et voilà aujourd'hui qu'il bondit comme s'il avait avalé une cartouche enflammée. Je l'ai vu animé comme cela, l'autre soir, après les maraudeurs. Ce chien-là a le nez très fin ; bien sûr, il sent quelque chose qui n'est pas naturel. Voyez donc, mère, dit-il à la mère Antoine, si je ne connaissais pas tous ceux de la compagnie, je croirais qu'il y en a qui n'ont pas marché droit.

— Ce chien a plus de connaissance que bien des gens, dit gravement la mère Antoine ; ne le tourmente pas, Clairon, et, s'il a une idée en tête, il faudra qu'il la suive. Tiens, mais regarde donc, n'est-ce pas après l'Italien Tita qu'il en a : vois-le, il saute comme un cabri !

— Cet homme-là n'est pas Tita, mère : c'est un des Bavarois que nous avons ralliés hier. Ils ont déjà rompus leurs rangs et courent partout comme des corps sans âme.

La mère Antoine avait bien vu : Moffino s'était acharné après un soldat, lui tirant tantôt son pantalon, son habit, et le poursuivait de grondements répétés. Cet homme, ennuyé, le menaça de la crosse de son fusil ; mais le chien, au lieu de fuir, revint bravement à la charge, et, cette fois happant la capote, ne lâcha plus et se laissa ainsi traîner sur le chemin.

— Moffino! cria enfin Mario, ici, donc!

— Vois donc, sergent, dit Landais qui n'avait rien perdu de cette scène; ce grand rougeaud avec ses cheveux jaunes donne des attaques de nerfs au chien. Il y a quelque chose là-dessous. La bête ne dit rien aux autres.

— C'est un Bavarois, dit Mario; il veut faire connaissance avec lui.

— Ce n'est pas un Bavarois, conscrit, dit Marengo, ils sont bien en arrière pour le quart d'heure. Qu'est-ce que ça peut être que ce citoyen-là? Eh! l'ami, de quelle compagnie êtes-vous donc? dit-il en s'approchant de l'inconnu et en l'envisageant d'un œil perçant.

Le soldat portait à son schako le numéro 2.

— Qu'est-ce que c'est que ce numéro, dit-il en lui mettant la main sur l'épaule, le 2e régiment est de la cavalerie légère; est-ce par égard pour votre cheval que vous voyagez à pied?

L'homme ainsi interpellé avait pâli et chercha à s'éloigner. Mais, quand Marengo tenait, il tenait bien.

— Morbleu! cria-t-il, cela est louche. Lieutenant Lerowsky, vous qui êtes le plus près de nous, venez, je vous prie. Voilà un homme qui ne peut pas justifier son identité.

— Si fait, dit l'étranger en italien, je le puis.

Et, tirant de son sein un étui de fer-blanc mince et long, il en sortit une feuille de route. Ici, Moffino lâcha seulement la capote et fit des bonds de chamois pour atteindre ce papier.

Lerowsky, qui l'avait parcouru, jeta un regard étincelant de haine à l'étranger.

— Si je ne me trompe, tu es un espion, dit-il, et tu es mal tombé pour ta feuille de route: celui à qui elle appartient n'est pas assez loin d'ici. Ici, fusilier Mario, vous serez puni pour votre négligence; une autre fois, serrez mieux vos papiers.

— C'est un espion! on a arrêté un espion dans les rangs!

circula de bouche en bouche, pendant que Lerowsky, ayant fait passer l'inconnu au milieu de la compagnie, marchait à quelques pas de lui et ne le quittait pas des yeux.

— Le lieutenant n'a pas l'air doux aujourd'hui, dit Lenoir à Landais, regarde donc : ses yeux ont l'air de deux pistolets. Il fait garder le gibier par des soldats qui ont le sabre nu en main.

Moffino, désormais tranquille, reprit sa marche d'un pas sûr, portant la queue en trompette et jetant dans l'air de joyeux abois comme il sied à un vainqueur.

Le soir, l'espion fut amené devant le conseil de guerre du 106e, et l'on trouva sur lui des plans, des notes sur l'esprit de l'armée, sur les bruits qui y circulaient, le tout écrit en russe.

— Ta physionomie ne m'avait pas trompé, dit Lerowsky à l'espion. Il ne peut pas arriver qu'un Russe échappe à un Polonais. Puisse ta mort être le présage de nos succès et de votre ruine !

L'espion fut en effet passé par les armes au petit jour.

Le service signalé rendu par Moffino le rendit cher à toute la compagnie, et porta son nom dans la plupart des rangs.

CHAPITRE VIII

OU CLAIRON CHOISIT MARIO POUR FRÈRE D'ARMES

PLUS on avançait en Allemagne, moins on rencontrait de sympathie; les paysans jetaient sur les soldats des regards haineux et irrités, ou fuyaient à leur approche, leur dérobant les vivres et les provisions dont ils étaient avides.

Ceux qui étaient forcés de les loger les recevaient avec une défiance qui irritait les susceptibilités, et un effroi qui encourageait les téméraires. « Français! » était un nom répété de proche en proche avec indignation, colère ou crainte, mais jamais avec amitié. Hélas! qui osera condamner ces sentiments comme illégitimes? qui redira les champs dévastés, les paysans ruinés, maltraités, leurs champs fertiles piétinés, leurs moissons détruites? Oh! la guerre, la guerre! monstre avide et insatiable, véritable vampire gonflé du sang des hommes, ennemi des civilisations! qui donc la chassera de la terre, et maintiendra parmi les mondes la paix, la douce paix à la couronne d'épis et aux mains chargées de fleurs?

Les bruits concernant la lutte prochaine prenaient de la consistance, et la mère Antoine, toujours bien renseignée par les officiers qui préféraient sa cantine à toute autre, avait des airs mystérieux qui intriguaient les curieux. Enfin, un matin, en faisant la distribution d'eau-de-vie à ceux de sa compagnie, elle leur distribua des rasades qui excitèrent leur admiration.

— Réchauffez-vous, pendant que vous le pouvez, mes pauvres enfants, leur dit-elle ; cet hiver, cela sera peut-être plus difficile.

— Ah ! madame Antoine, dit Tita en riant, seriez-vous comme des bohémiennes et des mauresques que j'ai connues, une diseuse d'avenir ?

La mère Antoine, qui était sensée, haussa les épaules.

— Il y a autre chose, dit-elle. Pendant que nous faisons des enjambées terribles depuis plus de trois semaines, savez-vous que ça va très mal en Espagne? Ces maudits uniformes rouges ont eu plus de chance que nous. Badajoz est pris, Ciudad-Rodrigo aussi, et le maréchal Soult se mord les doigts.

— Morbleu! morbleu! dit Marengo en tirant ses moustaches à les arracher, ils ont osé ôter notre drapeau pour y mettre le leur ; qu'on nous envoie en Espagne et l'on verra.

— Vieil enfant! dit la mère Antoine, que feriez-vous en Espagne quand les autres la quittent ?

— Les troupes quittent l'Espagne ?

— Oui, voilà les dernières nouvelles : l'Empereur a rappelé les cuirassiers et les lanciers polonais qui vont rejoindre le maréchal Davout sur l'Elbe, où il nous attend.

— C'est cela, dit le capitaine Benard : vous êtes très bien informée ; nous allons sur l'Elbe, puis sur l'Oder, puis sur la Vistule, et de là en Russie. La guerre n'est plus douteuse.

— Compris, dit Clairon qui jusque-là s'était contenté d'écouter : nous allons compléter notre éducation géographique du côté du Nord. Bravo, les enfants ! nous tuerons des renards blancs, nous porterons des bonnets de peau d'ours et nous irons à cheval sur des cerfs. Nous ferons frire des baleines dans la poêle, et nous prendrons des glaces. Garçon, servez chaud!

— C'est égal, dit Landais, en grognant, je suis fâché que nous traînions après nous tant d'étrangers ; ils pourraient bien, à un jour dit, tourner casaque.

— Ils ne nous aiment pas, c'est sûr, dit Marengo soucieux, mais je les ai déjà vus au feu, et ce sont de rudes soldats.

— Ce qui n'a pas empêché que Badajoz ait été rendu par un détachement de Hessois, dit la mère Antoine. Ils ne nous suivent que malgré eux. Comment l'Empereur ne voit-il pas cela?

— Il ne veut pas le voir, dit Landais.

— Landais! tu as la langue trop longue, dit Marengo.

— Écoutez-moi bien, dit Clairon en pirouettant, je comprends que ça les agace à la fin, ces hommes, de nous faire constamment les honneurs de chez eux, et, dame! il y en a pas mal qui se font déserteurs.

— Oui, réfractaires, comme on dit, reprit Lenoir.

— Il n'y a pas que les étrangers, dit Landais ; il y a des Français, surtout parmi les conscrits. Au moment où je vous parle, ils sont en France plus de trente mille qui errent dans les bois, couchent dans les champs, n'ont pas couché sous un toit depuis plus d'une année et qui préfèrent cette vie de bandit au service.

— C'est que c'est dur de tout quitter brusquement sans avoir le temps de se reconnaître, dit Mario. Ce n'est pas la misère qui leur fait peur, mais, au milieu des dangers où ils vivent, ils peuvent de temps en temps serrer la main de leurs amis, ils aperçoivent au loin la fumée de leurs chaumières, enfin ils ne quittent pas le pays où ils sont nés, et c'est beaucoup, cela.

— Et puis, reprit Tita, je ne vois pas en quoi la vie des réfractaires est désagréable. Ils couchent à la belle étoile; avons-nous toujours un lit? Ils croquent des racines et mangent de l'herbe; on nous fait de gros yeux quand nous voulons nous donner un luxe pareil. Ils sont libres; nous ne le sommes pas ; il est vrai qu'ils courent le risque d'être fusillés ; quant à nous, un boulet nous emportera, ou nous serons pourfendus par le sabre, ou nous serons prisonniers. Croyez-moi, les réfractaires ne sont point des sots, et je les tiens pour de bons vivants.

— Taisez-vous donc, fusilier Tita, dit la mère Antoine, vous avez une façon de parler qui donne la chair de poule.

— Hum! dit Marengo; soldat, voilà un vilain parler. Si vous pensez ainsi, pourquoi avez-vous endossé l'uniforme, alors?

Tita fit une grimace significative.

— C'est pour ma santé, reprit-il feignant la confusion; j'avais besoin de voyager.

— Hum! je sais que vous m'êtes recommandé; aussi j'aurai l'œil sur vous.

Tita, sans se démonter, fit le salut militaire.

— Je suis flatté de cela, sergent, dit-il.

Le soir, à l'appel, Mario ne parut pas.

Il pouvait être blessé, malade, et avoir été recueilli par les voitures du train: mais, malheureusement le nombre des déserteurs, surtout parmi les Italiens, grossissait tous les jours, si bien que la nouvelle de cette absence fut accueillie par un murmure de mécontentement de toute la compagnie.

— Pourquoi avoir fait entrer un tel blanc-bec dans le bataillon? disait Landais; ne l'avez-vous pas entendu hier? Si l'on nous en colloque beaucoup sur ce modèle, la réputation du 106° est finie.

— C'est bien, dit le capitaine Benard, je suis coupable, car j'ai fait tout ce que j'ai pu pour faire entrer Mario Du Vallon au régiment. Comptez sur moi; notre honneur est le même: si avant trois jours nous n'avons pas de nouvelles, je le porte comme déserteur.

— Pauvre enfant! dit la mère Antoine à Clairon, ce qui arrive ne m'étonne pas: il avait du chagrin et, depuis une semaine, il semblait ruminer quelque mauvais dessein. Il n'a qu'à se bien tenir; il sera plus aisé à reconnaître qu'un autre, avec son chien.

Cette dernière réflexion frappa Clairon. Il aimait beaucoup le jeune Italien à cause de son air noble et triste, de son âge plus rapproché du sien, et enfin à cause de son chien, qui avait tout à fait gagné le cœur de Clairon.

— Il ne doit pas être bien loin, pensa-t-il, s'il a déserté, car

l'armée occupe la route à une grande longueur en arrière.
Hier encore il s'est arrêté avec nous à
Burhein, dans cette ferme. Ah! mais
j'y songe, c'était la dernière halte avant
le soir : c'est là qu'il a dû rester. Il
aura rencontré bon accueil, car tous
les Allemands encouragent et cachent
les déserteurs. Depuis plusieurs jours,
nous ne marchons qu'en plaine, il n'a
pas dû quitter encore sa retraite, il serait vu de l'arrière-garde. Je suis sûr
que, s'il est au village, en sifflant Moffino, il montrera le bout de son nez et
fera entendre sa voix. Voyons, le capitaine a donné trois jours. Il faut une
demi-journée pour retourner à Burhein, une demie pour en revenir. Il y
a donc trois fois trop de temps. Ah!
mais non, que je suis bête! le régi-

C'est toi, Clairon?... (Page 63.)

ment ne nous attendra pas, il avancera toujours : nous n'avons donc que le temps bien juste. Qui ne risque rien n'a rien. Mais comment me faufiler hors d'ici ? Ma mère Antoine va crier comme un aigle ; pauvre femme, ça va lui faire un crève-cœur de deux jours pendant lesquels elle se demandera si je suis ingrat ou tué. J'aimerais mieux encore qu'elle me crût tué, ma foi ! Allons, monsieur Mario, vous allez avoir affaire à moi ! et il faudra, si je vous retrouve, que je vous ramène. Je ne sais pas pourquoi, mais je l'aime beaucoup, ce citoyen-là. Je suis très drôle, moi ; il me prend des envies folles de m'attacher à de braves gens, et je ne voudrais plus les quitter de ma vie. C'est peut-être parce que je n'ai ni père ni frère. Eh bien ! Mario, si je te ramène, tu seras mon frère.

Ainsi se parla à lui-même l'honnête petit Clairon, dont la jeune âme obéissait à ces instincts de générosité et de dévouement qui, par un cruel hasard, sont souvent l'apanage des êtres seuls et déshérités. Son projet arrêté, il songea à l'effectuer, car il n'avait pas le temps d'attendre le retour des hirondelles, comme il le pensait sagement. Dès qu'on fut en marche, il affecta donc d'aller tantôt à l'avant, tantôt à l'arrière, ou revenait guider Pologne qui hennissait de joie en le voyant ; il commençait à s'impatienter, quand le hasard vint le servir. Un sous-lieutenant ayant présenté à la mère Antoine un napoléon pour lui solder un léger compte, celle-ci ne put réunir la monnaie suffisante.

— Donnez-moi, dit Clairon, je vais changer au vivandier du bataillon suivant ; il aura ce qu'il vous faut.

Lorsqu'il fut parti, il se soucia fort peu des vivandiers, enferma la pièce dans un coin de son mouchoir, afin de la rendre intacte, et se mit à marcher rapidement.

— Tiens, ce galopin qui se sauve, disaient les soldats.

— Je vais chercher de la monnaie pour la mère Antoine. C'est rare, allez, camarades ! et il avançait toujours.

Tout alla passablement tant qu'il n'eut à rencontrer que de

l'infanterie, mais un régiment de cuirassiers regarda d'un mauvais œil ce gamin qui courait, sans le moindre respect, entre les jambes de leurs chevaux.

— C'est bien la satanée herbe à fantassin, disait l'un.

— Arrêtons-le, criait un autre.

Le cœur de Clairon commençait à battre la générale et intérieurement il disait tous les jurons qui composaient son vocabulaire déjà suffisamment riche.

— C'est un petit qui déserte, s'écria un cuirassier. Il faut avertir le major.

— Moi! s'écria Clairon avec indignation et en s'arrêtant devant le cavalier. Sache, grand clampin, que, si tes oreilles n'étaient pas si haut perchées, je les couperais pour t'apprendre à insulter un enfant de troupe du 106ᵉ. Mais je te reconnaîtrai, va, et tu me le payeras.

— Bon petit diable ! dit le soldat en faisant claquer sa langue à son palais, comme s'il eût dégusté un verre de schnick. On voit bien que c'est français.

Quelques détachements de Bavarois venaient ensuite, mais ceux-là n'effrayèrent pas l'enfant. Tout à la mauvaise humeur de se trouver encore sous les armes pour une cause qui n'était pas la leur, ils se souciaient peu d'arrêter les déserteurs, et les eussent plutôt accompagnés. Aussi Clairon, plus rassuré, se permit quelques railleries à leur endroit.

— Permettez-moi de passer, disait-il, j'ai oublié mes bagages et ceux de ma famille.

Ou bien :

— Mes braves messieurs, je vais prendre une vue du village où l'on nous a reçus si galamment en nous montrant des pioches. Je porte aux habitants des remercîments de la part de mon capitaine.

Il leur parlait tantôt en italien, tantôt en français, et n'était pas entendu de la plupart.

Le jour tirait à sa fin quand il aperçut la fumée des maisons de Burhein. Les clairons et les tambours annonçaient que, ce soir encore, des troupes allaient y loger.

— Tant mieux ! se dit l'enfant, nous aurons de la société.

Il alla droit à la ferme où l'on s'était arrêté, et entra en même temps qu'un caporal suivi d'une vingtaine de soldats.

— Comment ! dit le caporal, voilà un enfant de troupe de la 5ᵉ compagnie du 106ᵉ régiment. Que fais-tu ici, mon petit?

— Je viens chercher les gants du lieutenant porte-drapeau Lerowsky qui les a oubliés et qui en a besoin pour serrer la main aux Cosaques.

— Bambin !... Tu te permets de gouailler l'autorité, dit le caporal irrité.

— Jamais ! dit Clairon. Mais je ne veux pas être compris de vos flandrins de conscrits, tandis que je suis sûr que vous m'avez compris, vous !

Et il se glissa dans l'intérieur, se dérobant aux regards du caporal mécontent qui, pressé par la faim, oublia vite le hardi railleur.

Cependant le fermier, l'œil sombre, servait aux soldats les provisions qui avaient été mises en réserve pour nourrir sa famille pendant bien des jours. Ses filles, la tête basse et les yeux rouges, l'aidaient et le suivaient pas à pas. La plus jeune, celle qui paraissait moins effrayée, jetait de temps en temps un regard timide sur les terribles affamés, qui lui semblaient plus redoutables que les ogres des contes qui avaient récréé son enfance. Elle reconnut la mine éveillée de Clairon qui, la veille, l'avait aidée à tirer de l'eau pour donner à boire à Pologne et qui, se piquant de galanterie, en digne Français, lui avait fait de très grandes politesses, tout en empochant ses vivres. L'enfant de troupe la vit pousser le coude à sa sœur en le montrant, et elles échangèrent un regard mystérieux et inquiet.

— Bah ! dit-il, est-ce que je serais bien sur la trace du gibier? Mais comment le faire lever sans attirer l'attention des camarades. On ferait une perquisition en règle, et mon pauvre Mario serait pris et fusillé. Je ne veux pas de ça, moi.

Il était au moins huit heures : Clairon n'avait pas mangé depuis midi ; les jambons et le pain bis qu'on avait étalés devant les soldats lui donnaient des envies folles de sauter dessus, mais il aurait fallu répondre aux questions des curieux. Aussi sut-il se modérer et fit-il la sourde oreille aux cris désordonnés de son estomac mécontent ; il sortit, s'engageant dans les cours, où l'on ne voyait plus l'ombre d'un volatile quelconque ; les écuries et les étables étaient vides, les chevaux et les bestiaux ayant été emmenés pour les besoins de l'armée. Clairon parcourut tout avec soin ; restaient les greniers qui entouraient les cours, où l'on n'arrivait qu'au moyen d'une échelle, et où il avait grimpé pour prendre de l'orge et de l'avoine pour le cheval de sa mère.

— Si Mario est à la ferme, dit-il, c'est là qu'il a dû se réfugier : les caves ne sont pas assez sûres ; les soldats y descendent trop souvent. Et il se mit à siffloter entre ses dents un air de marche au son duquel il avait coutume de faire aller Moffino. Au bout d'un moment, il lui sembla entendre un grognement sourd et une voix étouffée. Il siffla plus fort ; le grognement devint plus distinct.

— César est là, dit-il. Mario n'est pas loin.

— Ami ! dit-il plusieurs fois en élevant la voix graduellement jusqu'à ce qu'il vit Mario pâle, ébouriffé, les cheveux remplis de foin, apparaître par une des portes-fenêtres des greniers.

— C'est toi, Clairon, dit-il, la compagnie est donc revenue ?

— Non, descendez, Mario ; j'ai quelque chose à vous dire, répondit l'enfant de troupe qui ruminait une morale magnifique.

Mario obéit machinalement, tira une échelle du grenier, la plaça en l'appuyant à terre et fut bientôt près de Clairon. Moffino suivait, la queue entre les jambes, l'oreille basse, comme s'il eût compris qu'il faisait un mauvais coup.

— Cachons-nous dans cette grange remplie de charrues et

de pioches, dit Clairon, nous ne serons pas vus : les camarades vont venir se coucher dans un instant.

— Eh bien, Clairon, dit le jeune Italien lorsqu'ils furent installés tant bien que mal, tu désertes donc aussi ?

— Moi ! dit l'enfant avec fierté, jamais je ne quitterai mon drapeau, je mourrai dans une bataille ou aux Invalides. Mais vous, Mario, vous n'êtes ni malade ni blessé à ce que je vois ? C'est donc avec la volonté de quitter le régiment que vous restiez en arrière ?

— Qu'est-ce que tu peux comprendre à cela ? dit Mario avec colère ; tu n'as ni mère ni patrie, comment veux-tu savoir ce que l'on éprouve quand on est loin de tout cela ? Une inquiétude mortelle m'accablait depuis quelques jours, et je veux mourir ou retourner à Milan.

— Mourir ! cela pourrait arriver, dit Clairon ; si dans trois jours vous n'êtes pas au régiment, votre affaire est faite, vous êtes déclaré déserteur. Quant à aller chez vous, pourquoi donc en êtes-vous parti ?

Mario frappa du pied.

— Que viens-tu donc faire ici, toi, si tu ne quittes pas l'armée ? dit-il en regardant son petit camarade dans les yeux. Tiens, tu es un espion, et tu vas me dénoncer au corps qui est ici, je te devine.

— Monsieur Mario, dit l'enfant très pâle, je suis venu pour vous annoncer ce qui vous attendait si vous persistez dans votre mauvaise idée... J'avais cru, j'avais espéré qu'en vous priant bien de revenir au régiment, en vous disant que c'était une lâcheté de déserter, que vous deviez au brave 106e qui vous avait reçu, vous, conscrit et étranger, de ne pas lui imprimer cette tache, vous réfléchiriez peut-être, et vous consentiriez à revenir... Et voilà que vous vous mettez en colère comme un coq, et que vous me regardez de travers en m'appelant espion ! Ce n'est pas bien ça, tout de même.

— Mais, Clairon !...

— Ça ne fait rien, allez, dit l'excellent enfant en essuyant ses yeux du revers de sa manche, vous vous êtes trompé, voilà tout ! quoique ce soit rude de s'entendre appeler espion, je l'oublierai si vous revenez avec moi.

— Tu es fou, mon pauvre Clairon, je veux voir ma mère.

— Vous ne pouvez pas passer à travers le train.

— J'attendrai.

— Vous ne pouvez pas faire ça, Mario ; ce n'est pas honnête ; vous vous êtes vendu comme remplaçant, vous rendrez donc l'argent à ce pauvre diable pour qui vous partiez, car c'est lui qui devra vous remplacer.

— Comment ?

— Sans doute ; vous n'aviez pas réfléchi à cela ; morbleu ! comme dit mon sergent, on vous aimait beaucoup au régiment, vous voulez donc qu'on vous méprise ? Et votre mère, croyez-vous qu'elle sera bien fière de vous revoir par ce moyen-là ? Ma mère Antoine m'aime beaucoup, mais elle m'écraserait si je voulais faire une lâcheté. Et, puis, vous ne savez pas tout, les familles des réfractaires sont persécutées, surveillées, ruinées jusqu'à ce qu'on ait trouvé le fils coupable et, quand il a déserté sous les drapeaux, on le fusille. Allons, Mario, je suis venu exprès pour vous chercher, je ne veux pas m'en retourner tout seul.

— Qui t'a donc poussé à venir ici ? demanda le jeune Italien en luttant contre l'émotion qui commençait à le gagner.

— Qui ? Personne, on ne sait seulement pas où je suis, à la compagnie, et je suis venu parce que vous m'allez, parce que votre chien me plaît, et... parce que je vous aime, là.

— Tu es un brave cœur, Clairon, dit Mario en prenant les mains de l'enfant de troupe et en les secouant avec énergie ; pardonne-moi de t'avoir reçu avec de dures paroles ; tu vaux mieux que moi. Quand je pense que tu t'es exposé aux punitions pour quitter ainsi le corps !

— Ma foi, oui, dit Clairon, enchanté de la tournure que prenaient les affaires.

— Brave enfant! tu viens me rappeler mon devoir; j'hésitais encore, Clairon, cela est vrai, je me disais tout bas ce que tu m'as répété tout haut. Eh bien! puisqu'il en est temps encore, je n'hésite plus, je suis prêt à te suivre. Aussi bien, cela m'humiliait de me cacher comme un voleur. Allons, partons. Vois-tu, Clairon, je veux que tu sois mon ami, je ne te croyais qu'un gai compagnon, mais tu es bon et dévoué : je te parlerai de mes chagrins, tu sauras les comprendre, et tu ne te moqueras pas de moi si parfois une larme de repentir me monte aux yeux. J'ai eu de grands torts, et sans toi j'allais les rendre irréparables. Tu as bien fait de me dire que tu m'aimais, Clairon, je me trouverai moins seul, et cela me donnera du courage.

— Où la chèvre est attachée, il faut qu'elle broute, dit sentencieusement Clairon tout fier du résultat de son équipée : vous êtes soldat, restez soldat. Mais, c'est égal, je suis joliment content de vous ramener ; je serai content d'être votre ami, et nous ne nous quitterons jamais. Maintenant, mon camarade, continua l'enfant en reprenant sur un ton railleur, je m'offrirais à manger avec plaisir ; les camarades soupent encore, ils doivent dormir sous la table ; je vais aller rôder autour des petites fermières, elles ne peuvent pas vouloir que nous mourions tous trois de faim.

Et il alla tenter la fortune ; il ne tarda pas à revenir avec quelques reliefs qui suffirent à son souper et à celui de César. Mario était encore trop agité pour songer à manger.

— Je crois aussi, dit l'enfant quand il eut fini, que nous ferions bien de nous glisser dehors et d'y dormir quelque part sous une haie, dans un fossé, afin d'être prêts à partir aux premiers rayons du jour, sans attirer l'attention de personne.

Mario approuva tout et, le lendemain, ils furent sur pied quand tout dormait encore. Ils marchèrent courageusement toute la journée et, vers le soir, atteignirent le campement du 106ᵉ régiment.

Marengo et le capitaine accueillirent bien Mario et crurent

au malaise subit qu'il fut obligé d'invoquer pour justifier son
absence : il ne mentait pas tout à fait, car il avait failli succomber sous un mal moral ; Landais et d'autres vieux soldats mur-
murèrent à demi-voix le nom de *traînard*. Mais la plus cour-
roucée de tous fut la mère Antoine à qui Clairon rapportait
pourtant très intégralement sa monnaie. Elle le repoussa d'abord
avec colère, l'appelant coureur, méchant, ingrat ; mais, quand
Mario qui ne voulait laisser peser sur son ami aucun soupçon,
lui eut tout confié, le grand courroux de l'excellente femme
tomba, elle pleura à chaudes larmes, embrassa Clairon à plusieurs reprises et lui dit que, pendant ces deux jours, elle n'avait
pas vécu, le croyant perdu ou écrasé.

— Allons, mère, disait gentiment l'enfant en lui rendant ses
caresses, ne pleurez pas comme ça : n'êtes-vous pas contente de
ma première affaire quand je vous ramène un prisonnier ?

A partir de ce jour, Mario témoigna à Clairon une amitié qui
ne se démentit jamais, et cette union, qui faisait sourire les
vieux, fut bonne aux deux jeunes gens ; pendant que l'enfant de
troupe l'aguerrissait par sa courageuse insouciance aux mille
ennuis de la vie de soldat, Mario exerçait sur Clairon la salu-
taire influence d'un esprit cultivé sur une intelligence vive, mais
négligée. Enfin il l'initiait, par ses récits et ses confidences sur
sa mère, sur son enfance, sur Bianca, à cette vie de famille que
l'enfant ignorait, et le rendit plus indulgent pour les regrets des
nouveaux-venus au régiment.

— Tu sais, disait un jour Mario à Clairon, que toi et la mère
Antoine viendrez passer vos congés à Milan, ma mère vous
adorera tous deux.

CHAPITRE IX

LE mois d'avril commençait quand les troupes d'Italie, après avoir franchi l'Elbe, arrivèrent à l'Oder, où un repos de six jours fut accordé, autant pour donner aux hommes épuisés par des marches forcées le temps de respirer un peu, que pour permettre aux bagages et aux charrois de rejoindre les régiments. Jamais guerre ne s'était annoncée aussi formidable, à en juger par le déploiement toujours croissant des forces et des munitions. Il arrivait tous les jours des chevaux pour la cavalerie; on en avait acheté plus de quarante mille en Allemagne. Les grognards murmuraient que c'était de l'argent de perdu, parce que ces animaux étaient trop jeunes et insuffisamment dressés; mais ces réflexions faites en sourdine ne ralentissaient rien. Le maréchal Davout, chargé de la direction générale des vivres, avait introduit dans tous les transports autant d'ordre que d'exactitude : les grains étaient en abondance, et les voitures étaient traînées par des bœufs dont on abattait un certain nombre à chaque couchée, pour fournir de la viande aux soldats. Des distributions de souliers, d'armes, de capotes avaient été faites avec un grand soin. Quoique le prince Kourakin, ambassadeur de Russie, fût encore en France, on avait désormais la certitude de la guerre; lorsque, après avoir franchi la Vistule, on apprit que la rupture avec la

Russie était consommée, l'ambassadeur reparti, et que l'empereur Napoléon était en marche pour l'Allemagne, alors une vive réaction eut lieu dans l'armée : les hommes, épuisés de fatigue, parurent se ranimer et retrouver une nouvelle énergie ; les chefs, un instant relâchés envers ces corps débandés et traînards, rendirent à la discipline ses rigueurs. L'Empereur revenant à l'armée, il semblait que l'âme revînt animer le corps. Il ne fut plus question ni de repos ni d'ennui ; on se prit d'un vif enthousiasme pour cette guerre, on trouva que les Russes l'avaient seuls excitée, qu'ils seraient châtiés d'importance et on parla de leur ruine prochaine avec autant de certitude que si elle eût déjà été consommée. Si, au seul nom de celui qui semblait avoir pour jamais enchaîné la victoire à ses pieds, les soldats français se sentaient pleins de force et d'ardeur, il y avait à l'armée des hommes qui l'emportaient pourtant sur eux en énergie et en enthousiasme : c'étaient les Polonais, les Polonais qui, après avoir combattu à nos côtés en alliés braves et fidèles, après avoir récemment versé leur sang en Espagne sans crier merci, accouraient grossir encore nos rangs, le cœur plein de patriotisme et d'espoir, car la liberté de leur patrie devait être leur noble salaire.

Ils l'espéraient ! déjà Napoléon avait reconstruit le duché de Varsovie : après la campagne dans laquelle on entrait, il allait rendre une âme à la vieille Pologne, enchaînée, sanglante et meurtrie depuis quarante ans, mais espérant quand même ! Napoléon avait compris la ferveur de ces sentiments, et les braves Polonais avaient été éparpillés dans notre armée, qui fut toujours sympathique à cette confiante et généreuse nation. M. de Pradt, archevêque de Malines, venait d'arriver à Varsovie, avec mission « de mettre la Pologne à cheval », selon l'expression textuelle de l'Empereur, c'est-à-dire de lui faire comprendre que, la liberté étant sa récompense, elle devait agir avec un dévouement complet, la France ne pouvant pas tout faire.

Malheureusement les seuls Polonais enthousiastes étaient à l'armée : sur le reste de la population, il ne fallait pas compter : serfs luttant contre la misère et la faim ; juifs insatiables, avides, irrités par le blocus continental qui arrêtait leur commerce ; nobles soumis à la Russie et pouvant être ruinés par elle.

Malgré ces impossibilités, pas un soldat ne doutait du succès.

L'armée d'Italie avait établi ses campements dans la ville de Plock et dans les campagnes environnantes, quand on apprit que l'Empereur, après un séjour triomphant à Dresde, où tous les rois se pressaient dans son antichambre, venait d'arriver à Thorn et qu'il était entré dans une grande colère à la vue des excès commis contre les malheureuses populations. Le prince Eugène entre autres avait reçu de vifs reproches qu'il transmit dès son arrivée avec une irritation qui ne lui était pas ordinaire. Des mécomptes s'étaient déjà produits dans les moyens de trans- port ; les bœufs étaient difficiles à ferrer, à conduire, et con- tractaient des maladies qui rendaient leur viande malsaine ; les recrues qui composaient les équipages du train étaient trop jeunes et manquaient de savoir : les charrois, toujours en retard, creusaient sur les routes des ornières profondes et les couvraient de cadavres de chevaux attachés trop jeunes, d'où la nécessité de requérir de gré ou de force ceux des paysans prussiens et polonais.

Comme on ne devait passer le Niémen que vers la fin de juin, on ralentissait beaucoup la marche. L'Empereur agissait ainsi, parce que, dans les contrées où il allait s'engager, jusqu'à cette époque la terre est nue et stérile, et qu'il comptait nourrir ses chevaux avec les moissons nouvelles ; il voulait aussi assurer à ses troupes un repos assez long, sachant par expérience que les marches lointaines font mourir plus de soldats que les batailles, et, enfin, il pensait que ses interminables convois qui couvraient encore toutes les routes d'Allemagne seraient ralliés.

Les longs repos, sagement ménagés, refirent promptement les troupes d'Italie, les plus éprouvées jusque-là, et, pendant

le séjour à Plock, on les laissa jouir d'une assez grande liberté.
La 5ᵉ du sergent Marengo, si remarquable par sa bonne tenue,
ne se démentit pas et continua à mériter l'estime et les félicita-
tions de ses chefs. Le général Delzons lui-même l'engagea à
continuer l'exemple qu'elle donnait des vertus guerrières. Avec
le mois de juin, une chaleur étouffante se fit sentir, mais ce ne
furent pas les Italiens qui en souffrirent le plus.

Après leur service fait, les soldats allaient chercher un peu
de fraîcheur à l'ombre des forêts épaisses qui entourent la ville,
ou sur les bords de la Vistule, couverte en cet endroit de ba-
teaux marchands portant à Dantzick les moissons de la Pologne,
ou de nacelles de pêcheurs poursuivant le saumon et la truite.
Partout la Vistule n'est pas aussi calme, elle roule dans un lit
large et encaissé des eaux turbulentes qui ravagent souvent les
champs voisins.

Un jour, Landais et Lenoir s'étaient engagés à fournir pour
le souper un plat de poisson; ils jetaient des filets, mais sans
pouvoir s'entendre : Landais, au dire du jeune soldat, allait trop
doucement; celui-ci grommelait contre Lenoir qui prenait plaisir
à effrayer le poisson; Marengo recousait avec beaucoup d'ha-
bileté son soulier fortement endommagé; Clairon faisait sa les-
sive, et Mario, nonchalamment étendu sur l'herbe, jouait avec
son chien qui venait de se baigner.

— Sergent, dit-il à Marengo qui suait à grosses gouttes par
les efforts qu'il faisait pour recoudre la semelle avec un clou
qu'il avait affilé sur la pierre, sergent, nous sommes très bien
ici, y resterons-nous encore longtemps?

— Nous partons dans deux jours, mon camarade; nous irons
à Soldau et de là au Niémen que nous passerons à Prenn.

— On a soin de ne pas nous donner le plus beau côté de la
Pologne, à nous, dit Landais qui avait laissé Lenoir pêcher tout
seul. C'est triste, par là, allez; te souviens-tu comme nous trou-
vions cela laid, en 1807, Marengo? Ces pays-là ont l'air de
cimetières et, s'il fallait y vivre on s'y enterrerait tout de suite.

— Allons, grognard, dit Clairon au vieux soldat, tout en tordant son linge, il faut voir de tout, et vous m'avez dit qu'il valait mieux manger son pain bis le premier. Nous aurons la tristesse d'abord, et les Cosaques nous feront rire après.

— Écoutez, dit Marengo qui commençait à réussir dans son laborieux travail, vous ne vous doutez ni les uns ni les autres de la marche que nous faisons en ce moment ; c'est pourtant très fort et très beau. Jamais on n'aura vu une armée pareille ! Figurez-vous que nous sommes, ici en Pologne, six cent mille hommes en ce moment, en comptant la réserve ; nous sommes disposés comme qui dirait en une longue bande : l'armée d'Italie, la nôtre, avec les Bavarois, sous le prince Eugène, Junot et le maréchal de Saint-Cyr, est au milieu. En haut, sur notre droite, nous avons le roi Jérôme Bonaparte qui commande les Saxons et les Polonais ; à gauche, ah ! c'est le bouquet : Oudinot, Ney le rougeaud, le grand Davout, la garde et puis l'Ancien lui-même.

— L'Ancien ? répéta Mario.

— Eh oui ! le petit Caporal, le Premier Consul, si vous l'aimez mieux, dit Marengo.

— Dites donc l'Empereur, sergent, dit la grosse voix de Lenoir qui montrait fièrement à Landais un gros saumon qu'il avait attrapé.

— Est-ce que ça t'écorche la bouche, dit Landais en se tournant vers Marengo pour ne pas regarder la capture faite par son camarade.

— Mais non, mon ami, chacun a son idée, n'est ce pas ? Quand je dis l'Empereur, je vois un gros homme pâle avec une couronne, un manteau semé d'abeilles d'or qui balaye la terre, et l'air froid et dur comme une statue ; mais, quand je dis le petit Caporal, le Premier Consul, vois-tu, je vois un homme vif, alerte, avec de grands yeux gris que rien ne peut faire baisser et tout allumés par la victoire ; il est tantôt à cheval, tantôt à pied, il court au danger, il le défie, il serre la main du soldat, il commande le feu, il gagne des victoires, des villes, des pays ; c'est plus fort qu'un empereur, qu'un roi, c'est un héros ! Avec lui, je redeviens jeune, je recommence mes campagnes, mes premières campagnes, les plus belles, vous avez beau dire ! Voilà pourquoi, vieux Landais, je n'aime pas à dire l'Empereur.

— Vous êtes très éloquent, sergent, dit Mario en souriant.

Le sergent secoua la tête.

— Allez, dit-il, quand on a vu une fois cet homme-là, il devient votre maître à tout jamais. Il vous ordonnerait de vous jeter dans le feu, vous le feriez.

— Je crois que cette fois, c'est pas dans le feu qu'il nous jette, dit Clairon en riant à belles dents, puisqu'il nous mène au pays des glaces.

— Tais-toi, petit ; Napoléon sait ce qu'il fait. Est-ce que tu gèles, aujourd'hui, que la sueur te coule sous ton schako ? Eh bien ! ce sera encore comme cela pendant deux mois, au bout desquels nous aurons traversé la Russie, pris Saint-Pétersbourg, Moscou ; nous passons ensuite les monts Caucase ou la mer Noire, et nous arrivons à toutes jambes en Chine, aux Indes ou chez le grand Mogol : ce n'est pas plus malin que ça ! et on n'aura pas froid, allez !

— Bah ! dit Clairon en ouvrant de grands yeux, nous irons aux Indes, sergent ? Mais savez-vous qu'il y a des diamants en guise de pierres dans ce pays-là, et qu'on va à cheval sur des éléphants ; nous nous enrichirons.

— Pour cela, je ne m'en soucie guère, dit Marengo en caressant sa moustache ; pourvu que le petit Caporol n'attrape pas de coups de soleil et qu'il revienne tranquillement faire l'éducation de son petit après avoir remporté de belles victoires, je ne demande rien. Quand je serai vieux, j'ai ma place aux Invalides.

— Ah bien ! moi, je remplirai mon sac de diamants, dit Clairon, et je ferai la mère Antoine riche comme une reine. Je ferai aussi un collier en or à César et je m'achèterai un cheval. Alors nous serons tous heureux !

— Moi, dit le gros Lenoir, je me payerai des singes et je m'en ferai des domestiques.

Clairon et Mario riaient de cette singulière ambition, quand Marengo donna un coup de pied au premier.

— Ne riez donc pas comme ça, leur dit-il d'un air bourru, voici le lieutenant Lerowski qui n'a pas le cœur à rire, lui.

— J'ai toujours désiré savoir, demanda Mario, pourquoi il a l'air si triste?

Marengo secoua la tête de l'air d'un homme qui en sait plus qu'il n'en veut dire.

— D'abord, dit Clairon, les Russes lui ont pris ses petites économies, et ça lui a chassé la bonne humeur, à cet homme!

— Clairon, parlez plus respectueusement de vos chefs, dit Marengo en lançant une œillade terrible à l'étourdi.

— Mais, sergent....

— Je ne vous permets pas de vous égayer sur le compte de cet homme-là. Il n'a pas encore un cheveu blanc et il a plus souffert que nos vieilles têtes grises. Je l'ai connu pendant la campagne de 1807. Quelque temps auparavant, il habitait un château par ici : les Russes y ont mis le feu, après avoir percé de coups sa jeune femme. C'est alors qu'il a pris du service, et, comme il n'a peur de rien, il a eu la croix et grade sur grade. Le prince Eugène l'aime beaucoup, et je l'ai vu souvent causer avec lui. Dame! on dit qu'en Pologne le lieutenant était comme qui dirait un prince.

Connaîtriez-vous le 106e ?... (page 78).

CHAPITRE X

DEUX NOUVELLES RECRUES

N ce moment, le lieutenant, qui marchait lentement en fumant dans une grande pipe allemande, se trouva à quelques pas de la société où trônait Marengo.

— Bonsoir, mon brave, dit-il au sergent qui s'était levé et lui faisait le salut militaire, bonsoir, mon vieux Marengo ; bonsoir, messieurs.

Et il allait passer outre, quand le sergent s'enhardit jusqu'à lui dire :

— L'été est rude dans votre pays, mon lieutenant ?

— Oui, c'est vrai ; aussi, messieurs les Italiens font de longues siestes. Mais ce n'est rien en comparaison de l'hiver : le froid y est autrement difficile à supporter que la chaleur et, si on ne peut aller prendre les quartiers d'hiver en Saxe ou en

Westphalie, voici un pauvre petit qui n'y résistera pas, dit le lieutenant en passant la main sur la chevelure rousse de Clairon.

— Moi, mon lieutenant, reprit celui-ci en se redressant fièrement, je suis fort comme un Turc, et je ne crains pas plus le froid que les balles des Russes.

— Pauvre enfant! dit Lerowsky, tu présumes trop de tes forces et, si tu m'en croyais, tu prierais ton père de te faire mettre à la réserve.

— Ma foi, mon lieutenant, avec votre permission, je vois que vous en tenez contre moi, dit Clairon rouge de dépit. J'ai fait bien des campagnes déjà; et si je veux gagner un jour ce que vous avez sur l'épaule et sur la poitrine, il ne faut pas que je m'amuse à regarder les mouches ou à pêcher à la ligne. D'abord, je n'ai pas de père pour s'ingérer de ce que vous dites.

— Ne te fâche pas, mon petit Clairon, je sais que tu es un brave; mais tes amis devraient s'employer à te faire au moins entrer à l'École militaire. Tu serais en sûreté, là; oh! tu as beau me regarder avec des yeux étincelants, tu ne pourras pas m'empêcher de m'intéresser aux enfants que je vois, dit-il en souriant à Clairon avec une gaieté mélancolique.

— Comment! lieutenant, vous avez donc eu des enfants? est-ce que les loups de Russes vous les auraient aussi embrochés, par hasard? dit Marengo. Morbleu!

— Les Russes! dit Lerowsky avec la même expression de haine et de menace qu'il avait eue lors de la découverte de l'espion, les Russes! Tu as raison de les appeler des loups! Dans quelques jours vous les tiendrez, ces loups cruels, ces tigres sauvages!

Puis il continua avec une expression plus calme :

— Non, ils n'ont rien fait à mes enfants.

— Vous avez encore vos enfants, lieutenant?

— Deux fils, mon brave; mais ils sont trop jeunes pour me suivre. Ils sont élevés par une de nos vieilles servantes. Il y a cinq ans que je ne les ai vus! et ils ne sont qu'à huit lieues d'ici ; c'est à cela que je songeais tout à l'heure ; ma consigne me défend d'aller les embrasser.

— Mais, mon lieutenant, il fallait les faire venir ; morbleu ! deux petits Polonais ! tout le régiment les aurait croqués, ces lapins-là !

— Non, dit Lerowsky en secouant la tête, je n'ai pas voulu les voir pour m'en séparer aussitôt. Si je ne dois plus les revoir, à quoi bon leur causer des regrets ? Ils étaient bien jeunes quand ils m'ont embrassé pour la dernière fois ; l'aîné avait neuf ans, le plus petit, trois ! Pauvres enfants !

Et le lieutenant, secouant la main de Marengo et saluant les autres soldats, s'éloigna.

— Sergent, vous ne m'empêcherez pas de dire que cet officier-là est un original.

— Clairon, pas de ces mots-là en parlant de vos supérieurs.

— Mais, sergent...

— Silence, moutard, cet homme-là a plus de chagrins encore qu'il n'en montre. Je suis sûr que, malgré les marches forcées, il rêve souvent éveillé sur son lit de camp.

— Il a été frappé, dit Landais ; il ne guérira jamais.

— Dame ! dit Clairon, avec l'insouciance de son âge, c'est possible.

— Légitime, Clairon, dis donc légitime, répéta Mario avec animation. S'être vu enlever son rang, sa fortune, avoir vu mourir sa femme sous des mains brutales. Est-ce qu'on oublie jamais ces choses-là ? Pauvre lieutenant ! comme sa belle figure avait une expression navrante quand il parlait de ses enfants ! Il a du cœur, cet homme-là, et je l'aime, moi. On doit être fier de se battre à ses côtés.

— Dame ! dit Landais, le drapeau peut se vanter d'être en sûreté, car je crois bien qu'on ne le lui arrachera pas du premier coup.

— Tout ça, c'est bel et bien, dit Lenoir, mais le lieutenant a eu tort de s'enchaîner dans les liens de l'hyménée ; sans les bambins, il ne ferait pas si noir dans son intérieur, et il n'attristerait pas de braves gens comme nous. Mais ne lambinons pas à larmoyer, la mère Antoine doit avoir fini de fricasser mon saumon, et nous allons manger quelque chose de bon.

— Vois-tu, Clairon, dit Mario à son jeune ami, si l'on pouvait se détacher du corps sans être vu, on irait lui chercher ses enfants, à ce bon Lerowsky; il serait capable de pleurer de joie en les revoyant.

— Morbleu! cria Marengo d'une voix de tonnerre, voilà un propos qui sent la salle de police. Conscrit, est-ce que vous avez entendu dire qu'on se détachait du corps pour oui et pour non? Allez souper et, croyez-moi, ne songez plus creux de cette façon.

Le lendemain, un aide de camp de l'Empereur étant venu presser les préparatifs pour qu'on partit le lendemain, on fit une distribution de vivres pour trois jours; chaque soldat reçut du riz, du biscuit, du porc fumé et de l'eau-de-vie.

A chaque couchée, on abattait un certain nombre de bestiaux pour fournir la viande. La 5ᵉ compagnie du 106ᵉ, faisant partie de l'avant-garde, campait aux portes est de la ville. Mario et Lenoir étaient de garde à l'une de ces portes, lorsque deux enfants, arrivant par la grand'route, s'y présentèrent.

— Qui vive! cria Lenoir.

Le plus âgé des deux, qui pouvait avoir de treize à quatorze ans, ôta son tchapka et dit en bon français :

— Monsieur le soldat, pouvez-vous nous dire si nous sommes bien devant la ville de Plock, où sont campés les régiments de l'armée d'Italie?

— Oui, jeune étranger; mais on n'entre pas ici comme on veut, répondit Lenoir en riant.

— Connaîtriez-vous le 106ᵉ régiment.

— Un peu, aimable jeune homme, dit le soldat en montrant avec un air narquois le numéro du régiment à son schako.

— 106ᵉ, lut l'enfant; oh! mais alors vous connaissez le lieutenant Lerowsky?

— Cela pourrait être ou ne pas être, dit Lenoir, mais ma consigne ne permet pas de parlementer ainsi avec les premiers venus pendant une heure. Au large!

— Pied-Léger, dit Mario, ne repoussez pas ainsi ces pauvres enfants.

— Est-ce que vous auriez oublié l'espion qu'a si bien dépisté Moffino, dit Lenoir? Moi, je m'en souviens, et les enfants peuvent servir d'espions. Regardez ceux-là, ils ont l'*amurak* et les bottes russes : qui sait?

— Nous ne sommes pas des espions, dit le jeune garçon en souriant ; nous sommes des Polonais, et nous attendons des Français notre salut ; nous ne pouvons donc vous vouloir du mal. Mais, si vous vous obstinez à ne pas nous laisser passer, appelez au moins le lieutenant Lerowsky ; nous venons de loin pour lui parler.

— Soit! dit Mario, ceci n'est pas compromettant.

Et il chargea de la commission un soldat qui passait.

— Pourvu que ce ne soit pas long, disait le jeune Polonais, Ladis, mon frère, tu es bien las ; appuie-toi sur moi. Et il ajouta en se retournant vers celui dont l'accueil lui semblait plus hospitalier: Il n'a que neuf ans, il est bien petit, et nous n'avons cessé de marcher depuis le lever du soleil.

Mario répondit à son sourire, tout en l'examinant avec attention : dès le premier abord, il lui était venu une idée qui s'enracina encore après cet examen. L'air résolu sans effronterie, la taille élancée, le beau visage de l'aîné, autant que le regard profond et triste du plus jeune, lui rappelaient le lieutenant Lerowsky. L'instant d'après lui apprit qu'il ne s'était pas trompé. L'officier polonais, croyant qu'il s'agissait de quelques détails du service, venait lentement et d'un air distrait ; mais, quand Mario, qui était devant la porte, eut démasqué les enfants et lui eut dit : « Lieutenant, ces jeunes gens vous demandent, » Lerowsky demeura un instant interdit, puis s'avança, les envisagea avec une certaine indécision d'abord, et enfin, chancelant, il mit une main sur son cœur et s'écria :

— Dieu bon! ce sont mes fils !

— Oui, père, c'est nous, père, nous avons voulu te voir, répondirent-ils en se précipitant dans ses bras.

Le lieutenant les étreignit avec force contre sa poitrine et les y retint un long moment sans parler, les couvrant de baisers énergiques et prolongés.

— Ah! vous avez bien fait, dit-il enfin en les prenant chacun par la main pour les mener à la chambre qu'il occupait ; cinq ans, c'était trop long.

— Laissez passer! s'écrièrent les sentinelles l'une à l'autre.

— N'avez-vous pas reçu ma lettre, dit le père quand on fut arrivé, et comment avez-vous pu arriver tout seuls jusqu'ici?

— Nous avons reçu ta lettre, mon père, dit Wladimir, qui paraissait plus sérieux qu'on ne l'est d'ordinaire à quatorze ans. Tu nous disais que tu passais à huit lieues de nous, et ta lettre était si triste qu'elle nous parut un adieu. Hatwige est morte depuis deux mois, nous étions seuls avec son vieux mari, je ne pris conseil que de moi, et nous sommes partis, avec Ladis, et, comme vous allez faire une grande guerre, nous voilà pour ne plus vous quitter.

— Ne pas me quitter, Wladimir! cela est impossible, répondit le père, qui dévorait ses fils des yeux et ne se lassait pas de les admirer.

— Impossible! répéta le bel enfant avec un sourire fier : il n'y a plus qu'une chose d'impossible, c'est de vous quitter après vous avoir revu. Songe, mon père, que nous n'avons plus que toi, et que les fils de militaires vont à l'armée.

— Tu me ressembles, toi, dit Lerowsky en embrassant le petit Ladis qui lui baisait la main, mais lui, c'est le portrait de sa mère.

Et les yeux de l'officier se remplirent de larmes ; puis il reprit:

— Voyons, Wladimir, ne trouble pas les courtes heures que

nous devons passer ensemble par des rêves insensés, car il est insensé de croire que cet enfant grêle et pâle puisse nous suivre : il tomberait mort à la deuxième marche. Toi, passe encore, tu es fort et courageux.

— Je le porterai, mon père ; nous le porterons.

— Je marcherai bien tout seul, dit Ladis en secouant la main de son père, qu'il n'avait pas lâchée.

— Tu es donc brave aussi, toi, dit Lerowsky en regardant l'enfant avec des yeux brillants. Allons, tant mieux.

— Non, dit Wladimir, il n'est pas brave : il a peur des loups, des voleurs, des revenants ; mais il sera raisonnable ; n'est-ce pas, Ladis ? Tu sais, pour être un homme, il ne faut ni trembler, ni crier, ni pleurer.

— Je veux être un homme, reprit le petit garçon.

— Mon père, mon cher père, dit Wladimir, vous voyez que nous ne pouvons ni ne voulons vous quitter.

— Mes fils, dit Lerowsky, votre vue me charme et me navre ; vous voulez donc venir à la mort ?

— La mort ? dit Ladis, en ouvrant curieusement ses grands yeux.

— Oui, mon père, dit résolument Wladimir ; je veux aller où vous allez, et je sais où vous allez. Il y avait dans la chambre où nous dormions toutes les nuits depuis cinq ans, Ladislas et moi, un portrait de notre mère devant lequel Hatwige nous faisait faire notre prière matin et soir, en nous disant : « N'oubliez jamais que ce sont les Russes qui ont tué votre mère. Dieu veut qu'on venge ses parents. » Je ne l'ai pas oublié, père, et Ladis, tout petit qu'il est, ne l'a pas oublié, non plus. Vous allez faire la guerre aux Russes, nous marcherons à côté de vous, moi du moins, et ils verront, ajouta-t-il avec une énergique menace.

Lerowsky les regarda tous deux en réfléchissant. Si je meurs, pensait-il, ils mourront à mes côtés ou trouveront des amis chez les Français ; si je vis, je les aurai là pour les protéger, et j'en ferai des soldats comme moi. A la grâce du ciel et à la volonté de Dieu!...

— Soit donc, dit-il; puisque vous voilà, mes fils, ne nous quittons plus.

Et, embrassant ses enfants avec tendresse, il leur distribua quelques vivres. Ladis, assis sur les genoux de son père, ne voulait pas lui lâcher la main, comme s'il eût craint une nouvelle séparation; Wladimir promenait sur ces deux êtres qui étaient toute sa vie un regard ardent et satisfait.

Quoique l'Empereur, dans un accès de sévérité fort juste, eût réduit dans ces jours mêmes les états-majors qui prenaient un trop grand développement et eût signifié aux gens inutiles de se tenir à vingt lieues au moins de son quartier général, le général Delzons, auquel Lerowsky en référa le lendemain, ne fit aucune objection à l'admission des enfants de ce brave officier, comme pupilles du régiment. Au lever du jour, on se mit en marche, Wladimir, heureux comme il ne l'avait jamais été, puisque le rêve de son enfance, exalté par le patriotisme un peu fanatique d'Hatwige, allait recevoir son accomplissement: marcher enfin en soldat contre les ennemis de son pays et de sa famille.

Ladis faisait de grandes enjambées pour avoir l'air d'un homme. Mais, au bout de deux heures de marche, il commença à pousser de gros soupirs et finit par s'accrocher à la capote de Landais qui commença par le regarder de travers, puis fit entendre un grondement sourd et dit:

— Encore un agneau qu'on mène à la boucherie!

— Landais, cria Marengo très en colère, je ne crois pas qu'on trouve jamais un sabre assez affilé pour te couper la langue!

Landais siffla gaillardement l'air du *Chant du Départ* et regarda son ami d'un air narquois.

En ce moment Ladis se sentit enlever de terre et, en tournant la tête, il se vit dans les bras d'un tout petit soldat pâle, maigre et souriant, qui l'emporta jusqu'à ce qu'il fût devant une charrette traînée par un petit cheval gris noir.

— Tenez, petit blanc-bec, dit Clairon, montez en équipage ; les routes sont trop longues pour vos jambes de deux jours.

— Assieds-toi, mon enfant, dit la mère Antoine, en faisant place à Ladis et en essuyant la sueur qui coulait de son front ; des marches pareilles te tueraient. Ton brave père n'a donc pas songé à moi qu'il te laissait trotter comme un pauvre lièvre ? Ne t'inquiète pas, Clairon va aller avertir le lieutenant.

— Et Wladimir ? dit Ladis, enhardi par l'expression bonne et franche du visage de la mère Antoine.

— Qu'est-ce que c'est que Wladimir ?

— Son frère, maman ; un gamin qui fait des airs graves ; mais après tout c'est un rude lapin, il marche comme nous, et se soucie de votre caisson comme de ça. Et le pittoresque Clairon se donna une pichenette sur le nez. Soyez tranquille, jeune homme, on va avertir votre famille.

Et il s'élança en avant.

CHAPITRE XI

CLAIRON ET WLADIMIR

OFFINO avait fait bon accueil aux jeunes Lerowsky, on l'avait vu lancer à Wladimir quelques abois de bonne humeur et, grimpé sur la charrette de la mère Antoine, il avait à plusieurs reprises promené sur le visage de Ladis sa langue fraîche avec tant d'ardeur que le petit garçon avait ri aux éclats en embrassant la grosse tête frisée du caniche.

— Le chien a bon nez, dirent les soldats très confiants dans la sûreté du flair de Moffino depuis l'affaire de l'espion ; voilà deux petits qui nous porteront bonheur.

Clairon, non moins hospitalier, avait, dès la première nuit passée à la belle étoile, cédé sa part de couverture à Ladis après lui avoir abandonné un gros morceau de pain blanc que lui avait donné un cantinier de ses amis. Cependant il ne se sentait pas d'humeur à répartir également les faveurs entre les deux frères, et il éprouvait pour l'aîné une antipathie qui se traduisit par des moqueries parfois désobligeantes. Mario, au contraire, entraîné par la bonne mine et l'air intelligent du jeune Wladimir, lui témoignait de l'intérêt, et, quoique l'enfant fût peu communicatif, il ne tarda pas à s'établir entre eux une vive intimité ; c'est ce qui blessa profondément Clairon, qui ne voulait pas de tiers entre son ami et lui. Aussi ne ménageait-il pas les quolibets au jeune Polonais, qui, la plupart du temps, feignait de ne pas entendre. Marengo, chargé par Lerowsky de familiariser son fils avec les exigences du service, apprenait l'exercice à l'enfant, et l'élève promettait de faire le plus grand honneur au maître. Au tir, Wladimir était moins adroit, et les soldats s'amusaient à le faire concourir avec leur élève Clairon, qui avait une grande justesse de coup d'œil et manquait rarement son coup. Un jour, entre autres, Lenoir s'était amusé à découper une croix d'honneur en carton, et celui qui la percerait devait être déclaré vainqueur : Wladimir la manqua et Clairon la perça du premier coup.

— Comment se fait-il que tu aies manqué ton coup? dit Mario à l'enfant; tu ne manques ni de sûreté dans la main, ni de hardiesse; il faut t'exercer.

Clairon sentit un profond dépit de ce que Mario, en déplorant la défaite de son adversaire, n'eût pas d'applaudissements pour sa victoire à lui : cédant à la première mauvaise pensée de sa vie, il chargea son pistolet et l'ajusta sur Wladimir en criant :

— Voyez la merveille des merveilles!

Un cri d'effroi fut poussé par les soldats témoins de cet acte de violence ; mais ils eurent beau faire :

— A la couronne du prince ! cria Clairon, et aussitôt le tchapka de Wladimir fut renversé.

— Voilà des jeux que je n'admets pas, dit Marengo avec colère. Clairon, encore deux actes semblables et le bataillon vous renie. En attendant, vous occuperez l'arrière-garde ce jour-ci et, à la première halte, je dirai deux mots de vous au lieutenant.

Clairon s'en alla fièrement en jetant sur Wladimir un regard de colère.

Wladimir y répondit par un regard de surprise, mais n'en témoigna rien par ses paroles. Il avait ramassé son tchapka et, l'ayant remis, resta silencieux quelques instants.

— Je regrette que Clairon ne m'aime pas, dit-il à Mario ;

pour moi je le trouve à mon gré, et je sais combien il est bon pour mon frère. Je supplierai mon père de lever les arrêts que vient de prononcer notre sergent.

Il fit ainsi qu'il avait dit, et Lerowsky, très reconnaissant envers la mère Antoine et très joyeux depuis l'arrivée de ses fils, n'hésita pas à faire pardonner au petit Clairon.

— C'est Wladimir qui te vaut cela, lui dit-il ; il n'a pas voulu que tu sois puni.

L'enfant de troupe salua son lieutenant, mais se garda bien de remercier Wladimir, ni même de lui parler. Le soir, à la couchée, il alla errer autour de Mario, mais celui-ci causait avec le fils aîné du lieutenant polonais, et Clairon furieux ne se mêla pas à la conversation, qu'il écouta cependant.

— Vous n'aimez pas la guerre, Mario, disait Wladimir, mais moi j'ai grandi avec le désir ardent de la guerre, parce que je savais que là seulement je pourrais aider mon père à venger ma mère. Pendant les longues soirées d'hiver, pendant que la vieille Hatwige filait au coin du feu en fredonnant quelqu'un de nos vieux airs, et que Ladis s'endormait dans son berceau, je songeais en moi-même au jour où je serais assez fort pour être militaire ; je ne voyais que combats, batailles, armes et chevaux. Il me semblait que rien ne serait aussi agréable à mes oreilles que le son du canon et la musique de guerre, et la nuit je rêvais que j'étais soldat.

— Les rêves que je faisais étant petit, répondit Mario en souriant tristement, ne ressemblaient pas à ceux-là !

— Je crois bien que, si j'avais eu ma mère à mes côtés, je me serais peu soucié de la guerre, répondit Wladimir, et j'aurais regardé comme un malheur d'être obligé de la quitter.

Mario baissa la tête et ne fit pas de réponse: le petit Ladis, qui était venu rejoindre son frère, s'était pendu à son cou et pleurait tout bas:

— Clairon est le plus heureux de nous tous, murmura-t-il, puisqu'il va à la guerre et que sa mère le suit.

— Mais, reprit Wladimir, Clairon n'a plus son père, et nous avons le nôtre.

Cette réflexion donna à songer à Ladis qui, s'appuyant la tête contre l'épaule de son frère, resta sans parler pendant le reste de la soirée. Mario appelait cet enfant « son petit sauvage », et le nom était bien donné ! Timide, silencieux avec tout le monde, même avec la mère Antoine si tendre et si bonne pour lui, Ladis ne montrait que rarement cette gaieté communicative et bruyante de l'enfance ; on sentait qu'il avait grandi à l'écart, sous l'influence d'une pensée triste et constante : il rendait volontiers à son père les caresses dont celui-ci le comblait ; mais il ne s'ouvrait pleinement qu'avec Wladimir et témoignait à ce frère une tendresse sans bornes ; quand Wladimir parlait, Ladis, ses grands yeux bleu sombre attachés sur les lèvres de son aîné, l'écoutait avec une attention naïve et passionnée. Il montrait aussi beaucoup d'expansion avec Moffino, l'embrassait, passait et repassait ses petites mains sur la tête intelligente de l'animal, et l'aurait voulu constamment à ses côtés ; mais le caniche n'était ni oublieux ni ingrat, et, quoiqu'il se laissât volontiers caresser par Ladis, quand venait le soir, le petit avait beau l'envelopper dans sa couverture et l'entourer de ses bras en lui racontant mille choses charmantes. Moffino essayait peu à peu de se dégager ; mais, quand il ne pouvait y réussir, il poussait de petits gémissements douloureux qui dégénéraient en hurlements, jusqu'à ce que Ladis affligé lui rendît la liberté : alors, il s'élançait, courait rejoindre son maître Mario et s'étendait à ses pieds. Jamais, depuis le départ, il n'avait dormi ailleurs. Il ne négligeait pas non plus pour ces petits étrangers son professeur Clairon et lui montrait la même docilité que par le passé.

Ce fut ainsi que l'on alla de Soldau à Ortelsburg, puis à Oletz, traversant la vieille Prusse avec ses plaines fertiles et boisées, ses châteaux anciens et ses fermes modernes, ses lacs semés d'îles flottantes, sa bonne bière, son hydromel surtout,

que les anciens se rappelaient avoir déjà goûté au lendemain
des batailles d'Eylau et de Friedland. Mais, plus que tout autre
pays, la Prusse souffrait de la guerre, à cause des nombreux
sacrifices que Napoléon avait exigés du roi : les chevaux et le
bétail manquaient dans les campagnes, et aucun des malheureux habitants n'osait faire entendre un murmure. Vivant
aux dépens de ces populations éprouvées, les armées gagnèrent
Gumbinen, ville située sur la Pregel, qui coule dans la même
direction que le Niémen. Toutes nos troupes étaient venues se
ranger sur les bords de cette rivière, afin d'y recevoir leurs
vivres et d'y être passées en revue par l'Empereur. On aurait
dit qu'un courant électrique circulât dans les bataillons quand
les colonels, passant au galop sur le front des colonnes, donnèrent l'ordre de préparer les armes et de se ranger en ordre
de bataille : cavalerie légère, infanterie, artillerie et grosse
cavalerie.

— L'Empereur ! on va voir l'Empereur !

— A la bonne heure ! disait Marengo, cela me ravive : depuis
1810, je ne l'ai pas vu. Allons, soldats, de la tenue ! Souvenez-
vous que Napoléon connaît son 106e régiment de l'armée
d'Italie. A l'hôpital les malades ! à l'arrière les fatigués et les
raînards ! Tenons-nous ferme et montrons-nous dignes de la
gloire que nous allons chercher.

La vue de la grande armée, brillante, mieux soignée et
mieux nourrie qu'eux, excita l'admiration, non l'envie de l'armée d'Italie, la cavalerie surtout, commandée par le roi de
Naples et beau-frère de l'empereur, Murat, qui, tout chamarré
d'or, faisait caracoler son cheval avec autant de hardiesse que
d'élégance devant les magnifiques escadrons de cuirassiers.

Ils saluèrent tour à tour :

Davout, le savant organisateur de cette gigantesque armée,
avec son visage austère ; Ney, plein d'ardeur et de confiance,
qui devait mériter d'être appelé par l'empereur « le brave des
braves » ; le roi Jérôme, entouré d'un brillant état-major;

Berthier, fatigué et souffrant, mais animé du même dévouement pour la France et pour l'Empereur. Que de force, que de

Brave régiment, et belle compagnie que la vôtre, sergent Marengo...
(Page 90.)

gloire, que de bravoure dans cette belle armée! que de souve-

nirs chez les vieux, d'espoir chez les jeunes ! que d'enthousiasme dans ces troupes qui défilaient aux cris de : « Vive l'Empereur! » et qu'il devait être fier, cet homme, de régner sur
tous ces cœurs, de commander à toutes ces volontés animant
les plus vaillants soldats du monde! Il était là, monté sur son
cheval blanc, vêtu de l'uniforme vert des chasseurs, son chapeau posé très en avant; il promenait sur ces troupes nombreuses un regard perçant, mais satisfait, faisant aux chefs de
brèves observations, donnant souvent des ordres clairs et pré-
cis. Quand ce fut le tour de la 5e compagnie du 106e de la division Delzons, Napoléon fronça le sourcil.

— Il y a des vides dans vos rangs, dit-il brusquement au
capitaine Benard.

— Sire, ce sont des malades qu'on a dû laisser dans les hôpitaux.

— Ou des traînards qui sont restés sur les chemins.

— Sire, répondit le jeune officier, on peut faire l'appel du
bataillon ; ceux qui ne sont pas là pour répondre : « Présents ! »
ont leurs noms inscrits sur les registres comme malades.

— C'est bien, dit l'Empereur: je reconnais là le 106e ; brave
régiment, et belle compagnie que la vôtre, sergent Marengo!

Le vieux soldat fit un soubresaut en s'entendant nommer.

— Présent, Sire ! dit-il.

— Cela t'étonne que je me rappelle ton nom ? dit l'Empereur
en tirant la longue moustache du sergent ; j'ai bonne mémoire,
va, et j'oublierai bien des choses avant d'oublier la journée de
Marengo. Ah ! mon vieux, les braves s'en vont tous les jours :
il faut avoir l'œil aux conscrits et faire qu'ils soient dignes de
leurs aînés.

— C'est vous, sergent, qui faites de pareilles recrues, ajouta-
t-il en montrant Clairon en serre-file et, derrière lui, Wladimir
qu'était venu malencontreusement rejoindre son frère. Il faudra faire suivre l'armée par des biberons.

— Sire, celui-ci est un enfant de troupe, répondit Marengo

en montrant Clairon, dont le visage espiègle et résolu ne se détournait pas de l'Empereur : il ne boude pas ; les deux autres sont les fils du lieutenant polonais Lerowsky.

L'Empereur, qui avait promené son regard scrutateur sur les enfants, fut sans doute satisfait de leur air déterminé, et dit :

— Soit, mais qu'ils se rappellent que, puisqu'ils n'ont pas la taille, ils doivent être deux fois grands par le cœur.

— Vive l'Empereur ! cria Clairon enthousiasmé.

— Vive la Pologne ! cria Wladimir d'une voix non moins vibrante.

L'Empereur sourit : il aimait l'enthousiasme à tous les âges. Quand il fut passé, Wladimir dit à son frère :

— Tu as vu cet homme-là ; il faut l'adorer ; c'est lui qui va ressusciter la Pologne.

CHAPITRE XII

LE NIÉMEN

GRACE à la navigation active autant qu'ingénieuse établie, entre Dantzik et Kœnigsberg, pour le transport des vivres, on put distribuer à chaque soldat pour six jours de vivres afin d'attendre les premières opérations ; puis, chaque armée marcha en avant suivant les ordres qu'elle avait reçus. Le prince Eugène se dirigea vers Rem, où il devait passer le Niémen, et la grande armée avec Napoléon alla vers Wilkowisk, traversa la belle forêt de ce nom, et, le 22 juin, on arriva devant le Niémen : trois ponts y avaient été jetés : il n'y avait plus à reculer, encore un pas et le sort allait en être jeté de cette expédition hardie et aventureuse s'il en fut ! Encore un pas et l'on allait être en Russie !

Les Russes ne se montraient pas ; à l'exception de quelques cosaques voltigeant sur l'autre rive comme des oiseaux sauvages, et des lueurs rougeâtres que projetaient les fermes qu'ils avaient incendiées, on aurait pu douter que ce fût un pays ennemi.

Le 24, au matin, on lut aux troupes la proclamation suivante écrite par l'Empereur :

« Soldats, la seconde guerre de Pologne est commencée. La première s'est terminée à Friedland et à Tislit ! A Tislit, la Russie a juré une éternelle alliance à la France, et la guerre à l'Angleterre. Elle viole aujourd'hui ses serments ; elle ne veut donner aucune explication de son étrange conduite, que les aigles françaises n'aient repassé le Rhin, laissant par là nos alliés à sa discrétion. La Russie est entraînée par la fatalité ; ses destinées doivent s'accomplir. Nous croit-elle donc dégénérés ? ne serions-nous plus les soldats d'Austerlitz ? Elle nous place entre le déshonneur et la guerre : notre choix ne saurait être douteux. Marchons donc en avant, passons le Niémen, portons la guerre sur son territoire. La seconde guerre de Pologne sera glorieuse aux armes françaises. Mais la paix que nous conclurons portera avec elle sa garantie ; elle mettra un terme à la funeste influence que la Russie exerce depuis cinquante ans sur les affaires de l'Europe. »

Ces paroles furent applaudies avec chaleur, et le passage commença. Napoléon suivait avec sa lunette le mouvement de ces milliers d'hommes se déroulant comme un long cordon, défilant sur les ponts et se rangeant en bataille sur l'autre rive. Le pays, coupé de collines et de vallées boisées, était beau et pittoresque, le soleil brillait, les cœurs étaient remplis d'espoir, et les soldats, enivrés de ce vaste déploiement de forces, oubliaient la guerre aventureuse vers laquelle ils étaient poussés et ne cessaient de crier : « Vive l'Empereur ! » S'il faut en croire une histoire de cette campagne, Napoléon, mis lui-même en belle humeur par la réussite de ses projets, sifflait entre les dents l'air de Grétry, dans *Roland à Roncevaux :*

> Où vont ces preux chevaliers,
> L'espoir et l'honneur de la France ?

puis, s'interrompait pour reprendre cet autre refrain moins chevaleresque, ce qui plus tard fut regardé comme un triste augure :

> Malbrouck s'en va-t-en guerre ;
> Ne sait quand reviendra.

Lorsque tous furent passés, il monta à cheval, traversa à son tour l'un des ponts et courut sur Kowno. Comme il voulait se rendre maître de la Wilia, petite rivière qui joint Kowno à Wilna, plusieurs lanciers polonais, n'écoutant que leur généreuse ardeur, s'élancèrent à la nage; mais la force du courant en entraîna un grand nombre et il en périt plus de trente.

Ainsi ces braves inaugurèrent par leur dévouement la fatale campagne qui devait consommer leur ruine et leur misère.

Pendant que s'accomplissaient ces faits, l'armée d'Italie s'avançait sur Prenn avec ardeur, traversant les solitudes de la Pologne.

Cette contrée, ainsi que l'annonce son nom, est un pays plat : elle fait en effet partie de cette plaine, la plus vaste du monde, qui s'étend depuis la Hollande jusqu'au Kamtchatka et comprend plus de trois mille lieues ; les rivières, plus larges que profondes, vont jeter leurs eaux dans la mer Baltique, la mer du Nord et l'océan Glacial. De grandes plaines sablonneuses ou argileuses, comme celles de la Lithuanie, des forêts de sapins, de chênes, de hêtres, de bouleaux, agréablement variées, des lacs couverts d'îles flottantes, voilà ce que rencontrait l'armée d'Italie. Pourvus de vivres pour plusieurs jours, les soldats marchaient bravement; les plus rebelles semblèrent un moment rentrés dans l'ordre et ne s'écartèrent plus pour piller. Une chaleur accablante de 27° pesait pourtant sur le pays et doublait la fatigue ; il était expressément défendu de ralentir la marche, le prince Eugène ayant l'ordre de franchir le Niémen le 29 juin.

Wladimir Lerowsky ne se plaignait pas de ces longues étapes et des courts repos qu'on accordait. Mario, dont le caractère inégal était tantôt plein d'ardeur, tantôt en proie à un grand découragement, s'étonnait de tant de constance dans un enfant.

— Je ne me fatigue pas aisément, répondait Wladimir, qui ne songeait guère à tirer vanité de ses avantages ; mon père, qui voulait me faire un tempérament robuste, m'avait habitué, tout petit, à de longues marches dans nos bois ; et, quand je suis resté avec Hatwige, je ne passais pas un seul jour sans courir la campagne pendant des heures.

— Tu es jeune, mais courageux, disait Mario, et tu serais las que tu ne te plaindrais pas.

— Sans doute que monsieur tient de la perfection en magasin, disait Clairon en ricanant ; je le prierai de m'en mettre en réserve.

Wladimir ne répondait que par un sourire un peu dédaigneux, et Mario répliquait :

— Mon pauvre Clairon, je crois que tu ferais bien de faire tes acquisitions tout de suite.

Et l'enfant de troupe, tout à fait changé par le sentiment de jalousie qui le dominait, se vengeait sur Moffino en le brutalisant ou en lui jouant quelques mauvais tours. Il s'ingéniait à faire enrager Wladimir, lui tirait une capsule aux oreilles ; remplissait ses mains de mûres sauvages, et en donnait à Mario, à Ladis, au caniche même qui les croquait en se léchant les barbes, à ses amis enfin, et feignait de ne pas voir le jeune Polonais.

La mère Antoine, qui était une femme de sens, vit bien cela, et se dit : « Voilà la première fois qu'une mauvaise pensée entre dans l'âme de mon garçon ; je pourrais bien lui faire une longue morale, mais j'aime mieux avoir l'air de ne m'apercevoir de rien, je suis sûre que cela ne durera pas : nous aurons sous peu des occupations qui lui détourneront l'esprit de tout cela. »

Cependant, à une halte, lorsque Wladimir prenait sa place à la gamelle, Clairon le regarda d'un air insolent et dit :

— Il n'y aura bientôt plus place pour les soldats si les officiers prennent tout. M. Wladimir devrait aller manger avec son père.

Wladimir devint très rouge et se levait pour quitter la place, quand Mario le retint.

— Reste, lui dit-il, tu sais que ton père t'a confié au sergent jusqu'à Prenn : il passe tout son temps à l'état-major, où le général Delzons donne ses instructions.

— Restez donc, morbleu, mon petit lieutenant, dit Marengo en tirant l'oreille de Clairon. C'est comme cela que tu entends l'hospitalité française ? Tu as parlé là comme un sans-cœur, Clairon ; est-ce que nous t'avons jamais appris cela ?

— Lâche-le, dit Landais, qui avait un faible pour l'enfant de troupe ; c'est un enfant, il a voulu plaisanter.

— Non, murmura Clairon, je ne plaisante pas.

On fit la sourde oreille, ne voulant pas exciter la rivalité entre les deux jeunes garçons. Ce soir-là, Clairon resta silencieux et ne fit pas faire l'exercice à Moffino. Il alla se coucher près de sa mère, et repoussa Ladis, qui lui disait bonsoir.

Le lendemain, il ne parut pas au milieu des soldats et s'écarta dans les taillis.

— Tu marches au mieux dans cette belle forêt, dit Mario à Wladimir.

— Sans doute, c'est la forêt de Bialowitz. On a de l'ombre et la terre a un tapis de mousse.

Voyons, Ladis, dit-il au petit garçon qui piétinait à ses côtés, ne te pends pas ainsi après moi. Il a peur de rencontrer des loups gloutons avec leurs longues dents blanches. Il y en a beaucoup, quoique je n'en aie jamais rencontré. En revanche, j'ai vu souvent des bœufs sauvages, avec leurs cornes noires, leurs yeux sanglants et leur détestable odeur de musc. Une fois même, j'ai vu un ours qui mangeait tout le miel d'une ruche : il a été effrayé de se voir surpris et s'est sauvé.

— N'est-ce pas, Wladimir, que rien ne te semble aussi beau que ce pays sauvage? dit Mario ; c'est toujours comme cela, on voit son pays plus beau que tout. Moi, je trouve l'Italie bien plus gaie, plus brillante, plus riche, que cette contrée triste et déserte. Que suis-je venu chercher ici, et que vas-tu chercher là-bas, toi, mon pauvre enfant ?

— Je suis venu rejoindre mon père, et c'est parce que mon pays me semble beau, que je veux qu'il soit libre. Ah ! je le sais, mon père me le disait encore hier, si nous étions tous les

Polonais armés, les Russes ne nous résisteraient pas, mais il
y en a beaucoup qui n'ont pas voulu prendre l'épée pour ne
risquer ni leurs châteaux ni leur fortune.

— La guerre est une si triste chose ! dit Mario en s'arrêtant
contre un arbre pour reprendre haleine.

Le jeune Polonais le regarda gravement.

— La guerre est le seul moyen d'avoir la paix, dit-il.

— Parce que les hommes sont des ambitieux et des perfides,
reprit Mario, à qui la fatigue faisait voir tout en noir.

— Allons, dit Lenoir, en tendant son bidon plein d'eau-de-
vie au jeune conscrit, ne faites donc pas la mijaurée comme
cela, fusilier Mario. Et puis, il ne faut pas toujours gronder
contre la guerre, la compagnie trouve que ça lui étourdit les
oreilles ; on n'a pas été vous chercher, c'est vous qui êtes venu ;
sans reproche.

Et, poussant Mario devant lui, Lenoir emboîta le pas en sifflant : *Allons, enfants de la patrie.*

— C'est donc toi qui t'es engagé ? demanda Wladimir en
suivant son ami ; j'ignorais cela, je ne puis m'expliquer alors
pourquoi tu es si monté contre la guerre. Il doit y avoir toute
une histoire là ?

— Oui, c'est une triste histoire, répondit Mario, mais qui
n'intéresse que moi.

Wladimir rougit d'avoir été indiscret, et la route s'acheva
silencieusement.

Pourtant Clairon, après avoir vainement espéré que Mario,
s'apercevant de son absence, le chercherait et l'appellerait, se
laissait aller tout entier à ce sentiment amer et douloureux
qu'on appelle la jalousie.

Moffino, après lui avoir fait quelques avances, était retourné
aux côtés de son maître, et le pauvre enfant de troupe se trouvait tout seul :

— Mario est ingrat, disait-il en lui-même ; ne l'ai-je pas
servi, égayé, consolé depuis le départ, et il m'oublie pour ce

MOFFINO   7

nouveau venu qui sait dire de belles paroles et faire de grands airs ? Je vois bien que je n'ai au monde qu'une amie, c'est ma brave femme de mère.

Et Clairon, dont le caractère vif et communicatif ne s'arrangeait pas de la solitude, se décida à quitter les taillis et à retourner vers le grand chemin que sa mère n'avait pas dû quitter. La nuit commençait à tomber et donnait à tout une forme confuse et indécise : l'enfant, qui s'était arrêté pour saisir les bruits qui devaient le diriger, fut brusquement poussé par un groupe de soldats qui s'enfonçaient furtivement au plus profond de la forêt.

— Crois-tu que ce maudit sergent va faire l'appel à la couchée ? demanda l'un.

— Que m'importe ? répondit un autre. Je sais bien qui ne lui répondra pas.

— Et moi aussi, reprit un troisième. Je suis révolté de la façon dont on nous traite. Mauvaise nourriture, marches exténuantes, couchées à la belle étoile : je souhaiterais bien que cinq cent mille Russes vinssent à tomber sur le casaquin de l'armée quand elle passera le Niémen.

— Oh ! pensa Clairon, qui s'était blotti contre un arbre et qui entendait leurs paroles bien qu'ils parlassent en italien, je connais cette voix-là, c'est celle de ce vilain Tita : il mériterait qu'on lui coupât les oreilles pour souhaiter ainsi du mal aux Français.

— Vous avez raison, reprit un soldat portant l'uniforme bavarois : nous en laissons tous les jours quelques-uns des nôtres ; et sûrement, ceux qui passeront le Niémen ne reverront jamais ni leur village ni leur vieille mère.

— Oh ! moi, dit Tita, je n'ai ni mère ni village, mais c'est ma liberté que je regrette. Avec notre sergent, il n'y avait pas moyen de s'écarter ; aujourd'hui seulement j'ai pu vous rejoindre. Ainsi donc, nous pouvons dire adieu à cette maudite guerre, à ce maudit pays, à ce maudit empereur, continua-t-il avec une expression de haine qui effraya Clairon.

— On est chargé comme des mulets ! dit un de ceux qui avaient déjà parlé.

— Si vous êtes chargé, dit l'Italien, jetez là votre sac et vos mauvaises provisions.

— Et manger ?

On en trouve toujours avec cela... (Page 100.)

— Soyez tranquille, dit Tita en frappant sur sa ceinture qui rendit un son métallique, si nous nous entendons bien, nous ne mourrons pas de faim, nous pourrons même nous enrichir. Il y a des juifs polonais qui s'entendent en affaires et...

Ici il baissa la voix.

— Soit ! dirent les soldats et, débouclant leurs sacs, ils jetèrent sur le sol le biscuit, le riz et la viande de porc qu'ils avaient reçus ; ils ne gardèrent que l'eau-de-vie.

— L'armée est longue à défiler, dit un Bavarois en manière de réflexion, et je ne sais pas si nous pourrons trouver des vivres comme vous le dites.

— On en trouve toujours avec cela, dit Tita frappant sur son
fusil d'un air cruel.

— Compris ! dirent les autres.

— Je ne regrette qu'une chose, murmura l'ancien saltimbanque en s'éloignant, c'est de n'avoir pu jouer de cet instru-
ment-là sur certain blanc-bec de mon pays qui m'a fait prendre
en grippe par la compagnie, un petit voleur qui fait le vertueux
maintenant et qui est l'ami des chiens ! Allons, amis, en marche,
et espérons que le bon Dieu, que nous adorons tous, nous per-
mettra, un jour ou l'autre, de nous venger congrûment.

Clairon resta encore quelques instants immobile, très impressionné des dernières menaces de Tita. Il savait qu'au régiment
on regardait l'Italien comme un chipeur, mais de là à un bandit, il y avait loin, et il était étonné et inquiet.

— J'ai bien compris qu'il déteste Mario, se dit-il ; je l'avertirai de se tenir sur ses gardes, ou plutôt je dirai tout cela au
vieux Marengo. Allons, tant mieux que Mario m'ait oublié
aujourd'hui, ça fait que je pourrai peut-être lui rendre un grand
service.

Et, la générosité naturelle de Clairon l'emportant sur sa
jalousie, il se sentait le cœur plus léger et allongeait le pas
vers la route, lorsqu'il réfléchit qu'il ne fallait pas perdre
toutes les provisions jetées par les lâches fuyards.

— Je vais emporter tout ce que je pourrai, dit-il, il vaut
mieux que ça nourrisse de braves gens que les ours et les
loups. C'est égal, je suis fièrement content que dans tous ces
chenapans il n'y ait pas un Français, ah ! mais pas un.

Il arriva sur la lisière du bois et regardait de côté et d'autre
pour savoir où il devait chercher son régiment, quand la voix
de la mère Antoine se fit entendre :

— Hue ! Pologne, disait-elle, courage, mon petit vieux ; il
y a de l'avoine plein ton sac, mon enfant.

La vue de Clairon amena un sourire sur le visage sérieux de
la cantinière.

— La faim chasse le loup du bois, dit-elle. Tu arrives bien, mon Clairon. Nous nous arrêtons à deux minutes de là.

Clairon, tout à ses réflexions, soupa silencieusement; il n'eut pas l'air d'entendre Ladis, qui, n'ayant pas vu son père de la journée, demandait où il était.

Le lendemain, en s'éveillant, on ressentit une chaleur étouffante, et le ciel se montra couvert de nuages noirs et menaçants.

— Pressez le pas ! En avant, marche ! crièrent les chefs ; voilà un orage qui s'amasse, sortons en hâte de la forêt.

On courut plutôt qu'on ne marcha, et l'avant-garde fut bientôt en vue de Prenn où l'on devait franchir le Niémen, sur lequel des ponts avaient été jetés. Un vent violent s'éleva tout à coup, qui faisait tourbillonner la poussière de la route en nuages épais, et plier les beaux tilleuls de Prenn jusqu'à les briser.

— Diable! diable! disait Marengo à sa compagnie; mes enfants, je crois qu'il se prépare une légère ondée.

Comme il achevait ces mots, un sourd grondement se fit entendre.

— Oh ! oh ! continua-t-il, voilà nos amis les Russes qui accordent leurs instruments pour nous donner une aubade.

— Ça c'est le tonnerre, dit Landais, qui, en homme prudent, avait serré sa capote contre lui, et, à tout événement, tendait déjà le dos pour recevoir la pluie.

— C'est le canon, dit Marengo, je sens cela ; ça m'égaie le cœur et les oreilles.

Un éclair, qui déchira la nue et qui fut immédiatement suivi d'un roulement plus violent et plus rapproché, vint donner raison à Landais.

— C'est un grand orage, dit Wladimir, en faisant respectueusement le signe de la croix devant les éclairs qui se succédaient sans relâche et enflammaient le ciel. Ils sont horribles à cette époque.

— Dieu nous soit en aide ! dit Mario.

Cependant les tambours et les clairons ne cessaient de se faire entendre, et les chefs placés sur la rive du fleuve continuaient à donner leurs ordres pour le défilé.

— Si l'on n'avait pas accordé tant de haltes ces deux jours, dit le lieutenant Lerowsky, on serait passé maintenant.

— Père, dit Wladimir, le pauvre petit Ladis est en arrière, ne pouvez-vous aller le rassurer ou lui envoyer quelqu'un, il doit se mourir de peur.

Lerowsky montra à son fils son drapeau dont il avait ôté l'aigle pour la préserver de la pluie.

— Crois-tu qu'on quitte cela pour de semblables enfantillages; nous sommes tous sous l'œil de Dieu, enfant, ayons confiance.

— Et mon pauvre Clairon, dit Mario à Wladimir, qui sans crainte pour lui-même tremblait pour le petit garçon, crois-tu que je n'en suis pas inquiet; depuis hier, je ne l'ai ni vu ni entendu. J'avais voulu lui tenir rigueur pour le punir de t'avoir tourmenté, mais je n'ai cessé de penser à lui; je ne suis pas content quand il n'est pas à mes côtés.

Si Clairon avait entendu cela, il aurait sauté au cou de Mario, mais il était bien en arrière.

Il vint un moment où la pluie redoubla de violence et, en moins d'un quart d'heure, eut transpercé les meilleures capotes; le sol devint une boue liquide, et dans les enfoncements du chemin, il se forma de larges flaques d'eau dans lesquelles on entrait jusqu'à la cheville. Au milieu des éléments déchaînés, on entendait la voix du commandement ferme et inexorable comme le destin, ou les cris des cavaliers essayant de maintenir leurs montures éperdues. Quelques-unes emportées par la terreur prenaient leur course, renversant tout devant elles, désarçonnant leurs maîtres; d'autres s'abattaient pour ne plus se relever. On marchait toujours; mais le spectacle terrible et magnifique de ce ciel menaçant et sombre, incessamment enveloppé de lueurs métalliques, glaçait les plus braves d'épouvante.

De mémoire d'homme, on n'avait vu de semblable ouragan. Il y eut des arbres déracinés par un aquilon furieux, plusieurs soldats furent précipités du pont dans le Niémen et s'y noyèrent. Par moments, le ciel s'éclaircissait et la foudre semblait s'éloigner, mais ce n'était qu'un leurre, elle reprenait avec une nouvelle furie. Les soldats, la tête baissée, la crosse du fusil sur l'épaule, pliant sous leurs provisions, avaient à lutter contre le vent et faisaient souvent de vains efforts pour avancer. Un malaise général se manifesta subitement chez plusieurs d'entre eux et notamment chez les Bavarois où il prit de telles proportions qu'il fallut en laisser sur le chemin. Ces malheureux, transpercés par la pluie, étaient pris d'une fièvre glacée et, perdant courage, ils s'accroupissaient sur la route, s'enveloppaient de leurs capotes, jetaient leurs sacs et se laissaient tomber en gémissant. On n'avait pas dressé d'ambulances volantes sur cette ligne, bon nombre y moururent. Le pays en vint à être inondé, c'était une mer, et l'eau ruisselait sur les soldats grelottants et mouillés jusqu'aux os ; quatre-vingts pièces de canon furent abandonnées dans ces chemins où l'on entrait jusqu'au genou. Les cavaliers avaient dû mettre pied à terre, et les fantassins ne résistaient aux bourrasques qu'en se tenant pressés les uns contre les autres. Vers trois heures de l'après-midi le 106ᵉ régiment arriva près du pont et s'y engagea.

Les eaux reflétant le ciel sombre étaient noires et funèbres ; quelques cadavres de chevaux venaient de temps en temps flotter à la surface. Ce ne fut pas sans terreur que Mario et ses camarades mirent le pied sur le pont ; ils en avaient à peine gagné la moitié qu'un éclair étincelant vint leur brûler les yeux, en même temps qu'éclata une décharge telle que plusieurs furent renversés. Ils eurent au milieu d'eux comme une boule de feu qui, roulant quelque temps, disparut dans le fleuve.

Le premier effroi passé, ils se relevèrent, mais pas tous, hélas ! le jeune capitaine Benard et un vieux grognard avaient été froudroyés. Il fallut passer sur le corps de ces infortunés

compagnons qui, poussés par les uns et par les autres, finirent
par tomber dans le Niémen! Tous les cœurs étaient oppressés
par de tristes pressentiments, et cependant on s'avançait avec
résolution, comme si l'on avait deviné qu'on devait recueillir
à chaque pas dans cette funeste campagne la gloire avec le
malheur.

L'ouragan était loin d'avoir dit son dernier mot, la foudre
éclatait à chaque coup, et d'autres malheureux avaient eu le
sort du pauvre capitaine. On dut suspendre le passage, et l'armée
se trouva coupée en deux tronçons séparés par le Niémen. On
devait attendre quarante-huit heures avant de se rejoindre.
L'avant-garde avait gagné l'autre rive, où l'on essuya l'orage
avec le plus de courage qu'on put. Malgré la consternation
générale, il s'élevait de temps en temps quelque réflexion
comique, à laquelle répondaient des railleries ou des rires;
mais ce n'était que dans les régiments français, car eux seuls
savent apporter au danger un courage et une bonne humeur
inaltérables, qui prennent leur source dans la force d'âme et
non dans la légèreté.

Les Bavarois et les Italiens étaient abattus et épouvantés. Le
sergent Marengo avait fait l'appel de la compagnie; et la douleur de Mario fut grande quand ni Clairon ni la mère Antoine
n'y répondirent; Wladimir voulait retourner en arrière pour
chercher Ladis; il fallut que son père usât de toute son autorité
pour l'empêcher.

Une autre inquiétude était entrée dans l'esprit de Mario, il
avait perdu de vue depuis l'arrivé à Prenn son fidèle Moffino.
Il le voyait écrasé, perdu, noyé, et plus de vingt fois déjà il
l'avait rappelé et sifflé; enfin, à un dernier appel, on lui répondit par un hurlement plaintif, et Moffino arriva plutôt en rampant qu'en marchant entre les jambes de son maître. Sa
frayeur avait dû être grande, car il portait l'oreille basse et la
queue entre les jambes, se retournant d'un air effrayé à chaque
raclement de la foudre. Mario s'aperçut qu'il portait au cou

une petite bouteille d'osier qu'il avait vue souvent à la mère Antoine, et il la prit ; elle contenait du plus fin cognac de la cantine.

— La bonne mère Antoine ne veut pas que nous manquions de cœur, disait-il en la portant à ses lèvres ; et il la passa à ceux de ses camarades qui étaient à ses côtés : il était de ceux que le malheur ne rend pas égoïstes.

C'était en effet la cantinière qui, à l'instigation de Clairon, avait ainsi chargé le chien au commencement de la marche, mais le pauvre animal avait eu tellement peur qu'il s'était attardé, se cachant dans les jambes des hommes et des chevaux.

CHAPITRE XIII

CE QUI ARRIVA A LA MÈRE ANTOINE

A nuit qui suivit cet orage affreux fut terrible : les bivouacs étaient mortels pour beaucoup ; on couchait dans la boue ; un grand nombre de jeunes chevaux nourris de seigle vert ne purent les supporter. Les voitures qu'ils traînaient furent abandonnées et pillées plus tard par les déserteurs.

La mère Antoine n'était pas de ceux qui avaient le moins souffert : dès les premières heures de l'orage, elle avait perdu de vue son bataillon parce que son petit cheval entrait dans la boue à chaque pas et qu'il semblait incapable de continuer sa marche longtemps. Elle le tenait par la bride et Clairon poussait le véhicule de toute sa force, mais il fallait sans cesse dégager les roues qui entraient dans les ornières. Ils marchaient si doucement qu'ils se virent dépasser par les régiments allemands et se trouvèrent au milieu des charrois de toute espèce qui suivaient aussi à grand'peine.

— Je ne crains qu'une chose, disait la cantinière, c'est de me trouver au milieu des traînards qui forment la queue de l'armée !

Ladis pâle, triste et effrayé, avait dû descendre de la charrette et suivait en grelottant. Tout à coup, la charrette entra dans la boue jusqu'au moyeu de la roue, et Pologne, ébranlé par le choc, tomba sur le côté. Les efforts surhumains de la mère Antoine ne purent que relever la pauvre bête, mais la charrette ne put être dégagée.

— Je ne puis pourtant pas abandonner ma voiture et mes deux tonneaux d'eau-de-vie, et tous les bagages de ceux qui me les ont confiés, disait la mère Antoine avec tristesse; allons, Clairon, du cœur, petit.

La pluie tombait à flots, la route était à découvert, et les soldats qui passaient étaient sourds aux appels de la cantinière et de son fils.

— Jamais pareille chose ne m'est encore arrivée, disait-elle avec chagrin et en essuyant une larme sur sa joue brunie. Et cet enfant qui se meurt de froid; viens, dans mes bras, pauvre Ladis, je te cacherai sous mon manteau; Clairon, remets encore sur le dos de Pologne, une couverture. Mes pauvres compagnons! c'est la première fois que la mère Antoine ne répondra pas à leur appel; ils sont mouillés jusqu'aux os, et ils n'auront pas d'eau-de-vie! — Le vivandier de la 3ᵉ a passé, lui, mais voudra-t-il leur en donner?

— Ces Russes nous ont déjà ensorcelés, dit Clairon dont les dents claquaient malgré lui... Voyons, mère, tant pis, laissons les bagages et marchons en avant, le capitaine Benard ne plaisante guère, nous aurons sur les ongles pour ce retard-là.

— Non, mon garçon, je n'abandonnerai pas mon pauvre cheval; il mourrait tout seul là, tandis que nous pourrons le sauver, nous. Et tout ce qui est dans la voiture, qu'on m'a confié, tu veux que je l'abandonne aux voleurs? Nous sommes très fatigués, la nuit vient; demain, ce déluge aura cessé sans doute, et nous serons plus forts; couvrons bien Pologne, étendons-nous dans la voiture, et attendons le jour. Ah! dame, mon pauvre agneau, dit-elle en essuyant la figure inondée de Ladis, à la guerre comme à la guerre!

Les enfants subissent l'influence de l'exemple; l'air bienveillant et résolu de la mère Antoine, les allures décidées et

enjouées, quand même, de Clairon calmèrent Ladis qui avait
d'abord été très effrayé. Après avoir mangé sa ration, il se
laissa couvrir, envelopper par l'excellente femme qui l'étendit
sur ses genoux, où il s'endormit bientôt.

Clairon, qui était le moins égoïste des êtres, avait songé à
Pologne tout d'abord, et lui avait présenté un sac bien pourvu,
puis il lui avait donné un verre de vin, qui avait achevé de le
ranimer.

— Tenez, mère, dit-il, voilà votre petit cheval qui redresse
les oreilles. — Allons, à mon tour, maintenant, je rentre au
quartier général. Dites donc, maman, nous sommes bien difficiles de nous plaindre : nous couchons sous des tentes, nous,
quel genre ! c'est du luxe, ça ! On serait tout à fait bien, si l'on
pouvait se sécher.

— Dame ! mon garçon, on ne peut jamais tout avoir.

— C'est vrai, mère ; nous ne sommes pas encore les plus mal
partagés. Les autres au moins sont-ils arrivés à bon port, dit-il
d'un air plus sérieux ; pourvu qu'ils n'aient été arrêtés par aucun
malheur !

— Le seul vrai malheur qui puisse arriver à un soldat français, dit simplement la mère Antoine, c'est de faire une lâcheté :
rappelle-toi cela, mon garçon, le reste n'est qu'ennuis et contre-
temps, je suis sûre des amis, va.

— Au fait, dit Clairon se rappelant la scène de la forêt, vous
me faites penser que tous ne sont pas ainsi, et je crois qu'il ne
faut pas s'endormir ici sans charger les armes : je vais armer
mon fusil.

Et, prenant au fond de la charrette un gros pistolet d'arçon,
il le tendit à la cantinière en disant :

— Tenez, mère, voilà votre affaire à vous.

— C'est bon, mais, mon Clairon, tu fais grand tapage ; n'as-
tu aucun souci de réveiller cet innocent endormi ?

— Bah ! dit brusquement l'enfant de troupe, quand il se sera
réveillé, il se rendormira.

Prenez garde, je tire sur celui qui avance... (Page 111.)

— Comme tu es dur pour ces enfants abandonnés, mon garçon, dit la mère Antoine d'un ton de doux reproche.

— Je n'aime pas tous ces étrangers, répliqua-t-il sèchement ; je ne sais pas leur ouvrir mon cœur au premier abord.

— Il faut toujours ouvrir le cœur et les bras à ceux qui souffrent, mon fils ; et, d'abord, nos Polonais ne sont pas des étrangers ; puis, j'ai peine à comprendre comment mon Clairon, si obligeant et si doux, peut rudoyer ainsi ce doux enfant qui n'a jamais connu sa mère ?

— Et moi, murmura Clairon, je n'ai jamais connu la mienne.

— Tu mens, mauvaise tête, dit la brave femme, en le saisissant par le cou et lui appliquant un bruyant baiser ; tu as connu ta mère puisque tu me connais : rappelle-toi que seul tu es mon fils, seul, entends-tu, mon beau petit soldat, répéta-t-elle, sentant qu'elle avait affaire à la jalousie de l'enfant.

Clairon, qui était bon comme un ange, lui rendit tendrement son accolade.

— Je sais qu'à vous seule, lui dit-il, vous valez plus que tous les grenadiers de la garde, et que je me ferais tuer pour vous.

— Tout est bien alors, mon garçon ; dors à présent.

Mais, quelque habitué qu'on fût aux durs bivouacs, ce n'était pas chose aisée de dormir : le vent ne cessait de souffler, il avait déjà éteint la lanterne vacillante de la charrette et le briquet humide n'avait pu la rallumer ; les hennissements plaintifs des chevaux mourants, et les cris des oiseaux de proie qui les flairaient, se mêlaient aux bruits sinistres de la tempête.

— Je serai bien content quand il fera jour, murmura Clairon, qui pour la première fois depuis bien longtemps ne pouvait trouver le sommeil.

Il achevait à peine ces mots qu'une bourrasque violente enleva la bâche de la voiture et mit ainsi les pauvres gens à découvert.

— Bon ! dit l'enfant de troupe, voilà que notre position s'améliore ; maman, prenez donc ma couverture, vous allez vous enrhumer, et vous savez combien cela vous rend malade.

Ils se collèrent l'un près de l'autre, et ce fut ainsi qu'ils passèrent la nuit, qui leur sembla d'une longueur mortelle : enfin une lueur grisâtre annonçait le retour du matin, quand des bruits de pas et de voix se firent entendre.

— Qui va là? cria la cantinière.

On ne répondit rien, mais trois ombres s'avancèrent vers la voiture.

— Donne-nous à boire, la mère, dit une voix, et nous verrons ensuite ce qui nous restera à faire.

— Il n'est pas l'heure de demander à boire, répliqua la cantinière ; et d'abord ce que j'ai là appartient à mon régiment.

— J'en suis, moi, reprit celui qui avait déjà parlé.

— C'est Tita, cria Clairon ; mère, ne lui donnez rien, il a jeté ses rations dans la forêt, et c'est un déserteur.

— Tais-toi, mauvais garçon, dit Tita, si l'on ne nous donne pas ce que nous demandons, nous saurons le prendre.

Le bruit d'une arme à feu qu'on prépare se fit entendre.

— Prenez garde, dit la mère Antoine, je tire sur celui qui avance.

En même temps, Clairon mit son fusil en joue. Tita recula.

— Pour un verre d'eau-de-vie, dit-il, ce n'est pas la peine de se faire tuer ! Nous nous retrouverons ; d'ailleurs, j'ai des amis.

Le jour montait peu à peu sur l'horizon.

— Lâche ! dit la mère Antoine, va-t-en donc, tu déshonores l'armée française.

— Allons, reprit Tita en ricanant, ne faites pas la terrible comme cela ; on vous le payera votre schnap. Tenez, voilà une pièce blanche, c'est rare ici.

— Va-t-en, mauvais soldat, reprit la mère Antoine indignée ; je ne veux pas savoir d'où te vient cet argent, toi qui criais si haut que tu n'avais pas un sou. Pendant que l'armée s'épuise et meurt de fatigue, tu vas dépouiller les mourants, toi ! et, quand il faut avancer, tu retournes en arrière ; tu n'es qu'un lâche.

— Qu'est-ce que cela me fait votre armée ? dit Tita en haussant les épaules. Encore une fois, vous ne voulez pas remplir nos bidons ?

— Non, dit avec fermeté la mère Antoine ; si tu as un peu de cœur, rejoins ton corps, suis les traînards, et foi d'honnête femme, je ne te trahirai pas. Sinon...

— Sinon, reprit Tita.

Et il fit mine de s'éloigner ; mais, arrivé à quelque distance, il arma son fusil et lâcha la détente ; au cri que poussa Clairon, la cantinière s'écarta et esquiva le coup dirigé contre elle.

— Misérable ! s'écria-t-elle.

Mais Tita avait disparu, précédé de ses compagnons, que l'attitude intrépide de la mère Antoine avait intimidés.

Elle secoua tristement la tête.

— Il y en a beaucoup qui ont déserté ainsi, dit-elle ; l'armée est trop nombreuse et nous avons du malheur.

— Il faudra faire arrêter ce grand bandit-là, dit Clairon.

— Sais-tu que, si tu le dénonces et qu'il soit pris, dit la cantinière, chez qui la femme reprenait le dessus, il sera fusillé ? N'agis pas sans mon conseil, Clairon.

CHAPITRE XIV

EN RUSSIE

Epuis quelques heures la pluie avait cessé, et le vent avait un peu séché les chemins. En s'aidant du sabre de Clairon et d'une petite hachette, la cantinière et son fils parvinrent à dégager la voiture. Ladis les aida de toute la force de ses petits bras. Quand Pologne, bien frotté, caressé et encouragé, eut été attelé de nouveau à la charrette, on se remit tout doucement en marche et, avec des précautions infinies, on franchit cette longue route semée de voitures abandonnées et de cadavres de chevaux. On gagna enfin le Niémen, et, après deux jours et demi de marches pénibles, on arriva à Novoï-Trokoï où s'était établie l'armée d'Italie. Moffino les salua le premier de ses aboiements quand ils vinrent, selon les ordres qui leur avaient été donnés, prendre leur logement avec leur compagnie dans un vaste établissement de bains. Mario, averti par la voix de son chien, courut à eux et, prenant Clairon dans ses bras, l'y serra à plusieurs reprises.

— Cher enfant! lui dit-il, cher enfant, je n'ai cessé de penser à toi depuis hier.

— Est-ce donc vrai? demanda Clairon très ému par cet accueil inattendu.

— Sans doute, et si le sergent l'avait voulu, je serais re-

MOFFINO.   8

tourné en arrière pour vous offrir mon aide. Wladimir voulait m'accompagner ; il ne vivait pas non plus.

— Oh ! il peut vivre, son frère est sauf ; mais, c'est égal, je suis bien content, je croyais tant que tu m'avais oublié ! dit Clairon en secouant énergiquement la main de son ami.

— Je ne t'oublierai jamais, mon petit compagnon, sois tranquille, reprit Mario avec un bon sourire.

Le lieutenant Lerowsky, ayant été averti, remerciait en ce moment la mère Antoine et prenait son fils dans ses bras.

— Vous avez été bon aussi pour mon frère, dit Wladimir à Clairon, nous vous remercions de tout notre cœur.

— Ce n'est pas moi qu'il faut remercier, répondit Clairon en s'éloignant, c'est ma mère.

— Dans une marche aussi difficile, le pauvre petit Ladis ne pouvait que vous retarder, continua Wladimir.

— C'est vrai, répondit Clairon, mais que fallait-il faire, le jeter dans le Niémen, peut-être ? Ah ! on ne se débarrasse pas ainsi de ceux qui nous gênent.

Wladimir lança un fier regard à Clairon, et sa bouche se contracta, mais il réprima ce mouvement et dit :

— Mon père, le lieutenant Lerowsky, et moi, n'en sommes pas moins vos obligés.

Et il s'éloigna gravement.

— Que t'a fait cet enfant pour le traiter ainsi ? demanda Mario avec une surprise qui n'était pas exempte de déplaisir.

— Que veux-tu qu'il m'ait fait ?

— Tu sembles toujours en colère contre lui !

— N'en ai-je pas le droit ?

— Non, car il est impossible de rien lui reprocher : il est supérieur à tous les enfants de son âge : il est ferme, courageux, intelligent, plein de cœur et d'enthousiasme. Je suis sûr qu'il n'a jamais désobligé personne.

— Qu'en sais-tu ? dit Clairon en sentant renaître sa jalousie. Il me déplaît, je ne puis supporter l'air de général avec lequel il me toise ; vrai, Mario, ton Polonais est trop beau pour moi.

— Tu es méchant, mon pauvre Clairon, sans doute parce que tu es las, dit Mario, que le courroux de son jeune ami étonnait. Va te reposer, et demain nous nous entendrons mieux.

Clairon haussa les épaules sans répondre.

— Est-ce donc que tu m'en veux aussi à moi, mon camarade ? reprit le jeune conscrit en frappant amicalement sur l'épaule de Clairon. Tu m'affligerais beaucoup, car je suis ton ami, Clairon, et ton obligé, entends-tu ? Sans toi, je serais aujourd'hui déserteur et déshonoré.

— Je ne t'en veux pas, dit Clairon.

— Tu as raison, soyons tous amis, car on ne sait ni qui vit ni qui meurt, et notre tour peut arriver demain. Qu'il est heureux celui qui part sans avoir affligé personne !

Mario, vivement impressionné par ses souvenirs, dit cela avec une tristesse qui toucha Clairon.

— Je tâcherai de n'en vouloir qu'aux Russes, dit-il en faisant appel à son ancienne gaieté.

Et il s'en alla pour aider sa mère à panser Pologne, qu'il trouva émerveillé devant une grande mesure d'orge et sur une litière de paille fraîche. D'abondantes provisions laissées par les Russes avaient été trouvées à Trokoï.

L'Empereur était alors à Vilna, où il voulait séjourner quinze jours ; il occupait ses loisirs à organiser le gouvernement de la Pologne. Il envoya aussi des colonnes mobiles sur les routes pour donner la sépulture aux morts, et des gardes-chasse polonais eurent ordre de parcourir la campagne pour y réprimer les désordres des pillards qui prenaient des proportions inquiétantes. Ces gardes devaient aussi secourir les seigneurs assaillis dans leurs châteaux, rassurer les paysans qui se cachaient dans les bois, arrêter les coupables et les fusiller. Vers le commencement de juillet, le sous-préfet de Trokoï venant prendre possession de son gouvernement fut arrêté et dévalisé par ces bandes indisciplinées ; des courriers venant de Paris avaient eu le même sort.

Le soir du 4 juillet, la cantine était calme et paisible. Mario un peu malade était étendu sur son banc de bois. Clairon faisait faire l'exercice à Moffino qui commençait à se rouiller dans ces campements précipités ; la mère Antoine surveillait une soupe qui exhalait un fort parfum de choux ; Landais grommelait tout seul en fumant sa pipe ; Wladimir et Ladis étaient assis par terre à côté l'un de l'autre. Chacun avait fini par prêter l'oreille à leur naïf entretien.

— Vois-tu, frère, disait l'aîné, vois ce qui arrive : l'empereur Napoléon est un grand empereur. La Pologne, notre Pologne, tu sais, esclave des méchants Russes, il en fait un royaume avec des troupes, des magistrats, et pas un seul Russe n'y sera le maître.

— Alors, dit Ladis avec espoir, nous n'avons plus besoin de faire la guerre, et nous pouvons retourner dans notre château avec toi et papa.

— Tais-toi, Ladis, si l'on t'entendait, on dirait que tu es ingrat, et c'est pour le coup que Clairon nous appellerait des étrangers. Comment, frère, l'Empereur nous rend notre liberté, et nous le laisserions tout seul pour aller battre les Cosaques. Non, Ladis, nous devons marcher avec lui au bout du monde, si cela lui plaît. N'est-ce pas juste ?

— C'est juste, dit Ladis d'un ton résigné.

— Et il faut toujours te rappeler, entends-tu, que la France est l'amie et la sœur de la Pologne, et beaucoup l'aimer.

— J'aime déjà beaucoup la mère Antoine, mon frère.

— La mère Antoine n'est pas toute la France ; il faut aimer tous les soldats, tous, et ne pas leur vouloir de mal.

Ladis jeta un regard de côté à son frère.

— Tous, Ladis, répéta celui-ci, quand même ils ne seraient pas bons pour nous.

Ici Clairon laissa aller Moffino et resta tout rêveur.

— Mais, répliqua Ladis, le fils de la mère Antoine ne t'aime pas, toi et moi ; il ne veut pas que j'approche de Pologne ni de Moffino.

Un gros soupir qui accompagna ces derniers mots annonça combien Ladis ressentait ces privations.

— Je ne sais ce que Clairon a contre nous, reprit Wladimir ; mais il aura beau m'en vouloir, je ne lui en voudrai jamais.

Ladis voulut protester.

— Ce ne peut être que quelque enfantillage, dit Wladimir ; montrons-nous moins enfants que lui.

— Clairon a ton âge, dit Ladis, ce n'est pas un enfant.

Wladimir, qui se sentait déjà homme, se contenta de sourire, pendant que Clairon, partagé entre le dépit et l'admiration, rougissait jusqu'aux oreilles et ne pouvait rester en place.

— Allons donc, lui glissa Mario à l'oreille, montre que, toi aussi, tu sais être maître de toi comme un homme.

— Soit, dit-il, et, allant s'asseoir auprès des jeunes Lerowsky, il dit à Ladis :

— Dis à ton frère, mon petit, que je sais qu'il vaut mieux que moi, et que je lui donne ma foi de ne plus lui faire de misères.

— Vous avez raison, dit Wladimir, en avançant sa main vers celle de l'enfant de troupe ; vivons tous en amis.

Et Ladis, enchanté de la réconciliation, caressait tour à tour la manche de Clairon et la toison de Moffino.

CHAPITRE XV

LE CHATIMENT

MARIO allait s'avancer vers le groupe enfantin, quand un grand bruit se fit dans les cours : on entendit le tambour battre la générale et des lumières passèrent et repassèrent devant les fenêtres.

— Aux armes ! cria Landais, les Russes nous attaquent.

Mais, en ce moment, Marengo entra : son honnête visage était triste et sévère.

— Le conseil de guerre s'assemble près d'ici, dit-il ; on a mis la main sur des pillards ; les voleurs du sous-préfet de Trokoï en sont. Je crois que ça ne sera pas long, leur affaire est bonne.

— Y en a-t-il du régiment, demanda Clairon.

— On le dit, répondit Marengo en fronçant le sourcil. On en a déjà fusillé à Wilna : on exécutera ceux-ci devant l'armée d'Italie pour faire un exemple.

— Tout n'est pas encore perdu, dit la mère Antoine, quand le jugement n'est pas rendu. On aura égard aux misères que ces infortunés ont eu à endurer.

— Non pas, la mère : ils sont entrés là pour entendre lire leur sentence. Mon colonel m'a ordonné de désigner à l'instant même ceux de la compagnie qui devront prendre part à l'exécution de demain. Il faut choisir les plus anciens ; mais plusieurs sont à l'hôpital, d'autres en route pour ramasser des provisions ; tirons au sort.

Les noms furent écrits, et Marengo, en tirant trois au hasard, lut : Viendront demain Landais, Jean Renaud et le fusilier Mario. Ils devront être prêts au lever du soleil.

— Moi ! s'écria Mario avec épouvante.

— C'est l'ordre, dit durement Marengo ; et il sortit, car sa grande sévérité ne tenait pas longtemps dans de semblables circonstances : il avait beau faire le fort ; il était bon et sensible.

Le lendemain, au lever du soleil, un roulement de tambour avertit les soldats de se mettre sous les armes, et bientôt la place de Novo-Trokoï fut couverte de cavaliers et de fantassins, tous graves et tristes, car ce n'est jamais d'un œil indifférent qu'on peut assister au départ d'une âme innocente ou coupable. Les six condamnés avancèrent, vêtus seulement d'une chemise et d'un pantalon ; un peloton de gendarmerie les enveloppait ; les exécuteurs avaient été choisis dans les diverses compagnies auxquelles appartenaient ces malheureux et venaient ensuite, ils étaient vingt. On les plaça à quarante pas des coupables, qu'on avait fait arrêter au milieu : douze soldats devaient tirer au cœur, huit à la tête. Mario, dont le cœur battait violemment, et qui avait jusque-là agi en automate, regarda seulement alors les condamnés. Il poussa un cri en rencontrant le regard effaré de l'un d'eux.

— Tita ! s'écria-t-il d'une voix forte.

Celui-ci eut un frémissement, puis baissa la tête avec découragement, ou peut-être humilité ; devant la mort, il avait perdu son audace railleuse. Le général Delzons, après la lecture de la sentence, dit d'une voix retentissante : « Que ceux qui seraient tentés d'oublier qu'ils sont Français ou soldats de la France connaissent par cet exemple le sort qui les attend ! » Un aumônier des régiments vint alors approcher un crucifix des lèvres tremblantes des condamnés, dont un seul était Français ; puis, on leur banda les yeux. « Commandez le feu ! » cria le général. Le commandant ordonna la manœuvre, et à ces mots : « En joue, feu ! » les vingt coups partirent : tous les six tombèrent frappés à mort : on n'entendit pas une plainte, pas un cri, et en quelques secondes justice fut faite.

Le retour s'effectua sans un mot ; en rentrant dans la salle où il couchait avec plusieurs camarades, Mario fut accosté par la mère Antoine, qui lui dit avec émotion :

— Ce matin, camarade, j'ai été porter à ces malheureux un coup pour leur donner du cœur : le pauvre Tita m'a chargé d'une commission pour vous.

L'excellente femme oubliait que le *pauvre* Tita, après avoir tenté de la voler, avait essayé de l'assassiner. Elle avait défendu à Clairon de rien dire contre lui, trouvant inutile de le charger encore.

Mario releva la tête et s'efforça de paraître ferme, mais il était pâle comme ceux qui gisaient sur la place de Novoï-Trokoï.

— Il était de Milan, dit-il, en regardant la cantinière ; je le connaissais depuis longtemps.

— Sans doute : c'est triste.

— Il était ce qu'il était, reprit Mario, c'était toujours mon compatriote ; il avait respiré le même air, joui des mêmes beautés, grandi sous le même soleil que moi. Ah ! que cela m'a fait mal !

— Il m'a remis cela pour vous ! dit la mère Antoine, en tendant au jeune homme une bourse vide et fanée.

Mario prit la bourse et la regarda avec saisissement.

— Justice de Dieu ! s'écria-t-il.

Et, sans donner un mot d'explication à la cantinière, il s'éloigna en chancelant et, se laissant tomber sur un banc, il se mit à pleurer amèrement.

— Quel conscrit ! grommela Landais ; en vérité, on avait bien affaire de ces Italiens dans la compagnie : l'un se fait fusiller, et l'autre a des attaques de nerfs.

— Morbleu ! cria Marengo ; le voilà qui pleure à remplir un baquet. Tâchez donc qu'on ne vous voie pas au moins, gamin. Les anciens n'apprécient pas ces pleurs-là.

Clairon, qui avait cherché Mario dans les rangs, arriva sur ces entrefaites, et l'entraînant dans une petite pièce où sa mère avait établi sa cantine :

— Viens, lui dit-il, là, tu pourras pleurer à ton aise.

Et le bon garçon, très ému du chagrin de son ami, n'était pas éloigné de pleurer aussi.

— Vois-tu, lui dit enfin Mario, que sa cruelle découverte étouffait, sans cette bourse, — et il la serrait nerveusement, — je n'aurais jamais quitté ni mon pays, ni ma mère !

Clairon soupira sans comprendre, mais n'interrogea pas son ami.

Pourtant Mario, après avoir longtemps regardé la bourse, l'avoir tournée et retournée dans ses mains, l'ouvrit enfin ! Un papier en tomba ; quelques mots y étaient tracés d'une écriture tremblée et presque illisible : Mario y lut : « Pardonnez-moi ! »

— Malheureux ! malheureux ! répéta-t-il à plusieurs fois et, comme ce qu'il allait dire ne pouvait plus nuire au coupable Tita, il ouvrit son cœur à l'enfant de troupe et lui raconta la douloureuse histoire de son engagement.

— Ainsi, dit-il en finissant, Tita avait trouvé cette bourse, et il a vu mes angoisses, ma colère, ma douleur, et il n'a rien dit quand d'un mot... Ah ! je ne puis me refuser au vœu d'un mort, oui, je lui pardonne, mais personne au monde ne m'a fait autant de mal que lui. Et dire que c'est moi que le sort désigne pour un de ceux qui doivent lui donner la mort!

Clairon, très fier de la confiance de Mario, lui raconta à son tour l'attaque à laquelle ils avaient été exposés dans la nuit pendant laquelle ils avaient été séparés.

— Il avait pourtant l'air bien sûr de lui et je le croyais loin, ajouta l'enfant, quand il vint se faire arrêter par ici !

— C'est que, vois-tu, dit Mario avec conviction, Dieu ne protège pas les coupables : il est souvent bien sévère pour des fautes qui nous semblent légères ; comment laisserait-il les crimes impunis ?

CHAPITRE XVI

ETTE commotion avait été violente pour Mario, déjà fatigué et malade ; dans la nuit, une fièvre violente le saisit, et il dut être transporté le matin même à l'une des ambulances formées à Trokoï. A la grande joie de Clairon, qui courait au moins quatre fois par jour à l'hôpital, ce ne fut qu'un violent accès et non une maladie : au bout de quatre jours, Mario se leva, mais dut rester encore à l'infirmerie pour suivre un régime alimentaire plus sain que celui auquel étaient soumis les soldats. Ce fut dans un de ces jours bien longs, que, seul avec Moffino, dont le regard ardent semblait lui exprimer la joie qu'il sentait de sa rapide guérison, ce fut dans un de ces jours qu'il se résolut à écrire à sa mère. Bien des fois déjà il en avait eu le désir, mais il n'avait pu s'y résoudre : une mauvaise honte le retenait. Malgré la douleur qu'avait fait paraître Mme Brunetti au départ de son fils, celui-ci avait cru entrevoir qu'elle avait des doutes sur son innocence ; tout en le consolant, la lettre de Bianca lui avait donné à penser que sa mère ne voulait pas lui écrire, et, comme il avait mauvaise tête et beaucoup d'orgueil, il avait agité et grossi ces pensées dans son esprit, s'irritant et s'affligeant tour à tour ; en écrivant, il fallait se reconnaître des torts, et bien qu'il en eût, Mario n'avait pu se décider. Ajoutez à cela que la difficulté d'écrire dans les derniers bivouacs, lui avait fourni mille excuses à lui-même. Mais, à présent qu'il savait la vérité, il était fier de pouvoir prouver son innocence à sa mère et à son beau-père ; il écrivit la lettre suivante :

« Je ne sais en vous écrivant, ma chère mère, si vous me lirez jamais ; mais, si cette lettre vous arrive, qu'elle vous porte les souvenirs et les regrets d'un fils qui n'a cessé de vous aimer. Vous aussi, mère, vous pouvez maintenant me regretter à cœur ouvert et montrer sans rougir les larmes que mon absence vous fait verser, car je possède des preuves de mon innocence et de ma probité. L'argent avait été perdu par moi et trouvé par un malheureux qui, d'un mot, pouvait faire cesser nos tourments à tous : il ne l'a dit qu'au moment de mourir, et il s'est repenti : ne le maudissez donc pas. C'est avec bien des sanglots que j'ai revu ma pauvre bourse ; il me l'a renvoyée ! Ah ! que de choses depuis que vous me l'avez remise avec vos petites économies, le jour de ma fête, l'an passé ! La lettre de Bianca m'a fait du bien ; mais pourquoi n'est-ce pas vous qui m'écriviez ? Mon chemin m'aurait paru moins long si j'avais senti votre cœur avec moi, et j'ai cru parfois qu'il m'avait quitté. Comme il est loin le temps où, tout petit, je jouais avec un drapeau ou un fusil, et où, me prenant dans vos bras, vous me faisiez promettre de ne jamais vous quitter ! J'ai manqué à ma promesse ! Me l'avez-vous pardonné ? Vous le pouvez, allez ! la vie de soldat a de dures exigences. Nous avons fait une bien longue route, et nous ignorons celle qui nous reste encore à faire. Nous avançons au milieu de villages brûlés, de maisons détruites ; je ne sais si nous conquerrons la Russie sans bataille, mais je crains bien alors que nous n'ayons qu'un désert. Je regretterais aussi de ne pas me battre : je sais que je le ferai avec courage, et cela me relèvera aux yeux de mes braves camarades, qui me raillent sur ma faiblesse et ma délicatesse. Vous prierez bien pour moi, mère, et je vous jure que je ne vous causerai aucun déshonneur. Depuis notre arrivée, les soldats parcourent les campagnes afin d'y amasser des vivres pour nos marches prochaines. Les Bavarois et les Italiens sont épuisés et malades ; les Français, au contraire, résistent à tout et supportent les plus cruels ennuis avec le sourire aux lèvres. Ils ont un courage qui

ne les abandonne jamais, et le mot seul de victoire suffit pour les
électriser. Je suis entouré de braves cœurs ici ; et j'ai trouvé
un ami dans un petit enfant de troupe nommé Clairon : il est
gai comme une alouette et aussi dévoué que mon brave caniche,
qui ne me quitte pas. Il m'a rendu un grand service, ce petit
garçon, et j'espère vous le faire connaître et aimer un jour.

« Adieu, vous que j'aime plus que tout ; vivez pour votre
fils comme il veut vivre pour vous.   « MARIO. »

Cette lettre, chose extraordinaire, partit par un courrier qui
retournait avec des dépêches, et arriva à sa destination. Mario
s'était senti si heureux de cet épanchement qu'il continua à
écrire ainsi quand il le pouvait aux bivouacs ; recueillons quelques-unes de ses impressions à mesure qu'on avançait en Russie. Ces autres missives ne furent même pas envoyées, aucune
nouvelle occasion de transport ne s'étant présentée.

. . . .

« Nous avons passé la Dwina ; en arrivant sur ses bords,
notre régiment avait un grand désir de se signaler, plusieurs
ayant déjà vu le feu quand nous ne faisions que marcher ; en
face de nous des Cosaques à l'air farouche et sauvage, galo-
paient sur leurs petits chevaux maigres ; nous brûlions de les
poursuivre, quand notre colonel nous dit : « Soldats de l'armée
« d'Italie ! notre tour s'est fait trop attendre ; prenons le che-
« min le plus court ! » Et il poussa son cheval dans le fleuve,
qu'il traversa à la nage. Nous le suivons tous, et en un clin
d'œil nous sommes sur l'autre bord. Un instant, le lieutenant
Lerowski, qui porte le drapeau, avait enfoncé. « Haut le dra-
« peau ! » cria le colonel, et aussitôt vingt des nôtres cou-
rurent à l'officier et le ramenèrent sur la rive. Quelques coups
de fusil tirés de loin en loin furent tous les efforts que firent les
Cosaques pour résister à notre cavalerie, qui les chassa au loin.
Fort désappointés, nous marchions depuis quelques heures,
quand un grand bruit de chevaux éveilla notre attention : c'était

l'Empereur avec son état-major ; je ne sais quel secret cet
homme-là porte avec lui, mais à son aspect on se sent plein
d'ardeur et de courage. Ses yeux gris ont des éclairs qui illu-
minent son visage pâle des lueurs du génie ; son front élevé ne
doit pas plier sous le poids de ses couronnes ; les officiers qui l'entouraient étaient tous dorés, chamarrés et richement vêtus. Lui,
seulement couvert de sa redingote grise et d'un chapeau militaire orné d'une simple cocarde, semblait pourtant leur maître
à tous. La croix qui pendait à sa boutonnière me fit battre le
cœur. Si un jour... Vous allez encore me dire que je suis un
orgueilleux. « Soldats, dit l'Empereur, vous inaugurez la cam-
« pagne par une brillante victoire ; courage, poursuivez l'en-
« nemi jusqu'au soir, le succès est à vous ! »

« Le chemin était beau : nous avions, à droite, des coteaux
couverts de bois et, au centre, la grande route plantée de bouleaux ; de loin en loin nous rencontrions des ravins. C'est là
que, marchant à travers ces bois épais, nous avons livré notre
premier combat, à Ostrowno. Nous occupions la droite de l'armée, et la route était rude sur des hauteurs boisées, mais la
vue des Russes doublait nos forces. Enfin, nous les voyions en
face, ces fuyards, nous allions nous mesurer avec eux.

« Notre artillerie allait être enveloppée sans les lanciers polonais, qui ont jonché la terre de Russes. Il est bien étrange
comme, sur le champ de bataille, il coûte peu de donner la
mort ! La baïonnette en avant, le visage noir de poudre, les
mains tachées de sang, on va, on frappe, on détruit sans en
avoir conscience. Le grondement du canon, les commandements
des chefs, les cris sauvages poussés par les soldats, tout cela
excite, étourdit, grise et l'on avance sans fatigue et sans peur ;
à peine a-t-on un regard pour les camarades qui tombent à vos
côtés ! Notre sergent, qui est un vieux brave, s'entend bien à conduire ses hommes au feu. Tout en frappant d'estoc et de taille
sans manquer son coup, il ne perd pas de l'œil ses soldats, leur
promet la victoire, leur ouvre le chemin, et l'on suit ce grand

vieillard, qui prend au champ de bataille un air inspiré qui vous entraîne. Si le sergent Marengo avait reçu une instruction première, il serait, avec sa justesse de coup d'œil et sa décision, aujourd'hui général. Nous avons perdu douze cents hommes, mais ce n'est qu'une escarmouche, on nous fait espérer une grande bataille. Nous la désirons tous pour arriver à quelque chose de décisif. Ah ! si nous étions vainqueurs, la paix serait vite conclue et nous reprendrions la route de l'Italie. Que ce jour-là sera beau où je vous reverrai, ma mère, où je me retrouverai dans mon cher Milan !

. . . .

« La maladie règne dans les troupes : il meurt tous les jours un grand nombre de soldats. Les journées sont brûlantes, les nuits très fraîches, la nourriture mauvaise : on ne nous donne que de la viande de porc, pas de vin, peu de pain. Cependant les bivouacs se passent assez gaiement : les anciens nous racontent leurs campagnes, blâment ou louent ce qui a été fait. Moi, qui suis jeune et peu en mesure de leur donner la réplique, je m'assieds à l'écart avec de doux compagnons qui m'aiment et que je me sens assez fort pour protéger. Je vous ai déjà nommé Clairon, l'enfant de troupe, puis les deux fils du lieutenant porte-drapeau Lerowsky. Quand vous prierez pour moi, pensez aussi à ces enfants : ils n'ont plus de mère, le petit est délicat et faible ; l'aîné, grave et fier comme un homme ; il s'élèvera par son courage, et il nous impose par sa résolution et sa sagesse. Il a combattu à mes côtés à Ostrowno, où nous voyions tous deux le feu pour la première fois ; quand j'hésitais au premier moment, me sentant éperdu et abasourdi, ne sachant si je n'allais pas fuir, il était prêt à s'élancer en avant, l'œil ardent, et le pied aussi sûr que s'il se fût agi d'une marche ordinaire. Le général Delzons l'a remarqué : trois cents voltigeurs du 9e s'étant trouvés enveloppés dans un ravin furent crus perdus par nous tous. Wladimir courait en avant, le fusil d'une main, le sabre de l'autre, en criant : « Sauvons-les,

« allons les sauver ! Ce sont nos frères, nos amis ! » Il avait
l'air d'un chef, et plusieurs allaient s'élancer quand un cri de
joie s'éleva des rangs : les trois cents voltigeurs avaient franchi
l'armée ennemie, sabrant de côté et d'autre ; pas un ne manquait. « Qui êtes-vous ? leur cria l'Empereur. — Voltigeurs
« du 9ᵉ, tous enfants de Paris ! — Vous méritez tous la croix,
« et vous êtes des braves. » On répondit à ces mots par des
hourras de joie ; les grandes actions ne sont pas rares ici, ma
mère, et on sent l'enthousiasme vous gagner en vivant au
milieu de ces braves qui, sans le savoir, sont des héros. Le courage manque pourtant à plusieurs, et le nombre des déserteurs
est considérable. Quand je sens que je suis à six cents lieues de
notre Italie, je suis tenté de les suivre.

. . . .

« Nous nous éloignons de plus en plus, et nous ne savons
quand on va livrer une bataille générale ; les Russes fuient à
notre approche et nous entraînent avec eux au cœur de leur
pays. L'Empereur fait tous ses efforts pour tenir séparés les
deux grands corps russes, l'un commandé par Bagration, l'autre
par Barclay de Tolly ; on dit que nous allons vers Smolensk ;
le temps est mauvais depuis quelques jours. On a célébré en
route la fête de l'Empereur, et des salves d'artillerie avec la
poudre prise aux Russes ont retenti dans les airs. Personne ici
ne doute de la victoire, seulement on s'irrite qu'elle se fasse
autant attendre. Mon brave chien me suit partout, le feu ne l'ef-
fraye pas, et il a pris en haine l'uniforme russe au point que
quand il voit quelques Cosaques galoper près de nous, il aboie
d'une façon pleine de menaces. Il partage mon manteau au coucher et, comme il a rendu des services au régiment, on lui a
donné sa part de ration jusqu'à ce jour. Vous trouverez peut-
être singulier qu'un animal m'occupe ainsi ; mais, outre sa
bonne et fidèle amitié, Moffino est pour moi un souvenir vivant
de mes derniers jours à Milan et, quoique ce souvenir soit bien
triste, je tiens à tout ce qui me le rappelle. »

CHAPITRE XVII

MARIO n'eut pas le temps de continuer ces notes : sa vie, comme celle de tous ses camarades, se passait en marches pénibles, en combats, ou en courses pour chercher des vivres ; et cette dernière tâche était loin d'être la plus facile, les Russes détruisant tout sur le passage de l'armée ; dans maint village où l'on entrait, il fallait au péril de sa vie éteindre les flammes, pour arracher, s'il était possible, quelques provisions au feu. Marengo semblait trouver cela très naturel et soutenait à Landais, plus grognon que jamais, qu'il n'en avait jamais été autrement dans leurs anciennes campagnes : Landais, qui se rappelait les doux campements dans la grasse Allemagne et dans la fertile Italie, se fâchait tout rouge et montait la tête aux autres, en criant que l'Empereur agissait comme un étourneau et qu'il jouait avec la vie de ses soldats. Lenoir, toujours solide à la marche, avait des moments de mélancolie quand la chasse aux vivres avait été mauvaise ; et il corrigeait un peu le jeûne en contant le soir les copieux repas qu'on faisait à la ferme de son oncle, et notamment les oies, les dindons et les veaux qu'on avait mangés aux noces de sa cousine Pélagie. Cet honnête garçon n'avait qu'un défaut, il était gourmand et, aux jours de jeûne désespéré, il évoquait parmi ses souvenirs les mieux nourris. — Du reste, brave comme un lion, lui et Landais faisaient bien expier leurs déceptions aux Russes qui leur tombaient sous la main. Wladimir quittait peu son père ; et la mère Antoine, toujours patiente, résignée et attentive, suivait paisiblement, amassant avec une avare générosité les provisions qu'elle distribuait aux plus faibles et vendait fort cher aux officiers ou à ceux qu'elle savait pourvus d'argent. Elle veillait sur Ladis avec la même bonté qu'aux premiers jours et, quoique plusieurs soldats disent qu'il était absurde d'exposer un si jeune enfant aux misères d'une campagne, elle ne laissa jamais rien échapper qui pût faire supposer qu'elle blâmait Lerowsky ou était lasse de l'enfant. Clairon avait mission d'aller au fourrage pour Pologne ; il revenait quelquefois les mains vides, soit qu'il n'eût rien trouvé ou que les cavaliers ne lui eussent rien laissé enlever ; la mère Antoine alors n'était pas contente, et Pologne devait se résigner à brouter l'herbe déjà fort tondue des chemins, ou à ronger les pousses de quelques buissons à sa portée. Un matin, qu'on avait ordre de prolonger la halte assez tard, mécontent des railleries qu'on lui avait prodiguées la veille en l'appelant fourrageur transi, trembleur qui n'osait pas regarder en face le bonnet des Cosaques, il enfourche Pologne et s'élance à la suite d'un détachement de cavaliers courant vers une ferme abondamment fournie et oubliée par les incendiaires : un juif polonais servait d'éclaireur.

Il y avait à peine un quart d'heure de marche. Mario, inquiet de ce qui pouvait arriver à l'enfant, le suivit avec Moffino. A force d'adresse et de promptitude, Clairon enleva une botte de foin, qu'il attacha sur Pologne, et emplit ses deux sacs de grains. Tout fier de sa capture quand des cavaliers retardataires revenaient sans rien, il allait retrouver sa compagnie lorsque des cris aigus se firent entendre : « Les Cosaques ! » dirent les cavaliers, et, craignant pour leurs personnes, ils s'éloignèrent en répondant par quelques coups de feu aux tiraillements des Cosaques ; mais Pologne n'était pas habitué à la course ; sans s'effrayer des hourras que poussaient les ennemis, il continuait de son allure paisible et honnête ; il ne tarda pas à devenir, ainsi que son petit cavalier, le point de mire de l'un de ces barbares resté en arrière, pendant que les autres mettaient le feu à la ferme.

— Va donc ! dit Clairon, tu as des pieds de tortue, misérable baudet, et on court après nous avec des pieds de lièvre.

— Hou! hou! criait le Cosaque.

— Hou! hou! répéta Clairon, tu n'auras pas mon foin bien que tu sois assez bête pour le manger. Ma foi, tant pis, sauve-toi, Pologne, et, sautant à terre, il allongea un coup de pied au cheval qui hennit sans s'éloigner.

Le Cosaque riait déjà dans sa barbe de sa bonne capture, un cheval assez gentil et un enfant qu'il vendrait comme esclave à quelque riche seigneur.

Avec sa grande lance, il se trouva cependant empêché, quand Clairon, qui avait tiré son sabre, se mit à faire, en reculant, un moulinet magnifique que lui avait appris Marengo, et qui, en éloignant l'ennemi, le protégeait lui-même comme un bouclier. Malgré son courage, la force pouvait lui manquer, les autres Cosaques pouvaient revenir, quand une voix bien connue lui cria :

— Courage! Clairon; me voilà!

Et Mario coucha le Cosaque en joue; mais, celui-ci, ne voulant pas partir les mains vides, s'avançait vers le cheval de la cantinière et, selon toute apparence, allait sauter en selle et le lancer jusqu'à la ferme, lorsqu'il fut arrêté par Moffino, qui, monté lui-même sur son ami Pologne, aboyait et hurlait tour à tour, montrant ses dents aiguës et tout prêt à s'élancer sur le ravisseur s'il approchait; ceci avait donné à Mario le temps d'armer son fusil, et le coup partit qui renversa l'agresseur : il poussa un cri de colère, voulut se relever, mais il ne le put et retomba en gémissant.

Mario, tout pâle de son haut fait, allait s'avancer comme pour secourir le barbare, quand Clairon lui dit :

— Laisse ce méchant; sa mort venge celle de nos soldats qu'ils frappent tous les jours. Sauvons-nous au plus vite, car, si les autres sortent de la ferme qu'ils détruisent et brûlent, nous sommes perdus.

Et, prenant Pologne par la bride, précédés par le caniche, qui semblait très fier d'avoir joué un rôle dans cette affaire, les amis rejoignirent le bivouac. On était inquiet d'eux, et on les salua d'une acclamation joyeuse qui fut répétée, quand Clairon eut raconté que Mario l'avait sauvé des griffes d'un Cosaque, qui gisait à quelques minutes de là.

Mario dit à son tour le courageux sang-froid de l'enfant, et Marengo, enthousiasmé, les embrassa tous deux en les appelant « ses braves enfants, ses bons petits camarades ».

— Dame! disait Landais, il ne faut pas s'étonner de cela, le petit Clairon a toujours été un rude gamin; et, quant à l'Italien, il ne pouvait pas rester poule mouillée au milieu des braves du 106°.

— La poule mouillée s'est changée en un beau coq, dit Lenoir, qui se sentait en belle humeur depuis qu'il savait qu'on marchait sur Smolensk, ville abondamment fournie de vivres.

Somme toute, cette petite aventure releva singulièrement Mario dans l'esprit de ses camarades, et l'amitié qui l'unissait à Clairon en prit une nouvelle force. Le soir, Pologne soupa paisiblement sans se douter que son avoine avait coûté bien cher, et ce fut à partir de ce jour que Moffino, qui s'était bien trouvé sur le petit cheval, se permit de s'y établir quand il était fatigué.

La cantinière, fière du courage de Clairon, se promit pourtant, à part elle, de ne plus jamais faire de reproche à son garçon quand il reviendrait à sec.

Le sommeil du petit garçon fut un peu agité, cette nuit-là : il se réveilla dix fois en sursaut, croyant être étouffé par un grand Cosaque à cheval qui lui piétinait la poitrine; mais, le lendemain, il se leva aussi dispos que s'il avait dormi onze heures dans le lit le plus douillet.

Ce haut fait avait éveillé la verve de Pierre Lenoir: il salua l'enfant de troupe avec le chant suivant, qu'il accommoda fort bien sur l'air de *Malbrough* :

Clairon s'en va-t-en guerre,
Mironton, mironton, mirontaine,
Clairon s'en va-t-en guerre,
Monté sur son dada.

Et la chasse étant bonne,
Mironton, mironton, mirontaine,
Et la chasse étant bonne,
Du pain il rapporta.

Mais v'là que dans la plaine,
Mironton, mironton, mirontaine,
Mais v'là que dans la plaine,
Un grand diabl' rencontra.

Ce diable était Cosaque,
Mironton, mironton, mirontaine,
Ce diable était Cosaque,
Et dit : « Je te mang'ra. »

Clairon, qu'avait d'la tête,
Mironton, mironton, mirontaine,
Clairon qu'avait d' la tête,
Dit : Pas si vite que ça. »

Le Cosaque' montr' sa pique,
Mironton, mironton, mirontaine,
Le Cosaqu' montr' sa pique,
Et menac' le dada.

Clairon avait un sabre,
Mironton, mironton, mirontaine,
Clairon avait un sabre,
A temps il riposta.

« Tu veux du pain, mon maître,
Mironton, mironton, mirontaine,
Tu veux du pain, mon maître,
Attend et t'en auras. »

C'est sur ces entrefaites,
Mironton, mironton, mirontaine,
C'est sur ces entrefaites,
Que Mario arriva.

Il tir' son allumette,
Mironton, mironton, mirontaine,
Il tir' son allumette,
Et le Cosaq' tomba.

Le chien qu'était d'la fête,
Mironton, mironton, mirontaine,
Le chien, qu'était d' la fête,
Tout son soûl aboya.

Quand on r'vint au bivouac,
Mironton, mironton, mirontaine,
Homme, garçon et bêtes,
Un chacun les salua.

Et vous, messieurs les Russes,
Mironton, mironton, mirontaine,
Et vous, messieurs les Russes,
Que dites-vous de ça ?

Au régiment, on n'est pas difficile en poésie ; celle-ci fut déclarée du gré de chacun et, pendant tout un jour, on la fredonna ; il y eut même un moment où, quelques Cosaques rôdant autour de l'armée, on la chanta à tue-tête. Pendant ce jour donc Clairon, Mario, Pologne et Moffino furent célèbres, mais aucune de ces braves personnes ne fut plus fière pour cela.

CHAPITRE XVIII

EPENDANT les heureux campements promis à Smolensk n'arrivèrent pas. Après avoir vaincu mille difficultés et avoir livré le combat sanglant de Valoutina, on arriva devant la ville si ardemment attendue : les Russes l'occupaient, et on ne les chassa que par un bombardement désespéré. Quand on entra dans la ville, elle était en flammes et chacun se sentit le cœur serré de ne trouver que le deuil et la mort où l'on avait espéré la gloire et le repos. La terreur chez les Russes égalait la colère et nous pouvions nous attendre à une résistance désespérée après le passage du Dniéper ; en septembre, on prit la route de Moscou et les espérances déçues à Smolensk se ranimèrent tout à coup. En effet, si l'on se rendait maître de la ville sainte et nationale de la Russie, il était permis d'espérer beaucoup. On arriva ainsi à la plaine de Borodino, près du village de ce nom qu'entoure la Kalouga, petite rivière sinueuse qui, après mille détours, se jette dans la Moskowa. C'était sur les escarpements qui bordaient la Kalouga que les Russes avaient campé. Ils consentaient enfin à prendre leur revanche : l'incendie de Smolensk les avait profondément irrités, et ils brûlaient de se mesurer avec nous.

Le 5 septembre, l'Empereur fit enlever une redoute afin de permettre à l'armée de s'établir dans la plaine ; après quoi il ordonna de bivouaquer, voulant un repos complet, le 6, et une terrible bataille, le 7. Ces ordres donnés, il se mit à étudier le terrain dans ses plus minces détails ; il vit que partout les Russes étaient fortement assis et défendus par de forts ouvrages et des monticules naturels ; des bois touffus, taillis ou haute futaie, les protégeaint à droite ; la Kalouga, très profonde en cet endroit, rendait leur gauche inaccessible.

Tout bien considéré, c'était encore la droite qui nous offrait le plus de facilité pour l'attaque : Napoléon résolut de les prendre par là ; mais, voulant les occuper ailleurs, il songea à feindre de les attaquer par le centre, d'où se voyait la route neuve de Moscou. Le prince Eugène, auquel l'Empereur voulait donner l'honneur de cette journée, devait opérer à droite, et Poniatowski à gauche ; 127,000 soldats étaient sous les drapeaux avec 580 bouches à feu. Les Russes avaient 140,000 hommes.

Pendant que Napoléon combinait ainsi les plans, les soldats employèrent la journée à se reposer et à jouir des vivres ramassés le 5. Jamais le bivouac n'avait été ni plus gai, ni plus animé. Selon son habitude, la mère Antoine s'était chargée de faire la cuisine pour ses commensaux ordinaires, et, après une nuit passée sur l'herbe, malgré une pluie fine et pénétrante, les soldats de Marengo se donnèrent le luxe inusité de faire deux repas en ce jour mémorable. Chacun avait apporté sa part recueillie dans les villages abandonnés qu'on avait dû traverser.

Un jambon fumé avait été apporté par Marengo ; Landais avait déniché dans la maison du gouverneur trois bouteilles d'hydromel ; Mario, un grand pot de grès plein de kaviar ; Clairon, un grand nombre de menus assaisonnements qui avaient fait le bonheur de la mère Antoine. Cependant, vers le milieu du jour, Clairon disparut et ne revint que plusieurs heures après suivi par Moffino, qui était un fin chasseur pour la maraude.

— Citoyens, dit l'enfant de troupe d'un air solennel, j'ai

médité sur les observations du sage Lenoir, qui disait ce matin
qu'un repas sans dessert n'est pas complet. Je me suis alors
rappelé certaines douceurs que j'avais entrevues hier, lorsque
nous avons pillé la maison du riche moujik, mais qu'il m'était
impossible d'emporter, mon schako, mes poches et mes mains
étant remplis. J'y suis retourné aujourd'hui en faisant ma diges-
tion; j'ai reconnu sans peine la maison, qui est d'un bois joliment découpé, et j'y suis entré croyant la trouver inhabitée :
mais j'y vis, tout d'abord, deux petites filles, jolies, ma foi; et
qui, à ma vue, ont poussé des cris d'effroi qui m'ont touché,
je l'avoue. En galant chevalier français, je me suis découvert,
et je les ai priées de m'enseigner le chemin le plus court pour
aller au buffet parce que j'avais une affaire à terminer par là.
Nouveaux cris un peu plus cosaques que les premiers. J'avais
peur de voir apparaître quelque grand diable barbu et armé
qui m'aurait coupé les oreilles ; alors, pour les apprivoiser, ces
jeunesses, je leur montre mon sabre, et je gesticule tant et tant
qu'elles m'ouvrent toutes les portes des armoires, et voilà ! et
voilà ! et voilà ! dit l'enfant en laissant échapper de son sac et
de sa capote une pluie de pommes, de raves, de cerises,
des tranches de bœuf froid, du sucre et un gros paquet
de thé.

— Bravo ! cria Lenoir, en goûtant aux cerises ; mais est-il
possible que personne ne t'ait poursuivi ?

— Personne ! je m'en suis allé chantant : Que t'as de belles
filles, girofli ! girofla ! et Moffino seul m'a suivi.

— Tu es donc le pourvoyeur des gens comme des bêtes ? dit
Landais, dont Clairon était le favori.

— Mais Moffino a aussi quelque chose, dit Ladis, sur le pâle
visage duquel les préparatifs du souper amenaient un reflet
joyeux.

— Voyons, Moffino, apporte, dit Mario à son chien, qui ne
répondit que par un grognement sourd.

— Apporte ! redirent les soldats.

— Mes enfants, dit la mère Antoine, je vois du poil ; Moffino a tué du gibier. Passez-moi ça !

— Donne, Moffino, donne, mon bon chien, dit Mario en enlevant avec précaution le fruit de la chasse de son chien.

— C'est un chat ! s'écria Lenoir, qui s'intéressait particulièrement à la question des vivres.

— Tant mieux ! s'écria Clairon avec entraînement, nous mangerons de la gibelotte.

— Manger du chat ! dit Mario avec dégoût.

— Eh bien ! répondit Marengo, le chat est un animal dodu qui se laisse manger... quand il est mort. Allons, brave mère Antoine, fricassez-nous ça ; seulement vous ne nous servirez pas la tête.

— C'est cela, dit Clairon, l'illusion sera complète, nous croirons manger du lapin.

— Vive le chat ! vive César Moffino ! crièrent les soldats, que la gaieté dominait ce jour-là.

— C'est-à-dire que ça nous rappellera le lapin, dit Lenoir avec un ton mélancolique... Ah ! en ai-je mangé de fiers lapins : c'était à la noce de ma cousine Pélagie, mais....

— On aime mieux du nouveau, interrompit Landais. Assez de la cousine Pélagie et de sa noce...

— Plains-toi, Lenoir, dit Marengo, voilà un Bavarois, qui a mangé du cheval la semaine dernière. N'est-ce pas, camarade ?

Le soldat, interpellé, répondit par une grimace significative.

— Mangeons, enfants, dit la cantinière ; demain, nos apprêts ne seront pas si longs.

— Demain ! reprit Wladimir, que toutes ces folies ne faisaient pas rire, et en s'adressant à Mario, il y a bien longtemps que j'attends demain !

— Demain ! dit le lieutenant Lerowski assis à l'écart avec quelques officiers, mes fils resteront avec les compagnies du train, et je les confie à la mère Antoine.

Celle-ci se contenta de faire un signe de tête de doute : nul n'ignorait qu'elle ne savait pas rester à l'arrière-garde au moment du danger ; quant à Wladimir, il alla vers son père et lui secoua la main avec force.

— Silence ! dit Marengo en se levant et en étendant la main vers le camp des Russes ; est-ce que ces sauvages ne se mettent pas en marche pour nous surprendre ?

Et, en effet, à la lueur vacillante des bivouacs, on voyait une masse noire se mouvoir lentement dans le lointain. Les soldats s'étaient levés d'un bond et avaient couru prendre leurs fusils.

— Du calme ! dit Lerowski, qui avait examiné avec attention : ce sont les popes qui promènent dans les rangs une statue de la Vierge[1]. Tenez, les soldats se prosternent ; ils récitent des prières en chantant des cantiques, je les entends. Ils croient faire une guerre sainte.

— C'est une guerre sainte, mon père, quand on défend son pays, dit Wladimir.

— C'est vrai, répondit Lerowski, mais ils sont inconséquents avec eux-mêmes : ils veulent qu'on respecte leur nationalité quand ils ont détruit la nôtre.

L'enfant fit un geste de menace vers le camp ennemi.

— Alors, père, demanda Ladis, qui faisait de grands efforts pour s'élever à la hauteur de la conversation, le bon Dieu sera-t-il avec nous ou avec eux ?

— Il aime la justice, il sera avec nous, répondit le père.

Landais fit entendre un ricanement sceptique et, poussant le coude de Marengo, il murmura :

— Je ne savais pas que la justice était de notre côté ; c'est fort amusant cela !

Ladis, satisfait de la réponse du lieutenant, était retourné près de la cantinière, dont il suivait les opérations avec beaucoup d'intérêt.

[1] Ils la disaient sauvée sur les ailes des anges pendant l'incendie de Twobuck.

Le souper se fit très gaiement : tout fut trouvé exquis, voire même le chat : le kaviar seul, ce mets national des Russes, ne fut pas apprécié ; on lui trouva beaucoup d'analogie avec du vieux cirage.

Le général Delzons ayant ordonné une double ration d'eau-de-vie à ses frais, l'entrain s'accrut encore, et on vida les rasades aux cris de : Vive la France ! vive l'armée d'Italie !

— Vive la Pologne ! dit Wladimir, qui avait toujours ce cri dans le cœur et sur les lèvres.

Et les soldats répétèrent : Vive la Pologne et les braves Polonais !

— Ainsi, dit Clairon, avec la confiance téméraire de l'enfant et du soldat, demain nous serons les maîtres de tous ces gens-là. On dit qu'ils sont très riches ; moi, je ne demande qu'une paire de bottes jaunes comme celles du roi Murat, car mes souliers sont en gaieté, ils rient et, si je ne les quitte pas, ils me quitteront.

— C'est bon, reprit Marengo. On n'a pas besoin de souliers pour se battre ; les républicains couraient pieds nus à la rencontre de l'ennemi ! Ce n'étaient pas de petits maîtres, eux !

— Est-ce qu'on se bat pour du butin ? dit dédaigneusement Wladimir.

— Ah ! oui-dà, fit Clairon, qui, bien que très adouci envers le jeune Polonais, ne l'aimait pas davantage, monsieur a le cœur généreux ! C'est dommage que son papa lui ait ordonné de rester à l'arrière, sans cela il nous aurait émerveillés tous demain.

— Vous êtes un mauvais garçon, dit Wladimir, qui ne fut pas maître de lui, et vous ne cherchez qu'à m'affliger.

Clairon, très animé, allait s'élancer comme un jeune coq sur son rival, quand Mario l'arrêta d'une main vigoureuse.

— Tu es fou, lui dit-il ; est-ce pour nous battre les uns contre les autres que nous sommes ici ? Viens dormir.

Clairon résista quelque peu, puis parut se résigner.

— Allons, soldats, dormons, dit Marengo, et mettons les morceaux doubles, car j'ai idée que demain on ne nous laissera pas moisir dans nos lits.

— C'est tant mieux ça, dit Lenoir, et demain soir c'est nous qui nous chargeons du lit du petit Caporal : on lui mettra des drapeaux ennemis en guise de draps.

Quelques instants après, les soldats, étendus sur l'herbe, étaient endormis d'un tranquille et profond sommeil.

Ladis s'était blotti dans les bras de son père, et Mario, qui était près d'eux, dit à l'aîné :

— Obéiras-tu à ton père, demain ?

Wladimir sourit silencieusement.

— Pourquoi ne me réponds-tu pas, dit Mario ; tu n'as donc pas confiance en moi ?

— Demain, répondit l'enfant, je suivrai mon père.

Clairon, qui ne dormait pas et qui, trouvant ses armes ternes, s'était mis à les fourbir, entendit ces paroles.

— Petit orgueilleux ! dit-il, je t'obligerai, moi, à rester en arrière.

Et, quand il fut certain que ses jeunes camarades dormaient à leur tour, il tira à lui le petit fusil de Wladimir, mis en faisceau avec plusieurs autres et, l'enlevant prestement, le porta dans la charrette de sa mère et l'y cacha ; après quoi, enchanté de cette vengeance, il songea à se reposer à son tour.

Lerowski, le pressant de son bras gauche... (page 142.)

CHAPITRE XIX

BATAILLE DE BORODINO OU DE LA MOSKOWA

Dès cinq heures du matin, les soldats furent réveillés et durent se former en ordre de bataille. Un épais brouillard protégea ces premières évolutions; mais, les nuages se dissipant tout à coup, laissèrent passer les rayons du soleil qui se dégageait « comme un globe rougi au feu ». — « Voilà le soleil d'Austerlitz ! » dit Napoléon. Le mot circula de rang en rang et fut acclamé. Murat, tout chamarré d'or, vêtu d'un habit de velours vert brodé, coiffé d'une toque à plumes jaunes et chaussé de ces fameuses bottes qui faisaient l'ambition du petit Clairon, semblait rayonner d'ardeur; il galopait fièrement devant ses cavaliers et leur communiquait son courage et sa confiance. En tête de chaque compagnie on lut cette proclamation :

« Soldats !

« La voilà, cette bataille que vous avez tant désirée. Désormais la victoire dépend de vous ; elle est nécessaire ; elle amènera l'abondance, et nous assure de bons quartiers d'hiver et un prompt retour vers la patrie. Soyez les soldats d'Austerlitz, de Smolensk, et que la postérité la plus reculée dise en parlant de vous : « Il était à cette grande bataille sous les murs de « Moscou ! »

A peu près au même moment, le vieux général Kutusof, rusé, faux, mais prudent et patient, lisait également sa proclamation, dans laquelle il excitait son armée à la haine et à la vengeance contre les Français. Ce vieillard avait le commandement en chef et jouissait d'une immense popularité depuis ses succès contre les Turcs.

A cinq heures et demie, un coup de canon annonça la bataille ; une terrible décharge lui répondit. Le vice-roi d'Italie, accompagné de la division de Delzons, se jeta sur le village de Borodino avec fougue et rejeta les Russes au-delà du bourg sur un pont qui unit les rives de la Kalouga : ce n'était qu'un début, et les soldats n'avaient pas ordre de poursuivre, mais Lerowski, placé à l'avant-garde, ne fut pas maître de lui et, se jetant sur le pont, entraîna les soldats : deux régiments de chasseurs russes firent sur eux un feu soudain et terrible et, se précipitant en avant, les culbutèrent, mais sans les faire reculer. « Arrière ! » criaient les Russes, et nos soldats tombaient : le drapeau était surtout l'objet de leurs constants efforts. Lerowski en était comme enveloppé : déjà un Russe avançait la main pour saisir la hampe du drapeau lorsqu'un coup de sabre vigoureux abattit la main téméraire, et un tout jeune soldat, un enfant presque, la tête nue, la figure enflammée, s'élança en avant, criant : « Vive la Pologne ! » En le voyant si jeune et si peu défendu, les Russes, malgré leur grande haine, eurent

comme un éclair d'hésitation, mais l'heure si ardemment désirée par Wladimir avait sonné : il frappa de nouveaux coups
si meurtriers et si fermes que les ennemis reculèrent un instant, mais pour revenir avec plus de fureur.

— Courage ! criait Wladimir, à moi, les Français! Mais une
balle, l'atteignant au bras droit, lui fit lâcher son sabre.

— Père, père, à moi! à nous les Français ! criait l'enfant
en faisant des efforts surhumains pour ressaisir son arme. Un
coup de baïonnette le frappa si violemment à la poitrine qu'il
se renversa en arrière et allait tomber pour être foulé aux
pieds quand Lerowski, tout au feu du combat, venant seulement d'apercevoir son fils, s'élança à temps pour le recevoir
dans ses bras.

— Je t'ai suivi, murmura l'enfant ; tu m'avais pris mon fusil,
mais j'avais mon sabre.

Lerowski, le pressant de son bras gauche qui retenait aussi
la hampe du drapeau, du droit faisait le coup de sabre avec
une énergie sauvage. Animés par son exemple, les soldats
redevinrent maîtres de la tête du pont : la résistance héroïque
du lieutenant porte-drapeau se maintint pendant quelques
minutes, où il fut atteint plusieurs fois sans être mis hors de
combat, mais un violent coup de sabre, qui lui fut asséné sur le
front, l'abattit. Il tomba, tenant toujours son enfant pressé
contre son sein. Il s'agita, étendit son bras dans le vide et, se
redressant une dernière fois, il cria d'une voix forte :

— Dieu veille sur la Pologne !

Et tomba pour ne plus se relever.

— Soldats! vengez votre lieutenant, s'écria Marengo, en
s'avançant témérairement. En ce moment, des acclamations
s'élevèrent au milieu des bruits confus de la bataille: c'est le
92ᵉ qui vient sauver son camarade: les Russes sont définitivement repoussés, et l'armée s'établit solidement dans Borodino.
Au plus fort de la mêlée, on avait vu la mère Antoine traverser au milieu des soldats, tendant une arme à celui qui avait

été désarmé, chargeant les fusils, qu'elle passait aux tirailleurs, et affrontant le feu sans crainte ni bravade. Quand il fut permis de reprendre haleine, elle distribua des verres d'eau-de-vie à ceux qui en demandaient, puis à demi courbée, promenant un œil exercé sur ceux qui gisaient à terre, elle soulevait ceux qui donnaient encore signe de vie, et, les tirant de la mêlée, les traînait à l'écart sous quelque hangar ou dans quelque hutte, ranimant les uns par quelques gouttes de cordial, les autres par ces paroles : « Les ennemis sont en fuite, nous avons gagné, courage! » Mario, qui s'était bien battu, avait été refoulé à l'arrière du pont, et, occupé à repousser les Russes restés dans le village, il avait été brusquement séparé de ses camarades et ignorait leur sort. Clairon, que sa mère avait chargé de veiller sur la voiture et sur Ladis, en avait confié la garde à Moffino : celui-ci, aussi insoumis que l'enfant de troupe, avait rejoint son maître, et, très brave au feu, s'était signalé en mordant les jambes à plus d'un Russe et faisant aussi d'heureuses diversions favorables à nos soldats. Clairon, un peu inquiet de ce qu'était devenu Wladimir, le croyant sans armes, le chercha, mais en vain; il se consola en saisissant un tambour abandonné, et se mit à battre la marche avec beaucoup d'énergie, ne s'effrayant pas des balles qui tombaient autour de lui. Le prince Eugène passant dans le village, cria: « Soldats de Delzons, vous êtes des braves! » Jusqu'au soir, en effet, ils gardèrent leur position. Ils eurent encore à repousser à la brume une nouvelle attaque, mais l'infanterie s'étant formée en carré présenta à l'ennemi une haie hérissée de baïonnettes qu'il dut renoncer à forcer; la cavalerie sabra ceux qui s'aventurèrent trop. Vers le centre, le combat était encore plus chaud. Davout, Compans, Ney se battaient au milieu de la mêlée; ils avaient enlevé aux ennemis trois flèches, excellents ouvrages de défense ; la résistance des Russes était pourtant terrible, et le feu si violent que Ney fut obligé à plusieurs fois de faire coucher ses soldats : des deux côtés, les morts tombaient avec une rapidité effrayante. Murat, de concert avec ses braves cavaliers, exécuta plusieurs charges meurtrières et parvint à faire une trouée au centre, à Séménoffskoïé. Des renforts insuffisants donnés par l'Empereur retardent l'issue de la bataille, et une lutte affreuse s'engage : les généraux tombent comme les soldats : Montbrun l'héroïque cavalier, les braves Gudin, Friant, Caulaincourt, Davout, tous morts où blessés. A trois heures, on combattait encore sur ce point, et les Russes tombaient par centaines. Enfin, les cuirassiers et le prince Eugène furent maîtres de la redoute, à dix heures. Poniatowski avait conquis la droite ; Delzons, la gauche ; et l'armée russe battait en retraite. Pour les y décider, il avait fallu diriger contre eux une horrible canonnade. — « Puisqu'ils en veulent, dit cruellement Napoléon en les voyant résister encore, donnez-leur-en. » Et l'on tira ainsi pendant plusieurs heures.

Lorsqu'on s'arrêta, les soldats se mirent au bivouac moins gais que la veille : cette victoire si chèrement achetée n'excitait pas l'enthousiasme des succès passés.

On n'osait pas se compter et, malgré la fatigue, les gémissements des mourants et les hennissements lugubres des chevaux abandonnés ou blessés renvoyaient bien loin le sommeil.

Vers une heure du matin, la mère Antoine reparut seulement au bivouac ; depuis la fin de la bataille, elle avait suivi les intendants militaires et le brave chirurgien Larrey, qui passa la nuit à faire relever le plus de blessés possible et à les sortir de ce champ de mort où le désespoir les envahissait ; mais ils étaient si nombreux que trois jours entiers devaient à peine suffire pour appliquer un premier pansement : les infortunés attendirent les secours de l'art en plein air et couchés sur la paille. Le lendemain, on les transporta à l'abbaye de Kolotskoï, mais la faim devait en tuer un grand nombre, et des détachements, passant par là, eurent la douleur de voir des officiers se traîner sur leurs membres mutilés en leur demandant du pain. La cantinière, infatigable comme le dévouement, prêtait son assistance aux chirurgiens, et maintes fois le cordial rappela à la vie les blessés que la fraîcheur de la nuit jointe à la perte de leur sang avait glacés. C'était pour remplir son petit tonneau qu'elle reparut au bivouac, c'est-à-dire à Borodino, que n'avait pas abandonné le 106e : elle trouva Marengo assis et veillant, malgré les fatigues extraordinaires de la sanglante journée.

— Eh bien ! mon sergent, lui dit-elle, vous n'en avez donc pas eu assez aujourd'hui, que vous attendez encore quelque chose ?

Marengo leva les épaules d'un air découragé :

— La victoire a été dure, dit-il, et je ne puis oublier les braves que j'ai vus tomber.

La cantinière secoua la tête.

— Il est certain que chacun a rudement fait son devoir, dit-elle, et qu'il est bien dur de mourir sans savoir si l'on est vainqueur ou vaincu.

— Sans doute ! et voilà qui me chagrine : si ce bon lieutenant et son courageux petit l'avaient su au moins !

— Comment ! dit la mère Antoine, le lieutenant Lerowski !

— Comment ! répéta Mario, éveillé depuis un instant.

— Morts tous deux ! dit Marengo, en tirant avec force sa moustache, très endommagée d'un côté par une balle qui lui avait grillé la joue. Je les ai vus tomber tous deux.

— Wladimir ! dit le jeune Italien.

— Oui, Wladimir, l'aîné : celui qui ne riait jamais... O le brave enfant ! il a tué plus d'un Russe avec ses petites mains, allez !

Mario essuya une larme, que faisait couler la mort de son héroïque et jeune camarade.

— Écoutez, la mère, dit Marengo, éclairez-nous avec votre lanterne jusqu'à l'entrée du pont ; nous les retrouverons sans doute, et, ceux-là au moins, nous ne les laisserons pas manger par les corbeaux.

— Attendez le retour du jour, sergent, dit la mère Antoine ; on nous prendrait à présent pour des maraudeurs qui vont dépouiller les morts.

— Et ce pauvre petit qui reste, dit Mario, que va-t-il devenir ?

— Croyez-vous pas qu'on va l'abandonner ? dit brusquement la cantinière. Pas vrai, mon garçon, que tu veux bien d'un frère ? dit-elle à Clairon qui dormait aux côtés de Mario.

— Voulez-vous bien me laisser la paix ? répliqua celui-ci tout rêvant. Gueux de Cosaque, veux-tu me rendre mes bottes ? Et il agitait ses jambes grêles chaussées, en effet, de bottes énormes : c'était sa capture de la veille.

— Allons, tu vas réveiller tout le monde, dit la mère Antoine en le poussant doucement. Dors, mon enfant, tu me répondras demain, et, va, je la sais déjà ta réponse.

— Et puis, ajouta Marengo, est-ce que la 5ᵉ compagnie n'est pas là ? Elle l'adoptera, le petit Polonais, et, s'il est fatigué, cet enfant, on le portera en guise de sac. C'est égal, ajouta-t-il en passant sa rude main sur son visage balafré, j'en aurai long-temps le cauchemar ; j'ai vu bien des batailles, mais jamais tant de morts : c'était horrible ; on n'avait pas le temps de dire : « Mon Dieu, aidez-moi ! » En ai-je vu tomber, des braves, des jeunes, des vétérans ! Et la France ne saura seulement pas .eurs noms !

La mère Antoine secoua tristement la tête et, en allant à sa voiture, elle murmura au Dieu des armées quelques mots du cœur pour ces braves, hier la terreur de l'ennemi, aujourd'hui endormis du dernier sommeil loin de la patrie. Elle trouva Ladis dormant de bon cœur et Moffino faisant le guet : son poil était ensanglanté, car il avait été effleuré de quelques coups de lance : en voyant la mère Antoine, il poussa un aboiement joyeux et, comprenant sa tâche finie, il courut à son maître et, après l'avoir couvert de caresses, s'étendit à ses côtés comme pour lui demander quelque soulagement. L'intelligent animal

avait gardé la charrette depuis environ quatre heures, où Mario,
l'ayant aperçu à ses côtés, lui avait dit: « Va à la charrette,
Moffino, et veille pour qu'on ne la prenne pas ! »

Lorsque le soleil se leva, ce fut pour éclairer une scène
d'horreur telle que les hommes n'en avaient peut-être jamais
vue. L'herbe, qui avait disparu sous les piétinements des soldats
et des chevaux, était couverte de cadavres mutilés, de chevaux
renversés, dont quelques-uns vivaient encore, et de voitures
d'artillerie brisées. Quatre-vingt mille hommes gisaient là, victimes de l'horrible sacrifice de la veille ! Les blessés, Russes
ou Français, s'étaient traînés dans les ravins, et là, les uns sur
les autres, attendaient la mort. Les plus forts élevaient leurs
fronts sanglants ou agitaient leurs bras mutilés pour implorer
du secours; quelques-uns murmuraient une dernière prière; à
l'heure de la mort, tout le monde est croyant, ou redisaient dans
un fugitif adieu le nom de ceux qu'ils avaient aimés. D'autres,
rendus fous par la douleur, maudissaient et blasphémaient.
Par endroits, l'herbe verte et fraîche était submergée dans une
mare de sang, et des membres épars soulevaient le cœur d'indignation ou le remplissaient de douleur. Ainsi, nos soldats à
nous étaient morts là, loin de leur patrie, de leurs parents, de
leurs amis : les uns, jeunes et destinés à une longue carrière;
les autres, fatigués, blanchis sous le labeur et aspirant au
repos ! Nul ne viendrait prier sur leurs tombes ; les oiseaux
d'un ciel ennemi se repaîtraient de leur chair, et le soleil de
leur pays n'éclairerait pas de ses rayons amis le gazon de
leur dernier asile ! O guerre ! vampire toujours altéré de sang
et jamais assouvi, qui donc te terrassera d'un pied vainqueur
et donnera la paix, la radieuse paix à nos cœurs confiants
et rajeunis !

Cependant, Marengo, la mère Antoine, Mario et ceux de la
compagnie, qui se joignirent à eux, n'eurent pas à traverser
ce champ de désastre; ils franchirent le village et arrivèrent au
pont de la Kalouga ; après avoir soulevé bien des cadavres

déjà roidis, ils trouvèrent ceux qu'ils cherchaient: Lerowski et
son fils, enlacés si étroitement l'un à l'autre qu'on ne put les
séparer. Les soldats choisirent un endroit écarté, ouvrirent le
sol avec leurs sabres, et, dans la fosse qu'ils creusèrent, étendirent les deux Polonais. Puis, ils ramenèrent la terre, s'aidant
de leurs mains ; chacun en jeta une poignée d'un air triste et
morne, mais fier, comme autrefois nos ancêtres amoncelaient
la *terre du brave* sur le héros mort les armes à la main ; on
déchargea ensuite plusieurs coups de fusil. Quand tout fut
fini, Marengo ôta son schako, et dit d'une voix tremblante, qu'il
voulait rendre ferme : « Adieu, mon lieutenant ! » Les autres
se découvrirent, à son exemple, et rentrèrent dans le village,
l'œil obscurci de larmes et le cœur gonflé.

Clairon, qui avait tout suivi, resta le dernier et, s'agenouil-
lant sur la terre fraîchement remuée, se mit à fondre en larmes :
un doute terrible agitait sa jeune âme. « Ah! pensait-il, je suis
peut-être coupable de sa mort, il n'avait pas d'armes! » Et le
remords, ce vengeur cruel des fautes, entra dans l'âme, si paisible jusqu'alors, du petit Clairon. En se relevant, il vit Mario
qui l'attendait. « Moi qui étais jaloux de lui, dit-il en se pendant au bras de son ami, oh ! c'était un brave ! il a mérité la
croix !, et moi!... » Il n'osa pas ajouter : « J'ai été un lâche, »
mais il le pensa, c'était aussi cruel.

Ladis, protégé par cette charmante fée qui préside au sommeil de l'enfance, ne se réveilla qu'au matin. Il s'était endormi
la veille sur la promesse formelle de Mario qu'il reverrait son
père et Wladimir à son réveil et, toute la nuit, l'innocent avait
fait des rêves du ciel. Quand il ouvrit les yeux, Clairon était seul
à ses côtés et frottait mélancoliquement les gigantesques bottes
dans lesquelles s'épanouissaient ses pieds meurtris et fatigués.

— Mon père ! Wladimir ! appela l'orphelin.

Ici l'imagination de Clairon fut en défaut, il tressaillit et,
tout pâle, croyant que l'enfant lui demandait compte de sa trahi-
son, il répondit :

— Je croyais qu'il ne se battrait pas!

— Où est Wladimir, demanda Ladis, en sautant impétueusement de la charrette ; est-ce que le méchant canon d'hier les a emportés ?

— Dame! répondit Clairon, en le regardant avec des yeux agrandis par la terreur.

— Mon père! mon frère! répéta Ladis avec des pleurs entrecoupés.

La mère Antoine arriva heureusement à temps.

— Qu'est-ce qu'il y a? dit-elle ; pourquoi Ladis pleure-t-il comme une fille?

— Vous m'avez promis que je reverrais mon père et Wladimir aujourd'hui, dit l'enfant ; où sont-ils?

— Aujourd'hui ou demain, répondit la cantinière ; tiens, nous allons te trouver un joli petit fusil parmi les armes abandonnées.

— Je veux Wladimir, dit Ladis, qui ne se laissa pas prendre à cette diversion ; quand vous m'avez dit que je les reverrais, je vous ai crue, mais c'est vous qui m'avez fait jurer de rester en arrière, pendant que tous vous vous battiez ; vous m'avez donc menti? on n'a donc pas gagné la victoire? est-ce que je ne verrai plus Wladimir, ni mon père?

Et, en jetant les yeux autour de lui, l'enfant se vit entouré de nombreux cadavres.

— Sont-ils morts comme ceux-là, demanda-t-il avec une expression égarée qui effraya l'excellente femme ; mon Dieu ! mon Dieu !

Et, dans sa douleur, il avait saisi son amnak, le déchirait de ses faibles mains et se frappait la tête avec désespoir.

— Tais-toi, dit la mère Antoine avec autorité ; si ton père et ton frère t'entendaient crier ainsi, ils te mépriseraient. Ne leur as-tu pas promis vingt fois d'être docile et courageux? Ce sont deux braves : tâche d'être digne d'eux. D'ailleurs, tu peux être tranquille, car tu les reverras !

— Où, demanda Ladis calmé par ce dur langage ; est-ce au ciel ?

La mère Antoine eut peur du chagrin de l'enfant, et mentant pour la première fois de sa vie :

— Oui, au ciel, et sur la terre aussi, répondit-elle. Ils sont prisonniers des Russes.

— Où sont-ils les Russes ? dit Ladis en fermant les poings.

— A Moscou, où nous allons les exterminer, dit Clairon, qui était redevenu plus maître de lui.

— A Moscou donc ! dit Ladis, et, en grâce, ne les épargnez pas.

— Non, non, répondit Clairon et, prenant Ladis par le cou, il l'embrassa en pleurant et lui dit :

— En attendant que tu retrouves Wladimir, veux-tu être mon frère.

— Je le veux, répondit Ladis, enchanté de cette tendresse à laquelle l'enfant jaloux ne l'avait pas accoutumé.

CHAPITRE XX

MOSCOU

'ORDRE de se remettre en marche ne se fit pas attendre, et l'on partit. Après avoir franchi le pont, Marengo et ses soldats se tournant vers la droite firent le salut militaire.

— Qui saluez-vous ? demanda Ladis qui marchait au milieu de la compagnie et que chacun entourait de prévenances.

— Deux braves qui sont morts là, reprit Marengo.

— Pauvres soldats ! dit l'enfant en ôtant son tchapka ; et il passa, ne se doutant pas qu'il venait d'envoyer un dernier adieu à son père et à son frère.

— Au fait, dit Marengo, ton père n'a pas voulu que les coquins de Russes touchent sa croix et il te charge de la garder.

— Pour la lui rendre ? répondit ingénûment l'enfant, tout en enfermant dans son sein son seul et glorieux héritage.

— Oui, pour la lui rendre, répondit le sergent.

Cependant, pendant que le général des Russes, le rusé Kutusoff proclamait qu'il était vainqueur et que l'empereur Alexandre faisait chanter un *Te Deum*, nous avancions sur Moscou. Les villages plus florissants s'annonçaient par de lointaines colonnes de fumée ; les Russes semant partout la ruine et l'in-

cendie pour nous priver de ressources, on ne pouvait vivre que
par la maraude, et souvent les soldats en cherchant des vivres
tombaient sous les coups des Cosaques, rôdant autour de notre
armée comme des loups sauvages. Le sol argileux ou sablonneux
rendait la route pénible et malaisée, et l'on n'y rencontrait que
des marais ou des bruyères. Enfin, le 13 septembre, on arriva
devant Moscou. Les Russes, ne pouvant en défendre l'entrée,
se retirèrent en grande confusion, le cœur rempli de haine
contre les Français.

Les habitants, riches et pauvres, faibles et forts, remplis de
terreur au nom seul de nos soldats qui, leur disait-on, assassi-
naient, pillaient et brûlaient, avaient évacué la ville en partie.
L'armée pourtant renaissait à l'orgueil et à l'espoir en songeant qu'une fois encore elle allait poser son pied vainqueur
dans l'une des capitales du monde. En apercevant, éclairées
par un beau soleil les mille tours de Moscou, la ville orientale et européenne, monopole des richesses de l'Europe et de
l'Asie, nos soldats, emportés par une même pensée de fierté et
d'espérance, s'écrièrent d'une voix triomphante : « Moscou !
Moscou ! »

C'était en effet bien elle, la ville sainte des Russes, le berceau
de leur puissance, la cité mystérieuse et bien-aimée de leurs
naïves croyances.

Au centre, se dressait le Kremlin, amas de palais et d'églises,
flanqué de trois tours et entouré d'épaisses murailles qu'on
franchit par cinq portes, dont deux, celles de Saint-Nicolas et
du Sauveur, sont saintes ; le Russe les traverse en se signant
plusieurs fois, et « l'étranger lui-même ne pourrait y passer
impunément sans se découvrir la tête ».

Autour du Kremlin, venait la ville chinoise, peuplée de riches
bazars et offrant l'aspect d'une foire permanente ; l'église de la
Protection de la Sainte-Vierge y dressait ses dix-sept coupoles
vertes, bleues, jaunes, violettes, dorées, affectant toutes une
forme différente, soit d'une pomme de pin, d'un ananas, d'une

pomme, d'une boule et ne contribuant pas peu par sa bigarrure à donner un aspect oriental à la capitale de la Moscovie [1].

La ville blanche venait ensuite avec ses beaux édifices publics, notamment celui des Enfants trouvés et les palais qu'habite la noblesse.

Enfin, la quatrième enceinte, ou ville de Terre, résidence du bas peuple, entourait les trois précédentes d'un vaste faubourg circulaire.

A la vue de cette immense cité qu'il sentait dans sa main, Napoléon lui-même sentit une joie enivrante qu'on ne lui avait pas encore vue de toute la campagne. Ce fut le front triomphant qu'il donna l'ordre d'entrer dans la ville. Mais, dès le principe, cette joie devait avoir une ombre : nos soldats, au lieu d'une entrée triomphante au milieu d'une foule soumise et inquiète qu'ils auraient mis leur orgueil à rassurer, n'eurent à traverser, dans un silence mortel, que des rues désertes dont toutes les maisons étaient fermées, et ne rencontrèrent que quelques traînards qui fuyaient tout éperdus à leur approche ou quelques individus à mine sinistre, semblant résolus à tout.

L'Empereur attendit en vain les clefs de la ville toute la soirée. Le seul accueil que reçut l'avant-garde fut celui que lui firent les bandits restés à Moscou, tous habitants des prisons, rendus à la liberté par le gouverneur Rostopchin avec ordre de nous attaquer ; ils le firent avec autant de perfidie que de cruauté, nous prenant par derrière, et leur rage était telle que l'un d'eux, ayant attaqué un colonel par derrière, le mordit au cou. Mais on eut vite raison de ces malfaiteurs, et chacun prit ses cantonnements.

La ville était abondamment pourvue de vivres de tout genre; l'eau-de-vie, le café, les vins réjouissaient surtout les soldats. Le prince Eugène et son corps durent s'établir près de la porte

---

[1] Ivan le Terrible, sous lequel eut lieu cette construction, en fut tellement satisfait qu'il fit crever les yeux à l'architecte italien qui avait donné le plan, pour le mettre dans l'impossibilité d'exécuter deux fois cette merveille.

de Smolensk ; les uns occupèrent les édifices publics ; les autres, de riches maisons de particuliers ; les officiers, des palais.

Le sergent Marengo avait conduit sa compagnie dans le vaste magasin d'un négociant en épiceries ; je laisse à penser la satisfaction de ces pauvres hommes affamés. La mère Antoine ne se sentait pas de joie à l'idée de remplir ses tonneaux vides depuis l'affaire de Borodino, où elle avait prodigué le reste de ses provisions avec une généreuse imprévoyance. Ladis, tout en ouvrant de grands yeux à la vue de ces richesses, ne voulait pas s'arrêter, demandant obstinément qu'on poursuivît les Russes pour retrouver son père. Mario était surtout touché à l'idée de dormir dans un lit sur lequel il avait jeté son dévolu en entrant ; tous étaient ravis de retrouver du tabac, et ils s'endormirent dans un épais nuage de cette fumée odorante qui leur avait tant manqué depuis quelque temps.

Cependant, le lendemain, comme la plupart étaient dispersés dans la ville, parcourant les rues et visitant les édifices, sans jamais s'étonner de rien, un incendie éclata dans un magasin de spiritueux, puis un second dans le bazar, puis, à la nuit, le vent ayant changé, l'incendie devint général ; des hommes postés par Rostopchin furent trouvés des engins incendiaires à la main. Le gouverneur, dans son féroce et sauvage patriotisme, ne voulait laisser aux Français qu'un amas de ruines fumantes.

L'Empereur, du haut de la tour d'Ivan, avait vu les premières lueurs. *Le feu est à Moscou ! le feu !* ces cris se répétèrent de proche en proche, et l'effroi se répandit dans les troupes. Les pompes avaient été enlevées, et il fut impossible d'éteindre le feu qui, activé par des vents violents changeant sans cesse de direction, dura trois jours. Les quatre cinquièmes de Moscou furent dévorés.

L'Empereur avait été forcé de se retirer au milieu de l'armée d'Italie, et chaque chef avait fait sortir ses divisions dès le prélude de l'incendie ; seule, la garde impériale était restée pour sauver le Kremlin.

Cet acte fanatique avait été médité depuis longtemps par Rostopchin, et il avait amassé une immense quantité de fusées incendiaires et de combustibles, sous le prétexte de la construction d'un ballon avec lequel on devait brûler l'armée française, qu'il s'obstinait, de concert avec Kutusoff, à déclarer vaincue partout. Mais, en voulant ruiner nos troupes, ce cruel avait fait un plus grand dommage à son pays. Les malheureux habitants qui n'avaient pas fui erraient après l'incendie comme des spectres désolés, au milieu des ruines de leurs maisons dont quelques-unes semblaient avoir été rasées ; d'autres n'avaient conservé que quelques pans de muraille noircis par la fumée.

« Les églises et les palais qui avaient résisté à ce grand désastre rappelaient par leurs richesses l'ancienne splendeur de Moscou et prêtaient encore plus de tristesse aux débris qui encombraient les rues. On employa les soldats à déblayer, et on dut leur abandonner ce qu'ils pourraient trouver dans les maisons à demi-brûlées. Oubliant la terreur des jours passés, ils se répandirent dans la ville et, cédant à leur extrême mobilité qui leur permet de prendre toujours le gai côté des événements, ils trouvèrent moyen de plaisanter au milieu de ces ruines. »

Cette chasse d'un nouveau genre réjouit beaucoup Clairon, guidé par quelques habitants français de Moscou ne répugnant pas à indiquer les bons endroits à nos troupes. Les effets étaient ce qui le séduisait le plus et, ayant mis la main sur des fourrures précieuses, il s'en saisit et s'affubla, malgré la chaleur, d'un vaste caftan garni de zibeline ; il mit de côté pour Ladis un bonnet garni de fourrures et un bel armiak de velours bordé de petit-gris ; la mère Antoine, qui eut sa part, entassa ces richesses pour quand le froid viendrait. J'ai oublié de dire que les bottes dont Clairon s'enorgueillissait, et dont la vue suffisait pour mettre en belle humeur les soldats les plus maussades, étaient tellement pesantes qu'il avait fini par les porter sur son dos et, après avoir marché pieds nus quelque temps, s'était

enfin chaussé de souliers d'écorces tressées ayant appartenu à
quelque moujick et qu'il avait préférés aux belles babouches
des bazars. Lenoir amassait des vivres, Landais des pipes, et
Marengo, qui n'avait jamais rien su s'approprier, ne récoltait
rien, se contentant d'indiquer et de donner aux autres. Mario,
d'abord très indolent pour ce genre d'exercice, s'était tout à
coup pris d'une belle passion pour de belles armes orientales
qu'on rencontrait assez souvent; dans cette recherche, il fut
souvent arrêté ou traversé par les officiers, qui usaient aussi
largement de leur droit de prise. Plusieurs d'entre eux se char-
gèrent d'argenterie, d'objets précieux, prenant pour transporter ces richesses des voitures légères appelées *droschkly*. La
plupart des soldats ne connaissaient pas la valeur des objets
qu'ils prenaient, et Clairon, après avoir apporté à sa mère de
magnifiques vases de Chine pour mettre de l'eau ou tremper sa
soupe, en vendit un trois sous, à un officier auquel il faisait
envie. Parfois, ils s'affublaient d'une façon grotesque avec les
habits d'hommes et de femmes qu'ils trouvaient, et simulaient
des scènes autour desquelles d'autres soldats et quelquefois des
officiers même venaient rire et applaudir. Lenoir, qui était
rentré en possession de toute sa gaieté, brillait surtout en habit de
femme, et il se faisait une voix qui faisait rire jusqu'au pauvre
petit Ladis. C'est le cas de dire avec un auteur: « Quel singulier
peuple que ce peuple français, chevaleresque et guerrier, en-
thousiaste et courtois, qui fait tout ce qu'il veut faire en riant,
en s'amusant, en se jouant; généreux, désintéressé, presque
naïf; qui presse toutes les mains tendues vers lui et qui présente à toutes les lèvres ses coupes fleuries ; ce peuple de poètes
et d'artistes autant que de soldats, ce vieux peuple franc éter-
nellement jeune ! » Il y avait des moments où ces folies cessaient tout à coup et où les soldats s'en montraient comme confus: c'était lorsqu'un malheureux Moscovite venait d'un œil
hagard chercher sa maison et, ne retrouvant que les cendres se
laissait tomber sur le sol en gémissant.

Dès le deuxième jour du pillage, Moffino avait augmenté sa popularité. Comme toujours, il suivait Mario, semblant se divertir beaucoup de ce remue-ménage ; ils étaient une dizaine de soldats qui marchaient vers les bazars, en riant et causant.

Et, dans un coin, deux enfants effrayés... (page 159).

— Je me fais une idée de l'incendie de Sodome, dit Lenoir, qui avait des réminiscences d'histoire sainte ; ça ne devait pas être pire que ça. Ils furent arrêtés dans leur chemin par une jeune femme dont les vêtements flétris annonçaient pourtant la richesse par leur étoffe et leur forme. Elle était accroupie parmi des gravois et des poutres à demi-brûlées qu'elle essayait de soulever avec ses faibles mains ! « Au secours ! »

cria-t-elle en bon français aux soldats. Mario s'approcha d'elle le premier.

— Mes enfants, mes deux enfants ont été enfouis là, dit-elle; j'étais à demi-évanouie quand mon mari m'a emportée. Mes pauvres enfants! ne pas même retrouver leurs corps! Nous sommes Français, nous n'avions pas voulu quitter Moscou!

Moffino, qui avait déjà fait le tour de la maison à demi-consumée, s'arrêta en un endroit et, après avoir aspiré l'air bruyamment comme s'il voulait chercher une trace, se mit à gratter la terre avec ardeur ne s'arrêtant que pour aboyer en regardant son maître.

— Bon! dit Clairon, Moffino sent des provisions par là..... Eh! Mario, Landais, aidons-le; il me semble que je vois un trou sous les décombres.

— C'est l'entrée de la maison, dit la jeune femme qui était restée à l'écart. Hélas! quelle misère!

Les soldats, armés de haches et de sabres, se mirent à déblayer; l'étage supérieur s'était écroulé, mais le rez-de-chaussée subsistait encore presque en entier.

— Hum! beau gîte, dit Landais en voyant au fond une cour ornée de statues, renversées pour la plupart.

— En avant donc! dit Marengo. Madame, on vous rendra tout ce qu'on pourra.

Sans répondre, la malheureuse suivit les soldats, promenant un œil avide partout où elle passait. Tous ces meubles et ces objets brisés, renversés, lui rappelaient sa vie calme et heureuse si brusquement interrompue.

— Va en avant, Moffino, dit Clairon au caniche. Il vous fera retrouver bien des choses, Madame, dit-il d'un air de confiance à la jeune Française; il a le nez très fin. C'est le chien de notre compagnie, et il a sa demi-ration comme un enfant de troupe. Mais, au lieu de suivre les soldats dans les salles du bas assez bien conservées, Moffino resta dans la cour et s'élança plusieurs fois en bondissant contre les soupiraux de la cave.

— A la cave! à la cave! crièrent les soldats ; c'est là que les Russes cachent leurs provisions. En avant les sacs!

— Par ici ! par ici! l'entrée des caves, leur montra la jeune femme en leur désignant une entrée noircie et à demi consumée.

Mario s'y engagea, précédé par son chien, mais il s'arrêta soudain, des cris s'y faisaient entendre.

— Encore quelqu'un de ces malheureux à voir expirer dans les tortures! dit-il en faisant mine de rebrousser chemin. Mais il fut poussé en avant par ceux qui suivaient, et arriva dans une sorte de pièce souterraine remplie de tonneaux de toutes grandeurs, de pains de sucre, de légumes ; et, dans un coin entre deux tonneaux, deux enfants effrayés, presque collés l'un à l'autre, et que Moffino léchait comme pour les rassurer.

— Mes enfants! mes enfants! cria la mère folle de joie. Ah! braves soldats, mes compatriotes, prenez, tout est à vous ici ; nous n'avons besoin ni de vivres, ni de trésors! Dieu, mes chers enfants! Et, tout éperdue, mais rendue plus forte par son amour, elle les emporta dans ses bras et remonta la cave avec rapidité.

Les soldats se regardaient très surpris, quand Marengo prit la parole.

— Camarades, dit-il, dans tout cela nous n'avons pas à être fiers ; il n'y a que le chien qui a eu le nez humain. Morbleu! il mérite qu'on lui porte les armes. Viens, mon brave Moffino, viens !

Moffino, comblé de caresses, n'en fut pas plus fier. Pourtant les plus avides s'étaient jetés sur les provisions, quand Mario, qui s'était abstenu, dit à Marengo :

— Sergent, est-ce qu'il est juste de piller les maisons qui ont encore leurs habitants ?

— Non, dit Marengo, cela ressemblerait à un vol, surtout quand les habitants de la maison sont des Français. Clairon, mon garçon, laisse ce pain de sucre, et, nous autres, battons en retraite.

Les soldats laissèrent ce qu'ils s'apprêtaient à enlever, et tous remontèrent les mains vides, trouvant que le sergent avait raison.

La jeune mère les attendait en haut.

— Embrassez ce brave chien, dit-elle à ses enfants ; il vous a sauvé la vie ; remerciez aussi ces braves soldats, ce sont vos amis et compatriotes.

Le haut fait du chien de Mario fit les frais de la soirée. Entre nous, il n'avait probablement été attiré que par les vivres, mais enfin il avait mis sur la voie.

— Je suis d'avis, dit le vieux Landais, qu'on le porte à l'ordre du jour.

— Cela ne se fait pas, reprit Marengo.

— Ça se fait, répartit un soldat, à preuve que les soldats du 3e cuirassiers ont donné un fusil d'honneur à Moustache.

— Qu'est-ce que c'est que ça, Moustache ? dit Landais avec mépris.

— C'est un chien français, mon ancien. On lui avait donné à garder un jambon magnifique, le déjeuner du général : un Cosaque indiscret a voulu y goûter, et Moustache l'a étranglé net.

— Je mets Moffino au-dessus de votre Moustache, dit Landais d'un air taquin.

— Sans doute, reprit Marengo gravement, c'est autre chose de sauver un enfant, deux enfants, que de défendre un jambon.

— Je propose que Moffino soit caporal, dit Lenoir.

— C'est trop cela, dit Landais qui ne l'était pas.

— Non, non, s'écria Clairon ; il faut aller aux voix, n'est-ce pas, Mario ? — Ladis les recueillera.

— Aux voix ! aux voix !

La majorité ayant dit oui, Marengo se leva et prit la parole :

— En vertu de ses bons services et de son zèle, dit-il, Moffino, dit César, chien caniche, soldat italien de la 5e compagnie du 106e régiment de la division française Delzons, est promu au grade de caporal. Caporal, avancez qu'on vous donne l'accolade.

Moffino vint en remuant la queue, et se laissa embrasser, rendant les caresses avec usure.

— Il faut qu'il porte ses chevrons, dit Clairon. Maman, donnez-moi vos ciseaux.

En quelques instants, il coupa en deux bandes obliques le
poil épais et frisé de la patte de gauche du brave animal, et y
appliqua deux morceaux de drap rouge, que Moffino lécha et
mordilla longtemps, car cela le gênait beaucoup ; il tenta même
de les arracher, mais, Mario lui ayant signifié de rester en repos,
il dut se soumettre. On but plusieurs fois à la santé et à la gloire
de Moffino ; et, si les Russes avaient pu voir ces soldats riant et
jouant à des jeux d'enfants, ils auraient eu peine à reconnaître
ceux qui se battaient comme des lions à la Moskowa, et dont
les yeux étincelants d'ardeur avaient fait pâlir leur courage.

Près d'un mois se passa ainsi à Moscou très joyeusement :
une bonne nourriture, du repos, de la confiance avaient rendu
à nos troupes toute leur bonne humeur et leur entrain. Le mois
d'octobre ayant amené quelques gelées, Clairon put arborer ses
fourrures, ce qu'il fit avec un sensible plaisir. Toujours ami de
Mario, dont on n'aurait pu aisément le séparer, il avait voué à
Ladis une complaisance et une attention à toute épreuve ; il ne
pouvait songer sans frissonner à sa dernière malice envers le
pauvre Wladimir et, pour se délivrer de ce souvenir, il aurait
abandonné à Ladis tout ce qu'il possédait. Le petit Polonais,
qui avait suivi les soldats dans les coins et les recoins de Moscou, avec l'espoir sans cesse trompé de retrouver ceux qu'il
cherchait, avait le cœur bien gros et confiait volontiers son
chagrin à la cantinière, qui était bien sa providence.

— Vois-tu, mon agneau, lui disait-elle, ces coquins de
Russes finiront par nous tomber sous la main, cela ne peut
pas être autrement et, pour racheter leurs prisonniers, il faudra qu'ils nous rendent les nôtres.

— Est-ce que cela sera long, disait tristement Ladis.

— Cela peut être long ! répondait la mère Antoine, qui savait
bien où et quand l'enfant reverrait ses parents.

Par une délicatesse toute féminine, et qu'on n'aurait guère

attendue d'une femme vivant au milieu des camps, elle lui avait fait endosser, à la place de sa chemise russe rougeâtre, une blouse noire récoltée par Clairon, et, chaque soir, elle le faisait prier pour son père et pour Wladimir.

Pendant que les Russes nous couvraient de malédictions, car le perfide Rostopchin nous avait seuls accusés de l'incendie de Moscou, l'armée française n'avait cessé d'agir avec générosité et noblesse. Ceux des habitants qui avaient voulu rentrer à Moscou le savaient bien, et ils pouvaient aller redire à ceux qui nous flétrissaient que nos braves soldats les avaient aidés à se construire des cahutes, partageaient avec eux les vivres abondants qui leur étaient distribués, et que l'Empereur lui-même leur avait fait donner de l'argent. Sont-ils nombreux les vainqueurs agissant avec autant de désintéressement et d'abandon ?

Le désir le plus ardent de Napoléon était pour la paix : braver un hiver de huit mois en restant à Moscou, où il y avait des vivres suffisants, était au-dessus de la force de tous. La lutte, la guerre, les privations et la fatigue, le soldat français les accepte et les brave, mais il recule devant l'ennui. Nos ouvertures de paix furent rejetées avec mépris, et le confiant Murat, qui s'était trop avancé, eut, aux avant-gardes, deux mille hommes de tués. Les Russes devenaient de plus en plus agressifs : un séjour plus long était impossible ; l'Empereur donna, le 18 octobre, le signal du départ, avec l'idée de passer l'hiver à Smolensk en passant par Kalouga.

Le caporal Moffino.

Mario, le front pâle, les yeux fermés... (Page 157.)

CHAPITRE XXI

LA RETRAITE COMMENCE

ORBLEU ! disait Marengo en franchissant la porte de Kalouga, le 19 octobre, je suis bien content de m'en aller ; ces cendres m'incarnaient l'ennui ; l'Ancien avait beau nous faire donner la comédie et nous distribuer des vivres en veux-tu en voilà, je ne m'y plaisais pas. Je suis Français, moi, et point gourmand : je n'ai pas besoin de m'emplir à outrance de beefsteak et de *porter* comme les habits rouges. Une croûte à casser, quand l'estomac chante et un doigt de schnapp (de la mère Antoine, qui ne le baptise pas) et je volerai comme une hirondelle. L'hiver est rude ici, il gèle à 20° ; j'éprouvais le même ennui qu'autrefois dans les sables d'Égypte ; j'avais une envie folle de revoir la France, ou tout au moins l'Italie. Ah ! je me sens content ! et toi, Landais ?

Mais l'état normal de Landais était de ne jamais être content.

— C'est sûr que je ne serais pas fâché de revoir mon village ; mais nous n'y sommes pas ; nous en sommes même très loin, mon vieux. C'est que, vois-tu, l'Ancien a perdu la chance ! rien ne lui a réussi dans cette maudite campagne ; il a perdu la chance, voilà ! plus d'un restera ici !

— Mon bon Landais, dit Clairon, vous n'êtes pas très gai, savez-vous ? Vous avez l'air d'un croque-mort qui s'en vient toujours annoncer mal et deuil.

— Taisez-vous, moucheron, qui n'avez pas encore vécu !

— Assez causé là-dessus, dit Marengo. Soldat, n'oubliez pas que le général a ordonné de camper seulement en carré, le commandant au milieu : ne vous écartez donc pas d'une ligne.

— Oh ! depuis que les Russes ont tiré le feu d'artifice à Moscou, dit Lenoir, ils sont d'une humeur massacrante, et ils ouvrent leurs grandes mâchoires pour nous dévorer.

— Alors, ce sont des loups ? dit Ladis.

— Oui, des loups bien cruels, petit enfant.

— Mais, quand nous en rencontrerons, cela ne nous empêchera pas d'en tuer, n'est-ce pas, Clairon, à nous deux? dit-il en passant la main sous le bras de l'enfant de troupe et en le pressant avec amitié. Clairon lui répondit : — Oui, en l'embrassant, et, tout joyeux de cette caresse, il se mit à fredonner : *Allons, enfants de la patrie!...* marchant d'un pas résolu, comme il sied à un jeune homme qui a des bottes, un caftan fourré et quatre cuillers d'argent pendues à sa ceinture. Plusieurs voix s'associèrent à la sienne, car on éprouvait comme un sentiment de délivrance, en quittant Moscou, Moscou pour lequel on avait tant sacrifié et qu'il fallait fuir maintenant ! C'était la retraite qui commençait, cette retraite héroïque et misérable, unique dans l'histoire du monde.

Le corps du prince Eugène ouvrait la marche, et chacun

suivait, content de quitter Moscou, mais inquiet sur ce qui allait
suivre. Qu'il y avait loin pourtant de cette vague tristesse aux
cruelles épreuves que cette pauvre armée allait avoir à supporter ! La marche était moins libre qu'à l'arrivée : les nombreuses captures faites par la prévoyance ou l'avidité des soldats
et des officiers chargeaient de nombreuses voitures. Des familles
françaises, italiennes, allemandes, craignant le courroux des
Russes, avaient abandonné leur résidence et suivaient l'armée :
la lenteur était telle que, le 19, le défilé continuait encore. On
arriva à Malo-Jaroslawetz, le 23 octobre dans la nuit, harcelé par
les Cosaques qui tourbillonnaient autour de notre armée, fuyant
le combat, mais aiguillonnant, blessant et inquiétant ; enfin, le
jour suivant, vers les cinq heures, les Russes, commandés
par le vieux Kutusoff, vinrent barrer le chemin à l'armée
d'Italie. La division Delzons fut comme toujours héroïque, et
le brave 106ᵉ largement entamé par l'artillerie ennemie : les
soldats de Kutusoff étaient quatre contre un. Mario qui, malgré
sa bonne volonté et son courage, n'avait pas encore trouvé
l'occasion de se distinguer, s'élança au premier rang et se
battit comme un forcené aux côtés du vieux Marengo qui,
armé de sa baïonnette, perçait les ennemis et semblait leur
présenter impunément son corps de bronze. Un cri d'alarme
s'éleva de l'armée française quand on vit l'héroïque Delzons
tomber mort percé de trois balles.

La 5ᵉ compagnie voyait pour la seconde fois le même
sacrifice.

— Tout notre sang pour venger le général ! s'écria Marengo,
tout noir de fumée et élevant en l'air ses mains sanglantes.

Et, à sa voix, les soldats fondent sur l'ennemi avec rage,
passent sur les cadavres, écrasent les blessés, n'ayant qu'un but,
qu'une idée, frapper encore, frapper toujours ! Mario, la baïonnette en avant, se frayait imprudemment un chemin chez les
ennemis, pendant que Clairon, dépouillé de son fusil par un
officier dont l'épée s'était brisée, battait la charge sur un grand

tambour en criant : — Vive la France ! Vive Marengo ! Vive
le 106e !

En ce jour-là, que de courage se dépensa, que d'héroïsme,
que de valeur ! Braves soldats français, nos frères, nos amis,
qui avez versé votre sang pour l'honneur en ce pays trois fois
ennemi, qu'êtes-vous devenus ? qui a redit vos noms ? La
Renommée grave pompeusement ceux des chefs sur le bronze
et le marbre, mais l'humble soldat tombé à son poste, qui le
nommera, et n'est-il donc pas un héros aussi, lui ? La terre les
ignore ou les oublie, mais Celui qui dispense les sceptres et les
couronnes se souvient d'eux et il a des palmes de triomphe
pour ceux qui meurent pour la patrie !

Au moment où l'armée d'Italie, malgré son courage désespéré, pliait, les divisions Broussier et Pino s'élancèrent à son
secours et, se jetant sur les Russes épouvantés, les chassèrent
de rue en rue. Le feu est mis aux maisons de Malo-Jaroslawetz
derrière lesquelles ils s'abritent ; le canon balaie tout ce qui
s'oppose à son passage ; d'un autre côté, la mitraille troue nos
rangs, mais, si beaucoup tombent, pas un ne fuit, et les vides
sont aussitôt comblés : il s'agit de défendre le chemin qui doit
abriter la retraite et, après avoir pris et perdu sept fois la ville
de Malo, on en reste maître enfin. Mais à quel prix ? que les
victoires sont chères ! quatre mille Français jonchent le sol, les
uns brûlés, les autres broyés sous les roues des canons ! En faisant l'appel, Marengo se sentit le cœur serré : parmi les cent
quatre-vingt-dix hommes qui n'y répondaient pas, il y avait
Landais et Mario.

— Et l'Empereur songe à abandonner les blessés, vint lui
crier Clairon, les yeux hagards ; tout le monde le dit !

— Tais-toi, blanc-bec, dit le vieux brave, la mère Antoine et
moi ne les abandonnerons pas.

Ces deux bons cœurs se connaissaient.

— Va l'appeler, mon petit camarade ; chaque minute de
retard est un pas de plus qu'ils font vers la mort !

Mais on n'eut pas à la chercher loin. La vivandière avait suivi Clairon ; elle était là, pâle, fatiguée de la terrible journée, mais souriante à l'idée d'une bonne action, et les généreux compagnons entreprirent leur pieuse et sinistre promenade. Ils n'avaient pas fait cinquante pas qu'un gémissement plaintif et aigu attira leur attention, au milieu du concert de pleurs et de cris qui s'élevaient du champ de bataille.

— C'est Moffino, s'écria l'enfant de troupe qui, tout à l'idée de retrouver son ami, marchait avec insouciance sur les corps étendus à terre.

En effet, contre une maison aux débris fumants était appuyé Mario, le front pâle, les yeux fermés ; son chien était étendu sur lui, le léchant et hurlant tour à tour. En reconnaissant ses amis, il s'écarta pour leur faire place.

— Mario ! mon ami ! mon frère ! disait Clairon en prenant et serrant les mains inertes du jeune homme. Hélas ! maman, il est glacé !

— Ce n'est rien, dit la mère Antoine, en lui lavant le front avec de l'eau qu'elle avait dans un bidon d'osier ; il respire, et je ne lui vois pas de blessure ; il se sera évanoui de faim et de fatigue.

Mario, retiré de cette foule morte ou mourante, ne tarda pas à s'agiter et à ouvrir les yeux.

— Il vit ! s'écria Clairon joyeux. Allons, ami, laisse-toi emmener, il ne fait pas bon là. Mère, voyez donc, il est entier, quelle chance !

Mario était entier : un violent coup de crosse sur la tête avait causé cette syncope, et il reprit assez vite ses sens. Le coup, quoique vigoureusement asséné, n'avait fait qu'enlever légèrement la peau, il n'y avait pas de blessure grave. Au bout d'un instant, il put se relever et, appuyé sur Marengo et Clairon, il se mit en marche pour rejoindre les restes de sa compagnie.

— Tu n'as rien, Clairon, dit-il d'une voix faible, ni le petit Ladis, n'est-ce pas ? Pauvres enfants, je songeais à vous en me battant.

Marengo s'arrêta tout à coup et faillit tomber ; il venait d'être saisi par la jambe.

— Sauvez-moi ! murmurait une voix faible comme un souffle, qu'il entendit pourtant.

— Landais ! s'écria-t-il en lâchant brusquement Mario, qui chavira, mon vieil ami, mon brave ! Ah ! nous serons encore au complet. La mère, Clairon, donnez un fusil à ce jeune homme pour s'appuyer, et enlevons doucement notre ami, il a une triste couverture, vieux grognard ! cinq ou six corps glacés déjà ! Ils t'ont donc écloppé, ces loups ! La journée a été chaude, mais nous sommes vainqueurs !

— Vrai ! dit Landais, et une légère rougeur colora ses joues livides. Vive l'Ancien ! donc ; et il allait s'affaisser après cet effort, quand le vieux sergent l'enleva sur ses épaules, et le porta comme un enfant. Il sentit quelque chose de chaud qui lui coulait sur le visage et sur les mains : c'était le sang qui coulait abondamment d'un large coup de sabre qu'avait reçu Landais à l'épaule.

— Morbleu ! dit Marengo, ces singes-là ont de fameux rémouleurs... Quel coup de sabre !... Mon vieux, tu peux te vanter d'avoir une belle estafilade ! Çà, bonne mère, où allons-nous le mettre? La terre est humide et la nuit froide en diable.

— Dans la voiture donc ! on le couvrira bien.

— Oui, dans la voiture, dit Ladis en avançant sa petite figure triste, et si Pologne est trop fatigué, nous nous attellerons avec Clairon.

— Brave bambin ! murmura Landais.

— Tu es donc réveillé ? demanda Clairon au petit Polonais.

— Je vous ai suivis, dit l'enfant ; et j'ai bien regardé tous ces corps étendus ; j'ai eu bien peur, mais ceux que je cherchais n'y étaient pas encore. J'ai peur de savoir où ils sont, murmura-t-il en levant vers le ciel noir ses yeux mouillés de larmes ! Je crois quelquefois que je suis orphelin.

— Tais-toi, dit la mère Antoine, car tu auras toujours une
mère qui veillera sur toi.

Le prince ôta sa croix et en décora le drapeau... (page 170).

En ce moment, des lumières vacillèrent dans le lointain, et on
entendit un bruit de voix.

— Voilà le chirurgien et son état-major, dit Clairon. Ils vont encore vous appeler la mère Providence, maman, et vous emporter toute votre eau-de-vie !

C'était le prince Eugène lui-même, à pied, et éclairé par deux aides de camp portant de grosses torches de résine.

— La 5e compagnie du 106e ! dit le prince, en lisant sur le schako de Marengo.

— Présente, mon général.

— Combien d'hommes restants ?

— Cinquante !

— Sur... ?

— Deux cent quarante, général !

— Soldats de la 5e, vous avez été remarqués : vous vous êtes battus comme des lions, vous aurez tous la croix ! Et, d'abord, où est le drapeau ?

— Présent ! dit Marengo en le tirant tout noir et tout déchiré de dessous un grand gaillard de sous-lieutenant qui dormait dessus.

Le prince ôta sa croix et en décora le drapeau.

— Il est sacré, à présent, dit Marengo, et les Russes ne l'auront jamais.

— Tous tes soldats seront décorés, répéta le prince Eugène ; à Smolensk, nous leur donnerons la croix.

— Suis-je un soldat, moi ? dit le petit Clairon, en avançant sa mine futée.

— Retire-toi, gringalet ! répondit un aide de camp.

— Je me suis battu, serai-je décoré ? répéta l'enfant prêt à pleurer.

Mais le prince ne l'avait pas entendu.

— Tu as encore le temps de l'être avant qu'on soit revenu en France, lui dit Landais, qui s'était ranimé après le premier pansement que lui avait sagement appliqué l'intelligente mère Antoine.

CHAPITRE XXII

SMOLENSK ! SMOLENSK !

ES difficultés et les peines ne faisaient que commencer pour les troupes ; les vivres apportés de Moscou touchaient à leur fin ; une pluie continue avait amolli les chemins, et il fallait, sous les hourras sauvages et les brigandages des Cosaques, réparer les ponts qui n'auraient pu résister à de lourds fardeaux. Les chevaux surtout faisaient peine à voir, et la mère Antoine était triste en voyant son pauvre Pologne maigre et mal nourri, glissant à chaque pas et traînant avec des efforts inouïs la petite charrette qui portait Landais toujours très souffrant de sa blessure, qui ne pouvait se refermer.

— Courage ! mon bon petit cheval, disait la vivandière ; courage jusqu'à Smolensk, où nous te referons ; songe que tu traînes l'eau-de-vie, la consolation des soldats, et de plus un brave qui, sans toi, resterait sur les chemins.

Pologne baissait les oreilles quand sa maîtresse lui parlait ainsi, poussait un petit hennissement joyeux et semblait avancer avec plus de courage. Moffino, qui se souciait fort peu d'un chemin sec ou détrempé, allait et venait d'une humeur toujours égale, activant parfois le cheval de ses aboiements sonores. Mario avait repris son rang et suivait d'un œil ardent et fier ce drapeau qui portait une décoration si bien gagnée.

Clairon et Ladis ramassaient le long des chemins de l'herbe.

et de la mousse pour les repas de Pologne. Mais de l'herbe jaunie et mouillée était une triste nourriture pour un cheval fatigué, et les souffrances de l'animal préoccupaient plus la mère Antoine que lessiennes propres. On arriva ainsi sur le champ de bataille de la Moskowa, se sentant le cœur serré et oppressé en revoyant ces cadavres à demi dévorés par des loups, et des nuées d'oiseaux de proie s'élever de cette fatale nécropole. L'âme si courageuse des soldats se laissa aller à de noirs pressentiments et à d'amers regrets, pendant la nuit qu'on campa en cet endroit; et Napoléon, redoutant l'influence de cette vue prolongée, ordonna de reprendre la route; de plus, il fit enjoindre aux conducteurs des voitures de se charger chacun d'un certain nombre des blessés que le noble et généreux Larrey avait rendus à la vie. Mais il fut grand le nombre des infortunés qui, victimes de l'égoïsme inhumain de ces hommes, périrent sur les routes où ils les rejetaient à la faveur de la nuit, et où, afin d'éteindre leurs gémissements et leurs révélations, ils leur enfonçaient la tête à coups de crosse.

Ceci est malheureusement de l'histoire, mais le cœur répugne à croire que ces cruels étaient Français! A la vue de ces infamies, une vive colère saisissait ceux qui étaient restés jusqu'alors sous les drapeaux, et plusieurs mille hommes désertèrent, se réfugiant à la queue de l'armée, au milieu d'une foule sans nom.

Le maréchal Davout, qui avait maintenant le commandement de l'arrière-garde, devait attendre aux passages difficiles l'écoulement de cette foule, dont il voyait les excès avec un mélange de colère et de douleur.

Il devenait pour ainsi dire impossible de faire des fourrages sous le feu incessant des Cosaques nous suivant comme des oiseaux de proie. Pologne n'eut bientôt pour nourriture que le chaume arraché par Clairon aux toitures des cabanes que le feu n'avait pas envahies; encore, fallait-il souvent disputer cette maigre pâture à de robustes cavaliers, qui suivaient à pied leurs tristes montures n'ayant plus la vigueur nécessaire pour les porter.

Avec novembre, commencèrent les froids vifs.

Malgré cela, on livrait presque chaque jour de beaux combats, et l'ennemi était toujours tenu à distance.

Pourtant c'était le cœur navré qu'on quittait chaque champ de bataille où, désormais, il fallait abandonner les blessés ! L'avant-garde du prince Eugène était encore la moins à plaindre; c'était elle qui, ouvrant la marche, faisait main basse sur le peu de vivres qu'il était possible de trouver. Les autres n'avaient souvent que de la farine délayée dans de l'eau. Un soir, on se jeta dans un bois pour y camper, et on alluma des feux de bivouac auxquels on fit rôtir la viande des chevaux trouvés morts en route. Dès lors, cette nourriture devint commune et même enviée. Le lendemain, tomba la première neige, et le froid s'accrut d'une manière intense. L'hiver, le seul ennemi que nos soldats ne devaient pas vaincre, s'avançait à pas rapides et s'annonçait avec une rigueur inaccoutumée. L'armée n'avait qu'un mot sur les lèvres : — Smolensk ! Smolensk ! On y avait laissé des vivres, des vêtements ! On comptait y trouver des abris.

Parmi les compagnies du 106ᵉ, la 5ᵉ continuait à se distinguer par son bon ordre et sa discipline; elle commençait pourtant à porter la tête bien basse.

— Écoutez bien, disait Marengo, il ne faut pas vous plaindre, le froid est moins désagréable que la chaleur brûlante de l'Égypte, où les œufs cuisaient tout seuls aux rayons du soleil. Ici, on voit encore habiter des hommes; là-bas, ce n'était qu'une température bonne pour les tortues et les crocodiles. D'ailleurs, le petit Caporal n'est pas mieux que nous ; il ne peut pas commander aux éléments, cet homme ! Mais marchez en toute confiance, car je vous réponds qu'il a une idée, et, sous peu, nous verrons du beau !

Du beau, en effet ! le pauvre sergent avec sa sublime doci-

lité ne songeait pas que son grand chef pût se tromper, ne fût-
ce qu'une seconde. Clairon, infatigable et courageux, s'était
fait le pourvoyeur assidu de ses amis : il disparaissait quelquefois
une partie du jour, et revenait, le soir, avec une botte de
carottes ou de betteraves qu'on dévorait toutes crues. Un jour,
il trouva sur la route un petit baril très bien fait, long de 20 cen-
timètres environ ; il le donna à Ladis comme un joujou, mais
Mario, qui était présent, dit :

— Madame Antoine, savez-vous ce que vous devriez faire de
cela ?

— Pas grand'chose, fusilier, car dans peu je ne pourrai seulement pas le remplir.

— C'est dommage ; on l'aurait attaché au cou de mon chien,
et il vous aurait escorté dans vos tournées du soir, quand on
s'est battu.

— C'est une idée, monsieur Mario, reprit-elle ; mais ce n'est
pas de l'eau-de-vie que je mettrai là-dedans ; ce sera de la toile
et de la charpie ; ainsi nous soulagerons plus d'un pauvre
blessé.

— Morbleu ! la mère, dit Marengo, cachant son attendrissement sous un air terrible, vous ferez donc toujours concurrence
au major Larrey ; il finira par porter plainte au général en
chef.

— Qu'il se plaigne ! qu'il se plaigne ! dit la mère Antoine avec
un beau rire qui la faisait paraître belle et jeune ; je n'ai pas
peur de lui.

La soirée se passa à armer Moffino et à trouver un moyen
pour lui ajuster ce baril sans le gêner ; on parvint à le lui fixer
sur le dos au moyen d'une légère courroie. On rit des airs effa-
rouchés d'abord, puis maussades et, enfin, importants et satis-
faits du caniche ; on le taquina, on l'acclama, enfin on fut très
gai ; où le Français ne rit-il pas ?

Les marches suivantes devinrent plus pénibles : il avait gelé,
et les chevaux qu'on ne pouvait ferrer à glace, — on avait oublié

des clous, — glissaient et tombaient quelquefois sans pouvoir se
relever. Les canons, qu'on ne voulait pas laisser en trophées à
l'ennemi, furent abandonnés en partie, et de vieux soldats qui
supportaient sans broncher toutes les souffrances versèrent des
larmes de rage en se voyant vaincus par l'impossibilité. Plusieurs s'attelaient aux pièces, mais ils tombaient après de vains
efforts. Pologne ne pouvait plus avancer.

— Abandonnez-moi, disait Landais avec une sombre résolution ; j'aurai le courage de mourir ; d'ailleurs, je sais que je ne
reverrai jamais mon pauvre village : ainsi un peu plus tôt, un
peu plus tard !

Mais Clairon, qui avait vu les braves canonniers, détela Pologne, et jetant les brides à sa mère :

— Conduisez-le bien doucement, mère, dit-il, et il gardera
pied. Moi, je vais le remplacer. Dame ! il faut s'exercer à tous
les métiers ; et puis j'ai idée que ça me réchauffera le sang.

Ladis, qui trottait à ses côtés, se mit à tirer de toutes ses forces
l'un des brancards, pendant que Lenoir poussait par derrière.

Landais fit entendre plusieurs jurons énergiques, menaçant
de sauter de la voiture, mais on lui rit au nez en le priant de
se tenir tranquille, et il se recoucha en essuyant une grosse
larme.

A la vue de ces deux enfants traînant un soldat blessé, les
autres qui passaient faisaient le salut militaire et quelques-uns
criaient :

— Vivent les petits braves !

— Nous sommes du régiment décoré, répondait Clairon en
s'arrêtant pour souffler ; et il reprenait ensuite avec un nouveau
courage.

La neige tombait avec abondance, et l'on ne riait plus des
chaudes fourrures dont s'affublait Clairon. Le pauvre Landais,
dont la blessure prenait un vilain aspect, ne cessait de se
plaindre du froid et répétait sans cesse avec la monomanie d'un
malade :

— Je ne demande qu'à me reposer encore une fois dans une maison ; il me semble que je suis perdu avec ce ciel immense et gris sur ma tête. Ah ! camarades, il y a quatre mois, vous souvenez-vous comme vous espériez ! et je vous disais : Non, non, nous n'en reviendrons pas ! N'avais-je pas raison ? Allons, vite, vite, à Smolensk !

Il ne vit pas Smolensk ; le matin du 9 novembre, où on avait campé autour du château de Zazelé, le vieux soldat fut trouvé étendu roide dans la charrette : sa main droite étreignait son ruban rouge, dans la gauche on trouva une petite médaille qui lui venait sans doute du temps où il était au village ; les hommes ont besoin de croyance et, quel que soit le temps dans lequel on a vécu, on aime, à l'heure de la mort, à reporter sa pensée dernière vers Dieu.

La veille, Landais, qui s'affaiblissait sensiblement, avait dit à Marengo :

— Tu sais que je n'en veux pas à l'Empereur ; il a sacrifié ma vie et celle de bien d'autres. Cette fois, mon vieux, il s'est trompé, mais je ne lui en veux pas.

Ce pardon d'un soldat obscur aurait fait rire plus d'un grand et l'Empereur lui-même peut-être ; mais, s'il avait pu se le rappeler trois ans plus tard, à Sainte-Hélène, est-ce avec un sourire de pitié qu'il aurait accueilli cette pensée ?

Le pardon généreux qu'avait donné le soldat semblait errer encore sur ses lèvres entr'ouvertes ; sa figure, ordinairement dure et maussade, était calme et paisible ; sa conscience était sans reproche ; c'étaient la faim et le froid qui l'avaient tué.

— Encore une âme brave et loyale qui a cessé de souffrir, dit Mario en contemplant le visage endormi de son compagnon. Il est dur de mourir loin des siens et de son pays, mais mieux vaut la mort que les souffrances que tant de braves endurent !

Marengo passa ses deux grands bras autour du cou de Landais, et pleura comme un enfant.

— Nous aurions dû partir ensemble, disait-il ; pourquoi ne m'as-tu pas attendu ?

L'ordre formel était donné pour partir, le sergent ôta bravement son manteau et en recouvrit le mort, disant :

Et dix femmes, pâles, échevelées... (page 179).

— Je ne veux pas que celui-là n'ait pour linceul que la neige des chemins, comme tous ceux que nous trouvons morts de froid après chaque couchée. — Mère Antoine, laissez-le

ainsi jusqu'à Doukowtchina, où nous allons. Pauvre Landais !
est mort en croyant que l'Ancien avait tort ; s'il avait vécu, il
il aurait vu combien il s'était trompé. Hélas ! c'est dur, nous
avons été plus de trente fois au feu ensemble !

Pologne, un peu délassé, avait été attelé de nouveau ; chacun
suivait sa route péniblement, enveloppé de tout ce qu'on avait
pu trouver et semblant parfois oublier qu'on était réuni, tant on
sentait la solitude de ces chemins déserts.

Un silence de mort régnait dans les rangs, quand on arriva
en face du Vop, petite rivière fangeuse et glacée qu'il fallait
traverser. Des pontonniers avaient passé la nuit pour y jeter
un pont ; mais, ayant suspendu leur travail quelques heures,
une foule empressée et imprudente se précipita sur le pont
inachevé et, trompée par le brouillard alors très épais, poussée par ceux qui suivaient, s'abîma dans le torrent. Ses cris de
désespoir avertirent ceux qui suivaient. Des cavaliers ayant
trouvé un gué, passèrent sur l'autre rive et furent suivis par
l'infanterie. La mère Antoine entra dans l'eau jusqu'aux genoux
pour guider en tremblant son pauvre Pologne ; Marengo, tout
à sa pieuse idée, avait enlevé le corps de Landais et, le portant
avec autant d'attention qu'une mère son petit enfant, traversa
au milieu des énormes glaçons. Clairon avait essayé de s'engager, avec le petit Ladis sur son dos, malgré les cris de la mère
Antoine, qui lui disait qu'elle allait revenir, mais Clairon était
petit, il avait de l'eau jusqu'à la taille et n'était pas de force à
lutter contre le courant. Mario, qui avait d'abord songé à lui,
eut honte de son égoïsme et, revenant sur ses pas, enleva
Ladis et le transporta sans beaucoup de peine. Clairon, dont
rien ne pouvait vaincre le sang-froid, se cramponna après la
monture d'un cavalier et arriva sur l'autre bord en chantonnant
au soldat : *Les canards l'ont bien passé ! Tire lire, lire !* — et,
tout grelottant et dégouttant d'eau, il se roula sur la neige pour
ne pas s'engourdir. Déjà de grands feux s'allumaient, et chacun
s'en approchait pour se sécher ; Ladis, roulé dans une capote,

recevait la flamme avec un doux bien-être; Clairon, dont le tempérament de fer sortait vainqueur de tout, secouait ses fourrures mouillées avec les airs dégagés d'un moineau franc qui se sèche au soleil, et Marengo, qui s'était fait accompagner à grand'peine de deux soldats dévoués, s'était enfoncé dans l'épaisseur d'un fourré pour y déposer le vieux Landais.

Toute l'avant-garde avait effectué son passage, et la foule passait toujours; mais le sol enfoncé par le poids de l'artillerie rendit le gué impraticable. Alors se vit un spectacle navrant : toute la queue de l'armée, composée de femmes, de blessés, d'enfants, de malades, étendait des bras suppliants vers l'autre rive. Les cris des Cosaques, mêlés au galop de leurs petits chevaux, retentissaient dans l'air et se rapprochaient de minute en minute. Ceux qui étaient passés regardaient avec l'indifférence de l'égoïsme, les pauvres mères éplorées qui leur tendaient leurs enfants en criant: *Au secours!* Ils restaient sourds à tant d'appels désespérés et se serraient autour des feux pétillants, savourant le plaisir de réchauffer leurs membres roides et glacés. Si l'heure du danger est l'heure des grandes lâchetés et des monstrueux égoïsmes, c'est aussi l'heure des dévouements héroïques. L'eau fit tout à coup entendre un clapotement assez fort, et un homme s'était jeté à la nage dans le Vop qu'on ne pouvait plus passer à gué; il luttait courageusement contre les glaçons, et s'écria :

— A moi! Moffino! ici, mon chien!

Le caniche, sans attendre un second appel, s'élança et toucha l'autre bord en même temps que son maître.

— Mon enfant, brave soldat! prenez mon enfant!

Et dix femmes pâles, échevelées, tendent les pauvres créatures vers lui : nouvelles difficultés pour s'arracher de là; il parvient à en saisir un et reprend son périlleux chemin aussi victorieusement que la première fois.

Moffino qui, malgré le froid, barbote à cœur-joie dans l'eau,

le suit cependant, quand une femme désespérée abandonne son
enfant en lui disant:

— Sauve-le ! sauve-le !

Le caniche a maintes fois rapporté des objets qu'on lui lan-
çait à l'eau, il entend et semble comprendre cet appel et, rete-
nant dans sa gueule les habits du petit malheureux, il s'engage
dans la route tracée par son maître.

Le dévouement, un instant engourdi au cœur des soldats, se
réveille devant cet exemple.

— Vivent l'homme et le chien ! crie-t-on sur les deux rives.

Et un soldat, puis deux, puis cent, vont et viennent à travers le
fleuve glacé, transportant les enfants, les blessés et les femmes.
Bientôt tous sont en sûreté : les mères baisent les mains de leurs
sauveurs, les blessés pleurent d'attendrissement et d'émotion :
on se reconnaît, on s'embrasse, on est fier les uns des autres.
Et Mario sent battre son cœur d'un noble orgueil, car le premier
il a agi en homme dans cette foule que la misère abrutissait.

Cependant il a été impossible de transporter les bagages : des
centaines de pièces de canon et des fourgons chargés de vivres
ont été abandonnés et vont devenir, sous les yeux de l'armée, la
proie de la rapacité des Cosaques. Ils n'auront pas tout du
moins ! et une foule de fantassins s'en vont, la baïonnette à la
main, prendre autant de vivres qu'ils peuvent en porter, et les
partagent avec les faibles et les affamés. Ce soir-là, si presque
tout le monde soupa au bivouac, Mario et son chien y furent
pour quelque chose.

— Veux-tu que je te donne la croix de mon père ? lui dit
Ladis à l'oreille ; tu l'as méritée pour avoir sauvé tant d'enfants.
L'Empereur en donnera une autre à papa, puisque Mme Antoine
sait où il est présentement.

— Il faudrait donc en donner la moitié à Moffino, dit Mario
en riant.

— Eh bien ! on lui donnerait le ruban et à toi la croix, dit
Clairon, qui avait entendu.

Ladis, qui ne riait pas souvent, éclata de rire à cette idée.

— Ne ris pas, dit Clairon ; voilà le vieux Marengo qui est assis à côté de nous, la tête dans ses deux mains ; il pleure peut-être.

— Ou il prie, reprit Ladis avec candeur ; c'est qu'on prie pour les morts. Avant de m'endormir, moi, je vais faire aussi une prière.

Et il s'étendit en murmurant quelques mots qu'il n'acheva pas, vaincu qu'il était par le sommeil.

Quand, le lendemain, on campa à Doukowtchina, on se crut tout bonnement en paradis : les soldats étaient émerveillés de rencontrer encore un pays où l'on trouvait des pommes de terre, des choux, de la viande salée ; les vivandiers refirent une petite provision d'eau-de-vie ; mais ce qui dépassa toutes les espérances, ce fut de coucher sous un toit ; on était privé de cette jouissance depuis Moscou. On passa deux jours dans cet Éden : on y avait goûté les dernières jouissances qu'on devait connaître en Russie ; au delà il n'y avait plus que le froid, la faim, l'abandon et la mort ! On ne songeait pas à cela en voyant les clochers blanchâtres de Smolensk, la ville des ressources, se dresser à l'horizon. On soupirait après Smolensk comme on avait soupiré après Moscou ! Il semblait qu'une fois là, les Russes devenaient impuissants et qu'on n'aurait plus qu'à suivre paisiblement une route marquée avec prévoyance.

— Tenez, mes enfants, disait la mère Antoine, cette ville-là est aussi sûre pour nous que la frontière de France : elle est pourvue de tout, c'est le salut et le repos.

— Pauvre Pologne, disait Ladis en passant sa petite main rouge et gonflée par le froid sur le dos du bon animal, tu auras une litière fraîche et du bon fourrage.

Hélas ! quel désappointement fut le leur en entrant dans cette ville qu'ils saluaient avec tant de confiance ! Ils avaient été devancés par la garde impériale, qu'on avait d'abord pourvue de vivres et de logements. Les magasins, assez riches en provisions, furent pillés par les mécontents, et ce fut à peine si les braves troupes d'Eugène et du maréchal Ney reçurent une nourriture suffisante.

Les juifs, si nombreux dans ces parages, avaient acquis des fournisseurs infidèles la meilleure part de ces vivres et les revendaient au poids de l'or à ceux qui étaient en fonds. Clairon échangea contre deux de ses cuillers, à la vue desquelles les yeux d'un avide marchand avaient brillé de convoitise, une mesure d'orge pour son cheval et un quartier d'agneau, qui faillit lui être arraché par d'autres soldats ; mais Lenoir qui tenait aux vivres lui prêta l'assistance de son sabre et, pendant que la cantinière fit griller cette précieuse emplette, trois ou quatre soldats montèrent la garde alentour. On coucha dans les rues malgré un froid de 21°, et, à peine arrivés, il fallut repartir. On semait les morts sur la route ; beaucoup d'hommes ne pouvaient ainsi endurer le froid et la faim : le beau corps du prince Eugène était réduit à 6,000 hommes. Bientôt on eut épuisé toutes les ressources, et il ne resta pour nourriture que le cheval grillé.

CHAPITRE XXIII

N avait fini par ne plus observer d'ordre de marche. Les cavaliers, pour la plupart démontés, marchaient mêlés à l'infanterie ou se retiraient à l'arrière. L'armée offrait un coup d'œil bizarre et sinistre à la fois. On aurait eu peine à reconnaître dans ces troupes en haillons les soldats si bien équipés qui allaient d'un pas ferme vers une expédition glorieuse. On voyait des vieux grognards enveloppés de couvertures qui leur cachaient la tête et ne laissaient voir dans leur visage amaigri que leurs longues moustaches et leurs yeux brûlant d'un feu sombre ; des officiers les plus stricts pour la tenue étaient heureux de remplacer par un jupon de femme ou des débris de pelisse les pans de leurs capotes déchirées ou brûlées. Et pour ne parler que de nos amis : Marengo avec son schako bossué et sans visière, sa grande taille protégée par une sorte de caftan oriental de velours et de satin fanés attaché autour de lui par une corde, des morceaux de cuirs retenus à ses pieds également par des cordes, ressemblait à un charlatan ou à un bandit ; sa bonne humeur semblait l'avoir quitté ; il était sombre et silencieux, mais faisait toujours ses efforts pour maintenir un semblant de discipline. La mère Antoine avait posé sur son chapeau de toile cirée un fichu rougeâtre qui lui attachait sous le menton. Un gros châle croisait sur sa veste militaire, et elle portait

aux pieds les grandes bottes qu'avait définitivement abandonnées Clairon ; ce dernier, vêtu du beau caftan garni de fourrures
un peu avariées par les pluies et les neiges, s'était finalement
couvert la tête d'un grand bonnet de grenadier abandonné sur
le chemin, ne laissant voir que son petit nez rouge et ses yeux
intelligents. Il avait découpé dans un manchon de zibeline des
gants énormes qui préservaient ses mains ; quant à ses pieds, ils
n'avaient plus forme humaine ; c'étaient deux paquets se gros-
sissant à vue d'œil des morceaux de drap ou de fourrures qui
lui tombaient sous la main. Il en était de même de Ladis, dont il
surveillait les chaussures. Le pauvre petit Polonais avait la tête
couverte d'un châle, et le bel armiak que lui avait apporté Clairon disparaissait sous les restes d'une capote en lambeaux.
Mario, qui s'était généreusement dépouillé pour de pauvres
enfants après le Vop, grelottait sous son uniforme troué. Lenoir
était enveloppé dans une peau de mouton, coiffé d'un bonnet de
Cosaque, et rappelait ainsi vaguement Robinson Crusoé ! En
vérité, ç'aurait été risible, si ce n'avait été navrant. On marchait
sous le feu presque incessant des Cosaques commandés par
l'hetman Platow ; plusieurs fois il fallut se frayer une route à
travers l'armée de Kutusoff qui, secondé par son terrible allié
l'hiver, rêvait de nous couper la retraite et nous poursuivait
sans relâche dans notre funèbre marche. Les chefs conservaient
un sang-froid héroïque, et, maintes fois, Ney, le brave des braves,
parcourait les rangs, ramenant l'énergie par ses mâles paroles
et par son exemple. On le vit s'arrêter pour secouer rudement
plus d'un malheureux prêt à succomber au sommeil qui le con-
duisait à une mort inévitable. Marengo, malgré sa tristesse,
n'était pas découragé : il pouvait sentir les regrets, mais jamais
la crainte ; c'était un des derniers représentants de cette race de
vétérans héroïques, ne connaissant que le devoir et la discipline,
et qui devait s'engloutir presque entière dans les neiges de la
Moscovie. Il montrait une activité juvénile, tantôt portant Ladis,
tantôt poussant la charrette de sa vieille amie la cantinière, ou

L'armée offrait un aspect bizarre et sinistre à la fois... (page 183.)

frottant vigoureusement de neige les membres d'un soldat qui se sentait geler. Il s'obstinait à ne pas croire à un échec.

— Laissez faire, répétait-il quand les autres murmuraient, nous avons l'air de battre en retraite, mais l'Ancien est plus fin que le *borgne*[1] : il a commandé des renforts et, au moment où l'on s'y attendra le moins, nous nous replierons sur les loups, et nous les dévorerons à notre tour ! Voyez les chefs, est-ce qu'ils ne perdraient pas la tête si nous étions perdus ? Est-ce que le *rougeaud*[2] s'en viendrait gronder et plaisanter ? Espérons donc, les enfants, que nous pourrons venger nos amis que ces damnés Russes ou leur chien de pays a tués ?

Mario, qui avait fait bonne contenance et dont le chaud tempérament italien avait résisté à tant d'épreuves, commençait à se sentir envahi une seconde fois depuis son départ par un sombre ennui et un ardent désir de revoir son pays. Dans son pénible et lourd sommeil du bivouac, il était tourmenté par un rêve incessant et douloureux : il voyait sa maison en flammes, et sa mère morte ! Avec sa nature ardente et un peu superstitieuse, il croyait voir là un sinistre présage et confiait ses cruelles inquiétudes à la mère Antoine, qui essayait en vain de le rassurer, ou à Clairon, qui lui assurait en jeune esprit fort que les rêves étaient des mensonges ; mais Ladis prétendait que, la nuit qui avait précédé la bataille de Borodino, où son frère et son père avaient été *pris* par les Russes, il les avait vu percer par un Cosaque armé d'une grande pique, et qui le poursuivait, lui aussi, quand le tambour l'avait réveillé. Ceci augmentait les craintes du jeune Italien qui, après une surexcitation assez violente, tomba dans un grand découragement et, se couchant un jour sur la route, déclara qu'il aimait mieux mourir, n'ayant plus personne à aimer sur la terre. Marengo dut employer la rudesse et la force pour le faire lever et reprendre son misérable chemin.

[1] Kutusoff.
[2] Le maréchal Ney.

— Fusilier Mario, lui dit-il, vous êtes jeune, vigoureux, vous n'avez pas le droit de mourir; au lieu d'écouter un tas de billevesées qui vous dansent dans le cerveau, ce qui est causé par un estomac affamé, regardez autour de vous s'il n'y a pas quelqu'un à aider ou à soulager, cela vous distraira. D'abord je vous promets, moi, que vous reverrez votre pays et tout votre monde, et je voudrais bien savoir si le sergent Marengo a jamais menti !

Au milieu de toutes ces douleurs et de toutes ces misères, Pologne faisait triste mine ; il levait sur sa maîtresse un regard si plaintif et si résigné que la bonne femme en était remuée jusqu'au fond de l'âme ; elle le soutenait et le soignait de son mieux, repoussant avec une sombre énergie plusieurs soldats affamés qui lui avaient proposé cent fois de l'abattre. Elle aimait son cheval avec une sorte de superstition : il l'avait suivie depuis six ans dans toutes les campagnes, avait partagé ses misères, ses joies, ses travaux : elle ne pouvait s'arrêter à l'idée de le voir succomber au milieu de ces glaces inclémentes. On l'avait vue s'arrêter sur la route, soulever la neige pour arracher un peu d'herbe; mais, outre que cette nourriture était insignifiante, ses mains s'engourdissaient à ce travail, et, chaque jour, elle prélevait sur sa faible ration la part de son cheval. Le plus indifférent, le plus infatigable, le moins exigeant, c'était sans contredit le chien de Mario : l'hiver l'avait pourvu d'une toison chaude et épaisse, il ne paraissait pas très sensible au froid, et, toujours satisfait de ce que lui donnait son maître, il ne cessait de lui marquer sa vive et pétillante affection. Ce brave chien, très gaillard devant toutes les misères de la vie, était naturellement généreux et bon, nous l'avons déjà vu en mainte occasion, et semblait compatir aux maux de son ami Pologne ; il promenait charitablement sa langue saine et bienfaisante sur les genoux du cheval qu'ensanglantaient de fréquentes chutes.

Vers le 20 novembre, le froid sembla diminuer, et la neige,

en se fondant aux bouleaux qui bordaient la route, produisit
un verglas qui rendit la marche pénible ; le soir, on alluma
de grands feux auxquels les soldats se rôtirent comme d'ordinaire, car il ne se passait pas de nuit où plusieurs ne périssent
brûlés ! La cantinière, craignant ce sort pour l'un de ses
enfants, s'était écartée avec eux et, ayant trouvé un endroit sec
s'y était établie. Le lendemain, des cris d'alarme éveillèrent
Marengo et ses soldats : ils virent la mère Antoine aux prises
avec deux Cosaques qui voulaient piller sa charrette ; la vail-
lante femme les repoussait en dirigeant contre eux ses pistolets ;
puis, l'un d'eux, ayant fait une diversion, feignit de vouloir
fondre sur Ladis, la mère Antoine s'avança pour le repousser :
ce mouvement la perdit ; l'autre Cosaque se jeta sur elle et l'entraîna. De ceux qui étaient présents, Marengo seul s'élança à sa
poursuite, mais, un gros de Cosaques arrivant au grand galop,
il dut revenir vers son corps. Clairon qui dormait roulé dans la
même couverture que Ladis, étendu sous la charrette qui lui
faisait un abri, ne s'était pas réveillé en ce terrible moment.
Quand il fallut lui apprendre que la guerre l'avait rendu deux
fois orphelin, il pâlit affreusement, ne trouva d'abord pas de
larmes et, courant vers Pologne qui, le nez en l'air, hennissait
douloureusement, il entoura de ses deux bras le cou du cheval
de la cantinière et resta ainsi quelque temps.

Le premier regard qu'il lança sur son sergent était chargé
de colère.

— Vous ne dormiez pas, vous, dit-il, et vous l'avez laissée
partir ? Il fallait me réveiller, et j'aurais mis en fuite le Cosaque
ou il m'aurait tué. Vous avez donc eu peur tous ?

— Est-ce que tu parles ainsi à un chef ? dit brusquement le
lieutenant porte-drapeau, qui avait succédé à Lerowski.

— Laissez-le, mon lieutenant, dit le bon sergent ; il a du
chagrin, cet enfant, et cela fait un peu déraisonner.

— Je ne déraisonne pas, répondit Clairon ; et, d'abord, quand
l'armée va reprendre sa marche, je ne la suivrai pas, j'irai du -

côté où vous avez vu fuir les ravisseurs, et j'y resterai ou je rejoindrai ma mère.

— Calme-toi, mon pauvre camarade, dit Mario, en secouant les mains de l'enfant ; tu sais que tu hais les déserteurs et qu'il nous faut suivre les chefs.

— Laissez-moi ! Comment ! vous croyez que j'abandonnerai ma mère comme cela ? vous ne savez donc pas que c'est elle que j'aime le plus au monde ? qu'elle m'a élevé, et soigné, et aimé depuis ma naissance jusqu'à ce jour ? Je ne pourrai jamais, non, je ne pourrai pas vivre sans elle, et je veux la rejoindre. Je n'ai pas peur des Russes, moi, je me ferai prendre : ils m'enverront en Sibérie, où je la retrouverai.

Les tambours commencèrent à battre pour le départ.

— Je ne m'en irai pas, répéta Clairon en pleurant : oh ! que j'ai du chagrin ! Il devait m'arriver malheur, je le savais, allez ; c'est le bon Dieu qui se venge !

— Comment ! dit Mario, étonné et inquiet, croyant que la douleur faisait déraisonner l'enfant. Qu'as-tu fait, pauvre pet't, pour mériter un châtiment ?

Clairon, prêt à trahir son secret qui lui pesait tant, baissa la tête et contint ses larmes.

Les mots : En marche ! en marche ! retentirent pour la quatrième fois, et l'on obéissait lentement à quitter les feux, quand Moffino qui, l'œil morne et la queue entre les jambes, avait contemplé le chagrin de son ami, s'élança dans le fourré en aboyant joyeusement. Les soldats s'avancèrent pour connaître la cause de cette joie subite. La mère Antoine, pâle, meurtrie, mais souriante, s'avançait appuyée sur une lance de Cosaque ; cinq à six cavaliers démontés la suivaient, chargés des habits et des munitions des vaincus.

— C'est moi, dit-elle en tendant les bras à son fils Clairon qui la serra à l'étouffer, c'est moi, mes amis ; ces braves gens m'ont sauvée ! Les Cosaques n'aiment pas à ce qu'on les regarde en face, et dame ! moi, avec mon pistolet, je les ai un peu déformés.

— C'est la cantinière Antoine, la mère Providence ! Tant
mieux ! disaient les soldats en l'entourant et en la faisant asseoir à terre, car elle n'en pouvait plus ; il y aura encore quelqu'un pour nous soigner et nous encourager ; le régiment
croyait son âme partie.

La cantinière secouait la tête, et regardant *ses* soldats avec
attendrissement :

— C'est égal, dit-elle, j'aime mieux mourir avec vous dans
la neige que sous les coups de ces bêtes fauves !

On aurait bien voulu trinquer au retour de la mère Antoine,
mais le tonneau était presque vide, et elle en était avare, gar-
dant ce qui lui restait pour les blessés !

CHAPITRE XXIV

LA BÉRÉSINA

DE tristes nouvelles venaient glacer l'espérance dans tous les cœurs : à chaque instant, on apprenait que l'ennemi se rendait maître des magasins préparés à l'avance, et les ruinait sans merci. Poursuivis par l'armée de Kutusoff, on savait que, sur l'autre rive de la Bérésina, l'amiral Tchitchakoff nous attendait avec sa formidable artillerie pour nous foudroyer. Il fallait pourtant franchir ce fleuve ; après avoir longtemps délibéré, l'Empereur ordonna de feindre le passage sous les yeux de l'amiral, pendant qu'à deux lieues plus haut on passerait près du village de Studianka. C'était là que nous attendait le destin pour nous accabler.

Le général Éblé fut chargé de rendre cet immortel service à l'armée, de construire deux ponts en une nuit et un jour. Le 25 novembre, il se rendit à Studianka avec quatre cents pontonniers, et arriva dans l'après-midi après une marche pénible.

— Sans vous, soldats, dit-il, l'armée est perdue, le nom · français déshonoré ; il faut que, cette nuit même, vous commenciez vos travaux, qui doivent être achevés demain soir. Pour cette œuvre de dévouement, vos frères vous béniront, la postérité vous honorera de son respect et de son admiration. Aujourd'hui Dieu vous regarde. En avant et vive la France !

Aussitôt des feux furent allumés avec le charbon ménagé dans les fourgons ; on forgea le fer ; on démolit les maisons de Studianka pour avoir du bois et on construisit les chevalets des-

tinés à supporter les ponts ; à la pointe du jour, on fut prêt à
les poser dans la rivière. Alors les pontonniers plongèrent dans
cette eau d'un froid saisissant et qui charriait des glaçons
énormes. Des soldats veillaient sur les rives où rôdaient les
Cosaques. Deux ponts devaient être établis, l'un pour les piétons, l'autre pour les voitures. Après des travaux héroïques,
car la glace gelait autour des membres des ouvriers et il fallait
la casser à coups de hache, le pont des piétons fut prêt, et,
vers quatre heures, on eut achevé le second.

L'Empereur qui, arrivé le matin avec sa garde, avait suivi
d'un œil ardent les derniers travaux, voulut diriger lui-même
le défilé. Tout commença bien ; mais, au milieu de la nuit, le
pont des voitures s'étant rompu, les malheureux pontonniers
durent reprendre leurs travaux, et le vénérable Éblé leur donna
l'exemple d'un dévouement incomparable, se plongeant malgré
ses soixante-seize ans, à leurs côtés, dans l'eau glacée. Le pont
rétabli, on se hâta de marcher vers l'autre rive; la journée
du 27 ne fut pas trop troublée; on entendait seulement la canonnade venant de Borisow, où toute une division, sous le commandement du général Partouneaux, avait reçu l'ordre de rester
pour tromper l'ennemi sur le véritable passage ; mais, une fois
la division sacrifiée, les deux armées russes s'élancèrent sur les
deux rives et entamèrent une fusillade violente sur les troupes
qui avaient passé et sur celles qui couvraient la fin du passage.

L'Empereur, galopant d'un point sur l'autre, avait à la fois
l'œil sur Oudinot et Ney commandant les troupes passées, et sur
Victor, menacé sur l'autre rive d'être précipité dans les flots
glacés de la Bérésina. Cependant ce dernier protégeait les ponts
et tenait en respect, par un feu dominant et meurtrier, les Russes
qui, intimidés par la présence de l'empereur, ne savaient pas
profiter de leurs avantages.

Les restes de la division Delzons, dont le 106ᵉ faisait partie,
ayant éprouvé du retard, n'avaient pu passer avec le reste de
l'armée d'Italie, et, quand ils arrivèrent, ils furent arrêtés par

la foule qui avait négligé de passer plus tôt, ayant bivouaqué
là la nuit, à cause du bois qu'elle avait trouvé. On se précipi-
tait maintenant avec une vitesse délirante indistinctement sur
le pont des voitures ou celui des piétons ; mais les pontonniers,
placés à chaque entrée, repoussaient avec inflexibilité les voi-

Il s'élança dans la Bérésina... (page 195).

tures du pont des piétons, et les piétons du pont des voitures :
il en résultait une lutte épouvantable et folle entre ceux qui
devaient rebrousser chemin et ceux qui voulaient avancer. Les
chasseurs et les artilleurs russes tiraient alors d'un ravin où ils
étaient postés, et une grêle de boulets traçait de sanglants sil-
lons au milieu de cette foule compacte et éperdue. Marengo

portait Ladis sur ses épaules et, suivi des siens, il était arrivé
au pont des piétons ; mais, au moment où il allait y mettre le
pied, il se produisit un mouvement terrible : plusieurs chevaux
devenus furieux s'élançaient, ruaient et se faisaient place quand
même. On était porté, étouffé, pressé en tous sens ; plusieurs,
désespérés, fous, se jetaient volontairement dans l'eau ; ceux qui
étaient près des parapets y étaient précipités ; ce fut ce qui
arriva à Mario, qui avait réussi à se glisser sur ce pont fatal :
une poussée lui fit perdre l'équilibre, il tomba et disparut sous
les glaçons.

Marengo avait déposé Ladis à terre pour tenter d'aller au secours de l'Italien ; quand il voulut reprendre l'enfant, il ne le
vit plus : le pauvre petit avait été violemment rejeté vers la
droite, et, pour éviter les coups de baïonnette des soldats qui
faisaient écarter, il s'éloigna de beaucoup des ponts. Le sergent,
désespéré, faisait retentir l'air de sa voix tonnante pour tenter
de rallier ses hommes, mais le bruit du canon et les hurlements
des malheureux l'empêchaient d'être entendu. Il plongeait un
regard désespéré vers la Bérésina pour tâcher d'y reconnaître
quelqu'un à sauver, quand il vit une jeune femme avec ses deux
enfants essayer de traverser sur un frêle batelet de bouleau ;
un glaçon énorme fit sombrer l'esquif et tous trois disparurent.

— Morbleu ! dit le vieux soldat, il faut que je sauve au
moins quelqu'un.

Et, s'élançant, il parvint à atteindre le plus jeune des enfants
et l'emporta dans ses bras :

— Ne pleure pas, dit-il à l'enfant qui appelait sa mère avec
des cris de désespoir, je ne t'ai pas sauvé de l'eau pour t'abandonner sur la neige. Le sergent Marengo sera ton père et ta
famille.

Et il escalada les bords hérissés de glaces de l'autre rive
avec son butin [1].

---

[1] De Ségur.

Clairon avait été aussi séparé de Marengo avec le reste de
sa compagnie ; et, sans trop s'effrayer de la foule, il brandissait
un fusil sans baïonnette qu'il venait de ramasser. Il y avait
déjà longtemps que le beau tambour dont il avait si bien battu
à Malo-Jaroslowetz lui avait servi à faire du feu.

— Nous retrouverons les autres sur la rive, disait-il à Lenoir,
qui avait perdu toute sa joyeuse humeur, et qui, rendu cruel par
le danger, se frayait un chemin avec sa baïonnette et son sabre.

Une balle qui vint leur siffler aux oreilles renversa le grand
porte-drapeau, qui eut encore le temps de murmurer à celui qui
était près de lui, en lui tendant le drapeau :

— Garde l'aigle ! elle est décorée !

Il tomba et fut bientôt foulé aux pieds.

Chargé de ce précieux dépôt, Clairon cherchait comment il
allait l'amener de l'autre côté du pont, et songeait à la gloire
que ce serait pour lui, enfant de troupe, que de le rapporter
intact, lorsque la cavalerie qui le protégeait, s'élança en avant
afin de prendre en queue un détachement entier de chasseurs
russes qui s'était trop avancé; Clairon se trouva à découvert,
et, comme il ne songeait pas à cacher son drapeau, il fut remarqué par quelques-uns de ces mêmes Russes qui s'élancèrent sur
lui ; l'intelligent garçon devina leur dessein, il essaya d'ôter
l'aigle, résolu à s'enfuir avec ce trésor, mais ses faibles mains
ne purent y parvenir ; alors, il arracha la croix, la mit dans
sa poitrine et, traînant toujours après lui le drapeau en loques,
il s'élança dans la Bérésina, en criant :

— Sauvez-vous, gueux ! et vive le 106ᵉ !

— Personne n'ira-t-il au secours de ce brave petit corps ?
dit un officier supérieur qui avait tout vu. Mais on se souciait
bien de la vie d'un enfant quand tant de braves et d'illustres
tombaient pour ne plus se relever !

L'officier répéta ses paroles d'un ton indigné, sans plus de
résultat. Enfin, comme lui-même commençait à être pressé et
repoussé, il s'écria :

— Au moins, malheureux, laissez passer le chirurgien Larrey ! On m'attend là-bas. J'ai dù revenir chercher mes instruments oubliés.

— Larrey ! c'est Larrey ! place ! cria cette foule tout à l'heure hébétée, et réveillée un instant par le prestige que le dévouement incessant et le courage ont attaché au nom du chirurgien en chef. Sauvons-le, celui qui nous a sauvés ! qu'il vienne ! qu'il approche !

Et l'on s'étouffe, on se recule pour le laisser passer. L'Empereur lui-même n'avait pas obtenu cette marque d'affection, on avait dû employer la force pour lui frayer un passage.

La mère Antoine avait été plus favorisée que ses amis et, quoique effleurée d'un coup de baïonnette, elle arriva sur l'autre rive, tenant Pologne par la bride. Elle attendit toute la soirée et ne fut rejointe que par Lenoir et par quelques soldats qui lui étaient indifférents : de Clairon, du sergent, de Ladis, pas un mot ! Ils étaient sans doute écrasés, étouffés ou morts sous le plomb des Russes. Pour la première fois depuis le commencement de la campagne, la courageuse femme ne sut pas commander à sa douleur, et elle se mit à pleurer amèrement. Ce soir-là que de plaintes, de larmes furent entendues ! Les uns appelaient leurs parents, leurs amis ; d'autres ne pouvaient contenir des cris déchirants pendant qu'on les opérait. Jamais encore l'armée n'avait autant senti son infortune.

Les hurlements aigus et désespérés d'un chien parvenaient par instants à dominer ces douloureuses clameurs ; et la mère Antoine, en les entendant, se sentait battre le cœur, croyant reconnaître la voix de Moffino, et espérait le voir apparaître avec quelqu'un de ses amis. Elle attendit en vain toute la nuit.

Cependant une grande partie de cette foule inutile qui ralentissait la marche des troupes s'était obstinée à ne pas traverser encore, quand l'Empereur, voulant mettre une barrière entre l'ennemi et les débris de son armée, ordonna d'incendier les ponts. Le général Eblé attendit au-delà du temps indiqué ;

mais les femmes, les blessés engourdis par le froid et la fatigue, redoutant un second encombrement, ne quittaient pas les feux.

Le lendemain, à huit heures du matin, on vit une troupe de Cosaques accourir au galop de leurs petits chevaux rapides comme le vent, et l'ordre fatal fut donné : les combustibles avaient été disposés d'avance, le feu prit vite et des torrents de fumée et de flammes enveloppèrent les ponts.

Le cri de désespoir qui sortit de la poitrine de ceux qu'on abandonnait navra le cœur de d'Éblé, mais le salut de l'armée était là ; et ces huit mille individus devinrent la proie des Cosaques. Un grand nombre tomba sous leurs terribles piques, le reste fut chassé devant eux, comme un troupeau éperdu, et resta prisonnier.

Déjà plusieurs pontonniers avaient payé de leur vie leur sublime dévouement.

CHAPITRE XXV

LE BLESSÉ

 l'ambulance volante établie à la hâte sur la rive droite de la Bérésina, Larrey trouva parmi les huit cents blessés qu'avait fourni la victoire du maréchal Ney sur Tchitchakoff, un enfant évanoui qui avait reçu un coup de feu au-dessous du genou. Le chirurgien en chef, aux yeux duquel la vie d'un soldat valait celle d'un général, ne put réprimer un soupir.

— La mort les frappera donc tous ! s'écria-t-il avec une sorte de colère. Mon ami, dit-il à un de ses aides, humectez les lèvres de ce garçon avec de l'eau-de-vie et lavez sa plaie avec du vin.

Ces premiers soins ranimèrent l'enfant, qui reprit lentement connaissance. Dès qu'il eut ouvert les yeux, il les porta vers sa main droite qui était crispée sur un lambeau noirci.

— C'est le drapeau, dit-il à Larrey qui était revenu près de lui ; j'ai la croix dans mon habit.

— C'est bon, dit le chirurgien en examinant la jambe du pauvre petit. Hum ! fit-il, vilaine blessure, la balle a coulé de biais : le péroné et le tibia sont brisés, il y a des éclats. Tu dois beaucoup souffrir, enfant !

— J'ai froid, répondit le blessé en grelottant.

— Voyons, mon brave soldat, je vais te parler en homme : tiens-tu beaucoup à ta jambe ?

L'enfant le regarda avec des yeux agrandis par l'anxiété.

— Vois-tu, continua Larrey, c'est qu'il faut que je t'opère rapidement.

— J'ai sauvé le drapeau, dit le jeune garçon, qui commençait à délirer.

Ils m'ont blessé ? Ah ! je n'avais plus d'armes non plus, c'était comme Wladimir ! Mais j'ai caché la croix là, dit-il en parvenant à la retirer de sa poitrine.

— Eh bien ! aussi vrai que je m'appelle Larrey, tu la garderas, dit le chirurgien. Et maintenant ne bouge pas, il s'agit de t'arracher à la mort. Du courage, si tu veux porter ta croix Tenez bien, vous autres !

Et l'habile praticien se mit à tailler la chair avec sa rapidité et sa légèreté de main habituelles.

Clairon, on l'a reconnu, ne poussa qu'un cri aigu et déchirant : l'opération fut terminée en trois minutes.

— Mes amis, dit Larrey aux infirmiers qui, après le premier pansement, posaient Clairon sur un matelas, ce petit garçon va être dirigé sur Wilna avec les autres. Que je le retrouve en bon état, je m'y intéresse beaucoup.

Clairon pansé, étendu, ranimé par des boissons salutaires, avait tant souffert déjà qu'il trouvait sa position supportable. Une seule fois, des larmes amères coulèrent sur ses joues pâles et maigres.

— Qu'est-ce que dira ma mère Antoine, dit-il, quand elle me reverra comme cela ?

— Elle sera fière d'avoir un garçon qui a la croix, à l'âge où les autres n'ont que le fouet et les oreilles d'âne.

— Et Mario mon ami, et mon sergent le vieux Marengo, et Ladis, et le caniche César ! et Pologne ! J'ai peur de ne plus les revoir ! Je ne veux pas mourir comme Wladimir dans le pays des Russes ! Mon officier, mon général, sauvez-moi !

— Allons, tais-toi, dit le compatissant infirmier, il y en a assez qui gémissent et pleurent à tes côtés ; je te promets que tu vas revoir tout ton monde à Wilna.

Et, moyennant un léger somnifère, on eut raison de l'agitation fiévreuse de l'enfant de troupe dont les idées s'embrouillaient de plus en plus.

Laissons l'armée s'avancer vers Wilna, au milieu d'un désespoir qui allait toujours croissant, semant sa route de morts et de mourants, se désolant du départ inopiné de l'Empereur qui retournait en France, et semblant avoir perdu tout, jusqu'à son héroïque résignation. Et retournons vers la Bérésina.

CHAPITRE XXVI

ORSQUE Ladis avait été séparé brusquement de Marengo et de Clairon, il était resté un instant comme suffoqué dans la foule et, cédant enfin à cet impérieux besoin de conservation qui nous domine toujours, il avait fini par se dégager; en se glissant entre les uns et les autres, ce qui était facile, grâce à sa petite taille, il arriva ainsi à l'air, à l'écart, où il reprit haleine. Quand il voulut songer à repasser, cela était devenu impossible. Habitué depuis longtemps à souffrir et à rencontrer à chaque pas de nouveaux contre-temps, il se résigna et, rejoignant les groupes des blessés et des retardataires, il se mêla à eux et fut assez heureux pour se faire une place auprès d'un des feux.

On attendit ainsi une heure, mortelle heure qui fermait à jamais les portes de la patrie.

Les pontonniers, qui avaient crié maintes fois :

— Pressez-vous ! L'heure approche ! s'écrièrent tout à coup d'une voix formidable :

— On ne passe plus !

Et, aussitôt, une fumée épaisse, éclairée de lumières subites et accompagnée de détonations, enveloppa les deux ponts ; ceux qui s'élancèrent furent atteints de pièces de bois qui sautaient embrasées ; quelques-uns, résolus à tout, s'élancèrent dans la

On ne passe plus!... (page 200.)

Bérésina ; tous poussaient des cris de désespoir ; plusieurs frappés de folie se jetèrent au milieu du feu.

Ladis regardait cette scène avec une sorte d'hébètement ; il n'avait pas songé à un pareil dénoûment, et il n'avait plus de larmes pour pleurer.

Les malheureux abandonnés furent tirés de leur stupeur par les hourras des Cosaques accourant au grand galop. Ils arrivèrent en bon ordre conduits par leur chef, l'hetman Platow, qui avait tant harcelé les pauvres Français. Plusieurs voitures, chargées d'habits et d'objets capturés à Moscou attirèrent les plus rapaces, tandis que les autres s'élançaient la pique en avant sur les malheureux sans défense ; plusieurs tombèrent mortellement frappés, et, quand les barbares eurent ainsi assouvi leur première rage, ils firent chacun un certain nombre de prisonniers et, les mettant en croupe ou les attachant deux à deux, ils les chassèrent devant eux, la pique en avant, et mirent leurs intrépides montures au galop.

— A moi ! celui-là, s'écria un Cosaque en saisissant Ladis au moment où le chef, qui avait jeté son dévolu sur la famille voisine, allait s'emparer aussi du petit Polonais.

— Toi, tu seras mon esclave, mon moujik, dit le soldat des steppes à Ladis, qui se croyait dans un mauvais rêve.

Et, tout en galopant, il regardait l'enfant de ses petits yeux enfoncés et brillants, comme s'il eût voulu le dévorer.

— Français ! tu es Français ?

— Non, dit Ladis, qui n'avait jamais su mentir, je suis Polonais.

Les yeux du Cosaque lancèrent des flammes :

— Hou ! hou ! fit-il avec un accent haineux. Polonais ! Oh ! haine à mort !

Et, de sa main de fer pliant l'enfant sur la monture, il sembla le briser en deux et lui arracher des cris de douleur.

— Polonais ! Polonais ! répétait-il à ses camarades qui couraient à ses côtés et semblaient à peine toucher le sol.

— Mauvaise capture, dit l'un ; il est maigre comme une arête !

— Regarde s'il a quelque chose sur lui, dit un autre, or, argent, bijou !

— Rien, dit le Cosaque, en promenant une main avide sur Ladis presque évanoui de terreur ; mais tout à coup le visage du soldat s'éclaircit et un rire détendit sa large bouche montrant à travers sa barbe épaisse des dents aiguës comme celles d'un loup.

Il avait vu au doigt de l'enfant une bague d'or dans laquelle étaient enchâssés des cheveux blonds, ceux de sa mère.

— Une bague ! dit-il.

Et il voulut la tirer, mais le froid avait tellement gonflé les mains du pauvre petit que, malgré ses rudes efforts, le Cosaque en fut pour ses peines.

— Asiate ! ahi ! cria-t-il avec rage, et, repoussant encore une fois Ladis en avant, il continua sa route sans mot dire. Ils arrivèrent ainsi dans un village assez bien fourni, où ils devaient camper, les chevaux furent laissés en liberté, et les hommes se jetant voracement sur les vivres les dévorèrent en un instant. Ladis avait été jeté dans le coin d'une sorte d'écurie et attaché. Malgré sa peur et son chagrin, il s'endormit. Il ne rêva que feu, piques et démons ; vers le matin, il fut réveillé par une vive douleur à la main gauche ; le jour étant déjà assez haut, il vit sa main inondée de sang : le barbare Cosaque lui avait mutilé le doigt pour arracher la bague [1]. Ladis poussa des cris déchirants ; un prisonnier, couché près de lui et témoin de cette scène d'horreur, se souleva péniblement et enveloppa comme il put la main blessée du frère de Wladimir, qui, épuisé de douleur et d'émotion, sentait le cœur lui manquer et était retombé sans connaissance. Quand son impitoyable maître vint pour le reprendre, le petit doigt orné de la bague ensanglantée, il fit une grimace à la vue de son prisonnier pâle et comme mort :

---

[1] Historique.

— Mauvais gibier ! grommela-t-il en le poussant du pied, et il l'abandonna. Les autres moins exigeants ou moins cruels emmenèrent leurs prisonniers.

CHAPITRE XXVII

L'HOSPITALITÉ RUSSE

OMBIEN de temps Ladis resta ainsi plongé dans une somnolence douloureuse, il ne le sut pas ; mais, quand il trouva le courage de se soulever et d'ouvrir les yeux, il vit le pâle soleil assez haut sur l'horizon. Il éprouvait une grande faiblesse et de vives douleurs : il se leva, sortit en trébuchant du hangar, et vit, à un demi-verste à peine, un beau village dont les maisons bien alignées et symétriquement bâties avaient été respectées par la dévastation et l'incendie. Il s'y dirigea et arriva ainsi au seuil de la première chaumière ; elle

était de bois de pin, bien close; le toit de bois découpé, et le
perron soutenu par quatre minces piliers annonçaient une certaine aisance. Il frappa timidement à la porte, une belle fille
blonde et robuste vint lui ouvrir.

— J'ai... j'ai froid, j'ai faim, soupira Ladis en se laissant
tomber sur un banc de bois qui entoure à l'intérieur les habita-
tions russes.

— Ah ! seigneur Dieu ! c'est un pauvre enfant malade, il est
gelé et pâle. Petit, approche du feu, pas trop, mais assez pour
assouplir tes membres engourdis. Sainte Vierge ! il est blessé,
ajouta-t-elle en voyant le linge qui enveloppait sa main.

— Eh ! la mère ! venez donc ici, cria-t-elle en ouvrant une
porte qui donnait sur une cour intérieure.

— Qu'est-ce qu'il y a? demanda d'un air mécontent une
femme d'une quarantaine d'années, dont le visage grave et froid
était entouré d'un mouchoir de soie noire. Ne puis-je arranger
la vache en paix?

— Mère, tenez, c'est ce garçon qui a froid et faim.

La paysanne regarda Ladis avec attention :

— Chauffez-le et soignez-le, Arina, dit-elle; il ne sera pas dit
qu'un chrétien ait été chassé de chez le staroste Ivan Mikeïtch ;
les temps sont bien durs, cette année, mais celui qui a multiplié
les pains dans le désert ne nous laissera pas mourir de faim.

Et, disant cela avec une solennité un peu exaltée, elle ouvrit
une sorte de buffet bas et ajouta :

— Arina, ma fille, vous savez où est le miel, le pain; rem-
plissez le samovar [1], et que cet enfant mange et boive à sa faim
et à sa soif.

Arina, dont le visage avait une grande expression de bonté,
s'avança vers l'enfant et le regarda en souriant :

— Nous vous accueillons bien, petit étranger, dit-elle, car
tous les hommes sont frères en Notre-Seigneur.

---

[1] Bouilloire à thé.

Ladis répondit par un demi-sourire à cette bienfaisante enfant, et il la contempla avec un doux étonnement :

— Alors je puis encore rester ? demanda-t-il.

— N'avez-vous pas entendu ma mère, la pieuse Tatiane ?

Ladis, réchauffé, ranimé par une tasse d'excellent thé, boisson accoutumée de son enfance, et par une tranche de pain noir couverte de miel, demanda à la bonne Arina si elle ne pouvait pas lui panser sa coupure. Encore une fois, elle invoqua l'aide de sa mère, qui, sans s'étonner de la laideur de la blessure, la lava et y plaça une compresse d'herbes salutaires, dont elle avait le secret.

— Maintenant que tu es soulagé, dit-elle à Ladis, qui savourait ce doux bien-être, tu vas t'étendre dans le lit de mon fils Kostia et, avant de t'endormir, tu n'oublieras pas de remercier le Seigneur qui t'a arraché à la mort, car, ajouta-t-elle avec un mystérieux sourire, je crois savoir d'où tu viens.

Ladis la remercia du regard, se coucha dans le lit de Kostia, mais il ne s'endormit pas ; il souffrait beaucoup, et la fièvre s'était emparée de lui. Il l'eut ainsi pendant plusieurs jours, et Arina et sa mère ne cessèrent de le soigner avec douceur et patience.

Un jour, après s'être endormi quelques heures, il se réveilla au son de plusieurs voix qui semblaient discuter : Ivan Mikeïtch beau paysan, à la taille élevée, à la figure blanche à demi cachée par une longue barbe blonde, faisait résonner le parquet de planches sous ses laptis, et parlait très haut d'un air irrité :

— Vous n'êtes qu'une femme, une baba[1] ; vous ne valez, ni vous ni votre fille, un verre de kvass, disait-il. Je suis *staroste* et je dois l'exemple : si tous les moujiks allaient ramasser les Français laissés en route, le bourgmestre rirait, n'est-ce pas ? Et notre seigneur, le barine, nous ferait donner le knout. Tenez,

---

[1] Commère, terme méprisant.

Tatiane, je me sens en colère, et il donna un grand coup de poing sur la table de tilleul placée dans l'un des angles. Mon fils Kostia, n'oubliez pas que, pour être heureux chez lui, le maître de famille doit battre sa femme.

— Oui, père, répondit un garçon d'une quinzaine d'années, aussi frais que sa sœur, vêtu d'un touloupe neuf, d'un bonnet de mouton et chaussé de bottes comme un bourgeois; il fredonna ce refrain d'une chanson russe:

Je te bats comme ma pelisse, et je t'aime comme mon cœur.

Tatiane avait écouté son mari avec la gravité qui ne la quittait jamais et qui n'est pas ordinaire aux femmes russes.

— Vous êtes libre de me battre, Ivan Mikeïtch, dit-elle, je ne m'en plaindrai pas; mais que diriez-vous d'un riche laboureur dont les greniers et les armoires sont remplis, qui fermerait sa fenêtre à un pauvre rouge-gorge glacé qu'il pourrait nourrir avec les miettes de sa table?

— Mère, nous n'avons jamais chassé les rouges-gorges, dit Kostia.

— Sans doute, fit Ivan en haussant les épaules.

— Puisque vous n'avez pas assez mauvais cœur pour chasser un oiseau des champs, irez-vous exposer à la mort un enfant, une créature de Dieu aussi? Je vous comprends, Ivan; il est Français! murmurez-vous: les malheureux n'ont pas de nation! Et, si vous persistez à ne pas vouloir garder encore quelques jours ce pauvre enfant, je voilerai la Madone, dit-elle en indiquant dans un angle l'image de la Vierge enchâssée en argent massif, aux pieds de laquelle brûlait une lampe consacrée.

Ivan s'était arrêté à cette menace.

— Allons, dit-il, prenez mon armiak et mes bottes, donnez-moi votre cotte et votre bonnet, vous êtes l'homme, Tatiane. Mais, à votre place, je servirais à ce jeune *prince* un pâté de gruau et de l'eau-de-vie aux herbes, comme aux jours de bombance ; notre nourriture est trop grossière pour un Français!

Et, de dépit, il cracha devant lui.

— Écoutez, mère, dit Arina en pâlissant : c'est sans doute l'âme du vieux Basile qui vient se recommander à nous en partant ; il était mourant, hier.

— Les morts ne parlent pas aux vivants, dit Tatiane en se signant toutefois.

— Je crois, moi, que c'est le Léechie [1], dit Kostia, dont la chanson mourait sur les lèvres.

— Non, dit Arina, il ne vit que dans les bois et se plaît à égarer les moujiks, mais il est muet!

Le gémissement se fit entendre de nouveau, et il semblait plus rapproché.

— Sainte Croix du Sauveur, protégez-nous ! dit Arina.

— Savez-vous mon idée? dit le staroste en ôtant sa pipe de sa bouche, c'est que le domovoï, l'esprit du foyer, est mécontent et nous menace !

— Pourquoi serait-il mécontent? répartit Kostia ; il peut prendre ici ce qui lui plaît, nous ne l'avons jamais offensé !

— La présence d'un étranger, d'un Franzouz, lui déplaît et le fâche.

Tatiane qui, malgré sa droiture naturelle et sa piété, ne pouvait faire taire les mille superstitions dans lesquelles elle avait été élevée, baissa la tête.

— Je ne suis pas Français, reprit Ladis, je suis Polonais.

Ivan fit un soubresaut : un Polonais, un ennemi de son maître et de sa race dans sa maison ! C'était trop pour sa nature à la fois violente et indécise.

— J'ai une idée pour apaiser le domovoï, dit-il, pendant qu'il reprenait de l'empire, en raison de l'effort de sa femme. Tatiane, il faut que je vous parle.

[1] Lutin des bois.

Le mari et la femme s'entretinrent longtemps à voix basse. Enfin Ivan parut l'emporter ; il tapa amicalement sur l'épaule de Tatiane, qui semblait rêveuse, et, regardant le Polonais, il cligna des yeux d'un air malicieux et dit :

— Allons tous dormir et ne craignons rien.

Bientôt tous dormaient à l'exception de Tatiane et de Ladis : la première ne s'était pas couchée, elle attendit que le ronflement sonore de son mari l'eût assurée de son sommeil, et elle appela Ladis à voix basse.

Les gémissements n'avaient pas cessé.

— Tu as eu tort de dire que tu étais Polonais, dit-elle à l'enfant ; demain Ivan Mikeïtch veut te conduire au bourgmestre comme prisonnier, et Dieu sait ce que deviendrait ton enfance. Il ne te hait pas ; quand tu ne seras plus là, il ne perdra pas son temps à te poursuivre. Fuis cette nuit même et Dieu veille sur toi ; quand quatre heures sonneront au coucou, tu partiras, tu quitteras la Russie.

Ladis ne fit aucune résistance :

— Pourtant, dit-il, je voudrais rester en Russie pour retrouver mon père et mon frère qui ont été fait prisonniers à la Moskowa.

— A la Moskowa ! dit Tatiane ; on t'a trompé, il n'y a eu que des morts ; on n'a pas fait un prisonnier.

— Hélas ! murmura l'enfant. En lui-même il avait eu le pressentiment de son malheur ; les airs mystérieux et troublés de Marengo et de la mère Antoine lui revinrent en mémoire, et quelques larmes rougirent ses yeux. Mais il avait tant souffert que cette nouvelle douleur, déjà prévue, ne le désola pas tant qu'on pouvait s'y attendre.

En attendant l'heure, Tatiane lui amassa dans un panier des vivres et, quand elle ouvrit la porte de la cabane, elle lui jeta sur les épaules un touloupe en peau d'agneau.

— Va, enfant, lui dit-elle ; quoique tu sois notre ennemi, je prierai pour toi.

Et Ladis fut encore une fois seul, dans la nuit, sur la neige glacée. Seul, c'est-à-dire non, car il fut rejoint, aussitôt sa sortie, par un chien qui, pelotonné dans la neige à l'entrée de la cabane, ne cessait de hurler plaintivement.

C'était Moffino qui, après avoir erré dans ce pays désert, cherchait son maître, le demandant par ses plaintes aux arbres, aux maisons, aux hommes qui, le plus souvent, le chassaient rudement, Moffino qui, attiré par un voisinage ami, appelait Ladis de ses cris plaintifs.

— Toi ! toi ! dit l'enfant en sentant un vif sentiment de joie ; Moffino ! quel bonheur ! nos amis ne sont sans doute pas loin. Et vite, et vite, mon chien, mène-moi vers Mario !

Le caniche, à ce nom, sauta si brusquement sur Ladis qu'il faillit le renverser, et, poussant un aboiement sonore, il s'élança en avant.

CHAPITRE XXVIII

RETOUR EN POLOGNE

ALGRÉ un froid encore très intense, le premier jour se passa bien : les vivres entassés par Tatiane suffirent et au delà à Ladis et à Moffino, qui était pourtant très affamé et qui bondissait joyeusement dans la neige poursuivant les gélinottes effrayées. L'enfant, avec son touloupe et un bonnet de peau de mouton, abandonné sans doute par quelque Cosaque, n'éveillait pas les soupçons des moujiks qu'il rencontrait sur sa route. Puis il parlait le russe comme sa langue naturelle, et les serfs, peu habitués à réfléchir, croyaient que c'était l'enfant de quelque barine qui s'était égaré. L'un d'eux même, touché de voir ce petit lutter contre le vent au milieu d'une vaste pleine neigeuse, sans un arbre pour l'abriter, lui offrit de sauter dans son traîneau jusqu'à la ville voisine, où il se rendait au marché. Ladis accepta avec empressement et arriva à Térespol en com-

Oh ! oh ! dit une autre voix bourrue... (page 212.)

pagnie des choux, des raves et des carottes. Moffino, sans être invité, s'était lancé à ses côtés et trouva doux de se faire voitu- rer après avoir tant fait usage de ses pattes. Pourtant, après avoir erré autour du marché, Ladis, qui n'avait pas un kopeck, et qui, malgré sa jeunesse, savait qu'on est rarement bien reçu sans argent en une grande ville, se mit en quête d'un domicile pour y passer la nuit ; il avisa le porche d'une église et se blottit derrière un pilier ; Moffino se coucha sur ses pieds, et tous deux pensèrent que cela était doux auprès du bivouac. Ils commençaient à peine à s'endormir quand un chuchotement se fit entendre, et un grand nombre d'ombres noires s'avancèrent ; Moffino, qui était devenu prudent depuis ses malheurs, n'aboya pas contre les nouveaux venus, comme il l'aurait fait jadis, et se contenta de se relever à demi, tout prêt à étrangler le premier qui s'avancerait trop. Ladis retenait jusqu'à son souffle, espérant ne pas attirer l'attention ; mais il fut violemment heurté et poussa un cri de douleur : aussitôt les chuchotements redoublèrent, et l'on entendit même des éclats de voix ; le son sec de la pierre à briquet qu'on allume se fit entendre, et bientôt Ladis ferma les yeux à la vive clarté d'une torche de résine qu'on approcha de lui.

— Un enfant ! un petit garçon ! dit une voix douce de femme.

— Oh ! oh ! dit en un russe barbare une autre voix bourrue et enrouée, un petit *Franzouz*, j'en suis certain.

Et une main dure, le tirant par l'oreille, l'amena au milieu du groupe.

— Grâce ! grâce ! dit Ladis en se laissant tomber à genoux. Mes bons messieurs, j'ai bien, bien souffert ; ne faites pas de mal à un pauvre petit garçon !

— Oh ! oh ! dit celui qui avait déjà parlé, toi, un mauvais garnement ; toi, petit espion ! eh !

Il brandit un bâton au-dessus de la tête du pauvre Polonais, mais il n'eut pas le temps de l'abaisser. Moffino, toujours muet, lui sauta à la gorge avec tant d'à-propos que l'homme lâcha le bâton et trébucha en arrière.

— Laissez donc cet enfant, Ruffo, dit avec autorité la jeune femme qui avait la première aperçu Ladis ; quel besoin de l'effrayer ! Approche, petit, viens près de moi ; je te promets que nul ne te fera de mal ici.

Et elle promena un regard impérieux sur toute la bande. Alors
seulement, l'enfant osa jeter les yeux autour de lui, et il vit avec
plaisir que tous ces hommes, vêtus d'oripeaux plus ou moins
fanés, coiffés de turbans ou de toques grecques, n'avaient nulle
ressemblance avec les Cosaques, ni avec le staroste Ivan
Mikeïtch. Leurs yeux noirs, leur barbe noire, leur visage long,
maigre et cuivré annonçaient une race étrangère à la Russie.
Quant à sa bienfaitrice, c'était une toute jeune fille, d'une taille
élégante, quoique petite, dont les yeux pleins de flamme le
regardaient avec intérêt et pitié. A travers une épaisse cape dou-
blée de peau de mouton et qui la couvrait tout entière, l'enfant
aperçut non sans admiration une ceinture toute dorée ; il pensa
que cette belle fille était sans doute une princesse. Il aurait pu
être étonné de l'heure à laquelle cette noble dame voyageait,
mais il n'en chercha pas si long ; d'ailleurs, dans les contes de
fées, on voit des choses bien plus étonnantes, et Ladis, grâce à
la vieille Hatwige, avait la tête pleine de tous les contes possibles.

— Tu es donc abandonné, lui dit-elle, que tu es tout seul à
une pareille heure et par un tel froid ?

— Non, reprit Ladis, Moffino est avec moi, mais je ne connais personne ici, et d'abord j'ai déjà couché à la belle étoile
bien des fois au bivouac.

— Petit Franzouz ! répéta l'homme que la jeune fille avait
nommé Ruffo ; tu vois, Milla ?

— Non, dit Ladis, je suis Polonais, et je veux retourner en
Pologne où je crois retrouver mes amis, Mario, la vivandière
et Clairon.

— Qu'importe qui tu es ! répondit Milla en français. Repose
en paix ici ce soir ; demain nous verrons.

Le lendemain, le plus âgé de la bande, un vieillard d'une
soixantaine d'années, donna le signal du départ ; aussitôt les
inconnus s'apprêtèrent à reprendre leur marche.

— Il y a des villages sur la route, dit-il ; moyennant quelques kopecks nous trouverons ce que nous voudrons.

Ladis les regardait tristement s'en aller, quand la jeune Milla dit :

— Camarades, je vous propose d'emmener cet enfant ; il ne nous pèsera pas plus qu'un moucheron sur la tête du coursier, et ça lui rendra bien service.

Les hommes bruns parurent se consulter, mais Milla, qui semblait toute-puissante, reprit :

— Allons, petit Polonais, suis-nous ; nous allons aussi en Pologne, à la foire de Gneiss, et avec nous la route sera plus sûre.

— C'est bien ! dit Ruffo aux autres : une bouche inutile ! Il n'est pourtant pas facile de gagner son pain.

— Tais-toi, dit Milla ; il pourra se rendre utile avec son chien, qui amusera tout le monde.

Ruffo envoya un sombre regard de ses yeux enfoncés au caniche qui, assis près de Ladis, suivait tous les mouvements de Ruffo avec attention et défiance.

Ladis fut donc tacitement accepté et emboîta le pas avec ses nouveaux amis, ne quittant pas la jeune fille qui, du reste, se plut à l'entretenir pendant la route.

Malgré la gaieté insouciante de Milla et la tolérance de ses compagnons, Ladis trouvait la route bien longue : on ne devait arriver à Gneiss qu'en février ! Puis, sa nature droite et honnête avait singulièrement à souffrir : il n'avait pas été longtemps sans s'apercevoir que ces bohémiens, que Milla lui avait peints sous des couleurs si charmantes, ne se faisaient pas scrupule de voler, non seulement les marchands auxquels ils avaient affaire, mais encore les serfs qui les accueillaient, et ce n'était pas là le pillage autorisé en campagne par la cruelle nécessité, c'était un vol de confiance qui révoltait l'enfant. Moffino, qui avait été dressé par le coupable Tita à détourner aussi des vivres, ce qui avait souvent bien amusé la compagnie de Marengo, Moffino, encouragé et poussé par les bohémiens, qui avaient vite reconnu ses talents, ne se faisait pas faute d'étrangler la volaille avec une adresse de renard ou d'enlever un jambon par-ci, un pain noir par-là. Enfin, il payait son hospitalité en faisant les tours que lui avait appris Clairon, et que Ladis s'était empressé de faire connaître. Ruffo était réconcilié avec le chien et ne paraissait pas croire qu'il n'était là qu'en passager. Cependant il y avait quelque chose d'étrange dans l'animal: il n'avait pas perdu un seul instant sa route de vue et ne semblait joyeux que lorsqu'on était en marche ; si l'on retournait sur ses pas, ce qui arrivait quelquefois à la nuit pour trouver un gîte, il gémissait, allait vers Ladis, le tirait vers la route qu'on abandonnait, refusait la nourriture qu'on lui présentait, et, le nez tourné en avant, semblait humer l'air avec impatience. Le lendemain, dès l'aube, il donnait l'éveil et marquait sa joie par des bonds et des aboiements.

— Va, disait Milla à Ladis, tu peux bien demeurer avec nous et ne pas te soucier de ton chien, car, si son maître vit encore, il le retrouvera sans toi, il sait se diriger seul.

Ladis, qui ne voulait pas devenir bohémien, répondait tout doucement qu'il était toujours décidé à chercher ses amis.

Enfin, après cinq semaines de marche, on arriva à Gneiss, dans le duché de Posen, en Prusse. La foire était commencée depuis quatre jours déjà, et le spectacle qui s'offrit aux yeux de l'enfant étonné fit pour un long moment diversion à sa douleur.

Encore dominé par l'étourdissement qui s'était emparé de lui en arrivant à la foire, il en fut subitement arraché par les aboiements de Moffino, qui s'élança comme un fou vers un jeune militaire manchot, portant l'uniforme des fusiliers français, et tenant du bras qui lui restait un beau cheval, qu'il avait sans doute capturé.

— Mario! c'est Mario! s'écria Ladis presque aussi fou que le caniche ; mais tous deux reculèrent avec découragement, ce n'était pas Mario.

CHAPITRE XXIX

Vous attendiez quelqu'un qui n'est pas venu ? demanda le jeune soldat en un mauvais allemand.

— Je n'attendais personne, répondit Ladis en français, mais je vous avais pris pour un autre. Savez-vous, monsieur le soldat, si les Français sont enfin revenus de Russie ? et où je pourrais rencontrer le 106e régiment de l'armée d'Italie ?

— Les Français sont revenus depuis la fin de décembre, dit le soldat ; mais je ne sais où vous trouverez les restes du 106e. S'ils ont été blessés, ils sont restés dans les hôpitaux de Prusse ; sinon, ils ont suivi le prince Eugène, qui est en Saxe et qui va avoir un engagement avec les Prussiens, Allemands, etc., tous tournés contre l'Empereur.

— Eh bien ! dit l'enfant, j'irai trouver le prince Eugène.

— Tout seul comme cela ? dit le soldat en souriant.

— Sans doute !

— Et vous venez de Russie ?

— Oui, j'ai été avec les bohémiens que vous voyez là-bas danser et chanter ; mais je ne veux plus y retourner.

— En attendant, venez avec moi, je vous logerai pour cette nuit, qui ne va pas être chaude, d'autant mieux que je vois que je ne vendrai pas mon cheval aujourd'hui.

— Est-ce au bivouac que vous m'emmènerez ? dit Ladis.

— Au bivouac! il y a six mois que je n'y suis plus. Depuis qu'un boulet russe m'a emporté le bras à Vilna, j'ai pu quitter l'armée ; mon chef, le major Linczky, qui avait une profonde blessure à la poitrine, m'a emmené avec lui, et maintenant je suis son homme d'affaires ; nous nous reposons. Cependant, si les affaires tournent au noir, je crois bien que nous aurons encore assez de force à nous deux pour rejoindre l'armée française. Ainsi, petit camarade, c'est au château de Linczky que nous allons loger cette nuit. Comme il y a au moins deux lieues je vais monter sur le cheval et vous prendre en croupe ; vous n'aurez pas peur ?

— Oh! non, dit orgueilleusement Ladis, qui avait, dans ses jours heureux, maintes fois monté à poil les petits chevaux d'un fermier voisin.

Moffino, inquiet et maussade, s'obstinait à vouloir rester en arrière, après avoir vainement essayé d'arrêter le cheval en lui mordillant les jambes. Mais Ladis, l'ayant appelé des noms les plus doux, en lui promettant qu'ils repartiraient le lendemain, il se décida à les suivre.

Le château de Linczky était entouré par une forêt profonde et silencieuse; une pièce d'eau unie et vaste s'étendait devant l'habitation. Quand Ladis entra dans une grande cuisine où flambait un feu clair et pétillant, et quand son odorat fut caressé par ces parfums culinaires qui émanaient des fourneaux, il éprouva un sentiment de vif plaisir à l'idée qu'il allait demeurer dans cette pièce vaste, chaude et plus propre que l'étuve dans laquelle s'entassaient les paysans russes. La pensée d'un bon repas le fit aussi sourire intérieurement, lui, le moins gourmand de tous les enfants, et, dans son enthousiasme, il serra Moffino dans ses bras, lui murmurant à l'oreille :

— Mon chien, nous allons faire un beau souper !

Le soldat, qui s'appelait Louis, dit quelques mots au chef en faveur de son protégé, et aussitôt Ladis vit se tourner vers lui des figures bienveillantes qui lui souriaient; le chien recueil-

lit aussi quelques caresses et quelques os à-compte sur le souper
promis, lesquels il apporta aux pieds de son compagnon et ne les
mangea que sur son invitation répétée. Bientôt, un potage fumeux
fut placé devant Ladis, puis une tranche d'agneau rôti, des légumes, de la crème, des fruits ; lui, pour qui tant de mois passés
n'avaient été qu'un long jeûne, mangea tout et se crut en paradis.
Les domestiques l'encourageaient, et Louis, tout en le servant,
veillait à ce qu'il mangeât modérément. On sentait que, dans
cette maison, on avait coutume de faire la charité avec plaisir.

Ladis passa une bonne nuit au château et aurait bien voulu
y rester encore, mais, dès le lendemain matin, le major fit man-
der Louis et lui ordonna d'emmener au plus tôt cet enfant, dont
la vue lui rappelait, ainsi qu'à sa femme, celui qu'ils venaient
de perdre récemment et ne pouvait que les faire souffrir.

— Tenez, dit-il en lui donnant, en même temps qu'une bourse
bien garnie, un costume complet ayant servi à son fils, avec
cela il pourra rejoindre les siens.

Louis, qui avait espéré mieux pour son protégé, obéit tristement et Ladis fut emmené hors de cette maison hospitalière. Il
n'avait jamais cru y demeurer pour toujours, mais une chose
l'inquiétait.

— Est-ce que j'ai fait quelque chose de mal ? répétait-il au
soldat qui, très attristé lui-même, n'avait pas le cœur à le
réconforter.

Enfin Louis s'arrêta à l'entrée d'un village d'assez triste
apparence.

— Tiens, mon enfant, dit-il, si tu veux rejoindre l'armée française, ne le dis pas, mais demande ta route pour Dresde. Là, tu
trouveras des tiens ou je me trompe beaucoup. Ne t'attarde pas
dans ces villages juifs : ils sont peu sûrs ; en marchant bien,
tu seras entré en Silésie avant trois heures d'ici. Les Silésiens
d'Autriche sont de braves gens !

Il tapa amicalement sur l'épaule de Ladis, donna une caresse
à Moffino et s'éloigna. Une fois encore, le pauvre garçon était

abandonné à lui-même. Jamais, depuis sa séparation de l'armée au passage de la Bérésina, il n'avait encore tant ressenti son isolement ; la tête basse, les mains dans de grossiers gants de peau de lièvre qui contrastaient avec ses beaux habits, il avançait, roulant dans sa jeune imagination mille pensées de craintes, de regrets et d'espoir.

Si les bohémiens n'avaient pas été voleurs, se disait-il, j'aurais aimé à rester avec Milla ; ils m'auraient emmené en Italie, ils vont y aller, et c'est la patrie de Mario ! La route est bien longue ! e je n'ai pas encore vu d'aussi vilains villages.

En effet, sur deux lignes, le long d'une route boueuse, sillonnée de ruisseaux fangeux où quelques enfants à demi nus barbotaient silencieusement, ou s'arrêtaient pour regarder le jeune voyageur d'un air hébété, s'élevaient de frêles cabanes en planches, d'aspect sale et misérable, mal éclairées par des vitres ternes. Ladis, qui n'était pourtant pas délicat, frémissait à l'idée d'entrer dans ces hideux bouges, et Moffino aboyait après les misérables, vêtus de haillons sordides, qui avançaient curieusement sur le seuil des cabanes leur visage hâve, terreux et presque sinistre.

— J'ai peur ! se dit Ladis ; mon brave Moffino, ne me quitte pas !

Quelques-uns de ces villages étaient séparés par des chênes majestueux et des collines ondulantes, qui contrastaient avec ces lieux sombres et donnaient encore un aspect plus repoussant à ces réduits infects. Enfin, Ladis franchit la dernière maison du dernier village, et respira avec soulagement ; mais il avait à peine fait cent pas que Moffino se rapprocha de lui en grognant sourdement ; l'enfant se retourna et vit un homme long et maigre s'avancer en lui faisant force salutations ; il le reconnut vite pour un juif, à son bonnet bordé de peau de loup, à sa longue barbe et à sa robe noire agrafée depuis le cou jusqu'à la ceinture.

— Bonjour, bonjour, mon prince ! dit le juif.

Ladis eut d'abord l'idée de s'enfuir, tant la mine doucereuse et livide du juif lui répugnait.

— Je suis chargé de famille, dit l'homme ; quelques kreut-

zers me rendraient bien heureux, et le Dieu d'Abraham vous
bénirait, monseigneur.

Ladis était imprudent comme la générosité ; il tira de dessous
sa veste la bourse, y puisa quelques pièces et les mit dans la
main crasseuse qui tremblotait devant lui ; mais la vue de l'argent avait allumé la convoitise dans les yeux du juif.

— Niddony[1] ! s'écria-t-il en relevant sa haute taille et en
frappant dans ses mains.

Alors parut sur la route un juif, puis deux, puis trois en tout
semblables au premier.

— A moi ! cria Ladis ! à moi ! j'ai peur.

L'un des hommes le saisit, un second le dépouilla de ses
beaux habits, tandis que les deux autres tenaient Moffino à distance avec de longs bâtons épineux qu'ils avaient en main.

— Voleurs ! cria Ladis ; vous êtes des méchants voleurs !

Mais les juifs se souciaient peu de cette appellation, ils continuaient leur besogne avec autant d'activité que de souplesse,
ne répondant que par des sourires mielleux aux plaintes irritées
de l'enfant.

Il était nu, grelottant, et, dérobant chacun un de ses vêtements
sous leur long caftan noir, ils allaient l'abandonner sans pitié,
quand un jeune et robuste paysan accourut à toutes jambes,
franchissant comme un chamois les haies et les broussailles.

— Maudits ! s'écria-t-il, n'arrivant pas malheureusement assez
à temps pour arracher le butin aux voleurs, qui disparaissaient
comme des ombres ; lâches ! dépouiller ainsi un enfant !... Venez,
mon garçon, et indiquez-moi la demeure de vos parents, je vais
vous y reconduire en hâte : j'allais chercher mon frère, le petit
Fritz, qui garde les troupeaux, quand ces cris m'ont attiré par ici.

— Vous n'avez pas à me reconduire, Monsieur, je n'ai pas
de maison et pas de famille, dit Ladis pâle de froid et de saisissement. Je suis un petit orphelin ; à la Bérésina, j'ai perdu mes
amis, et je vais à leur recherche.

[1] Anathème juif.

Le jeune garçon avait ôté le pardessus de molleton qui couvrait son costume de paysan silésien et en avait enveloppé l'enfant.

— Venez donc avec moi, dit-il ; je ne vous connais pas, mais grand-père nous a lu dans la Bible que tous les hommes sont frères ; à la maison, vous trouverez un asile et des habits.

Ladis suivit son nouveau protecteur, et tout bas il murmurait à Dieu une prière de reconnaissance.

On est sans doute étonné que Moffino si hardi, si disposé à étrangler tout homme agresseur de son maître ou de ses amis, soit demeuré inactif et ait laissé les juifs opérer le dépouillement de son compagnon.

Tenu en échec dès ses premières tentatives, Moffino qui, je le crois, était un philosophe un peu égoïste, se dit sans doute que Ladis n'était pas son maître et qu'il devait conserver sa vie pour retrouver le sien ; tout en continuant d'aboyer contre les juifs, il n'entra donc pas en lutte : c'était un peu lâche, mais chacun a ses défaillances et ce fut celle du chien que Clairon appelait si obstinément César ! Impatient d'avancer, il s'était déjà même écarté du lieu de l'attaque, lorsque l'arrivée du jeune paysan le fit rétrograder, et, indifférent aux larmes et à la pâleur de Ladis, se sentant content de ce renfort, il se roula le dos sur la neige pendant le court colloque des deux enfants.

— Moffino ! lui cria Ladis moins oublieux que lui ; voilà un jeune homme qui ne nous fera pas de mal. C'est le chien de mon Mario, dit-il à son guide.

Celui-ci était un garçon de quinze à seize ans, vigoureux, élancé, de figure résolue et intelligente ; son air était sérieux, son regard observateur ; malgré ses yeux bleus et ses cheveux blonds, on sentait en lui une autre race que celle qui peuplait la Pologne ; en effet, il était Allemand et, depuis une demi-heure, Ladis était en Silésie : champs bien cultivés, forêts épaisses, villages propres, habitants dont l'extérieur honnête et aisé respirait le travail et la probité ; l'aspect était plus rassurant que celui des tristes hameaux qu'il venait de traverser.

CHAPITRE XXX

ÈRE, dit le jeune Silésien en entrant le premier dans une maisonnette riante et propre, bâtie à l'entrée d'une belle forêt, mère, voici de la compagnie : les juifs ont dépouillé et volé ce petit comme vous le voyez; ils l'auraient peut-être tué, les méchants! j'ai bien fait de l'amener ici, n'est-ce pas? c'est un orphelin!

Un baiser sonore, déposé sur les joues fraîches du jeune homme, fut la réponse de la mère, qui, jeune encore, fraîche et active, réalisait tout à fait le type des ménagères allemandes.

Aussi silencieuse que son fils, elle emmena l'enfant abandonné dans la chambre de ses garçons, l'habilla, le réchauffa, le réconforta ; et, quand cette sainte tâche d'humanité fut accomplie, elle le fit asseoir auprès du feu de la pièce servant à la fois de salle à manger et de cuisine ; puis, se mit à filer dans l'embrasure de la fenêtre, travail qu'avait interrompu l'arrivée des enfants ; elle s'arrêtait de temps à autre pour demander à Ladis, avec un bon sourire, s'il se réchauffait bien, ou s'il souhaitait quelque chose. Dans cette atmosphère de paix et de bonté, l'enfant étonné, et ravi, ne songeait pas non plus à rompre le silence et se laissait aller à ce doux bien-être. Moffino avait eu sa part de caresses et de nourriture ; mais une fois rassasié, il avait refusé de se coucher aux côtés de Ladis et, restant sourd à ses tendres appels, s'était assis devant la porte et pleurait tout bas comme pour demander à s'en aller.

Ladis avait fini par s'assoupir, et la jeune femme avait respecté son sommeil, quand la porte s'ouvrit brusquement, et un petit garçon de l'âge de l'orphelin, de plus celui que nous connaissons et un plus grand entrèrent brusquement et, courant à la mère, lui dirent un tendre bonjour.

— Fritz, tu es toujours tapageur, dit-elle avec un doux reproche au petit qui avait déjà marché sur la queue de Moffino, et renversé à moitié la chaise de Ladis en montant derrière pour le regarder de plus près.

— Ah ! mère ! ah ! Karl ! voilà le petit orphelin !

Puis s'arrêtant tout à coup d'un air irrité :

— Pourquoi lui avez-vous donné mes habits, ceux des dimanches encore !

— Karl lui avait donné sa houppelande, répondit la mère en souriant à Karl qui semblait son préféré. Tu es donc avare, toi, Fritz !

— Mes habits sont à moi, répondit le petit garçon, en faisant de gros yeux à Ladis, très intimidé sous ses vêtements d'emprunt.

— Monsieur, dit-il au petit Silésien, je n'en avais plus du tout !

— Dame, tant pis, répartit Fritz en se dandinant d'un air sceptique.

— Vous voulez donc, Fritz, que grand-père vous dise encore que vous ne tenez en rien de la famille, dit l'aîné des garçons, qui s'était emparé de Moffino et lui faisait manger un gros morceau de pain.

— Grand-père, ça lui est bien aisé à dire, répartit Fritz, on ne lui prend pas ses habits à lui !

— Grand-père a en haine les égoïstes, dit la mère avec un peu de sévérité.

Quelques instants après arrivèrent en même temps le père et le grand-père des enfants, et aussitôt le repas fut servi par la vigilante ménagère. Sur une nappe blanche damassée furent posés la soupe fumante, le pain savoureux, la viande, dont la forêt faisait les frais, et les fruits du verger. L'aïeul, qu'on semblait respecter autant qu'aimer, bénit la nourriture, et chacun se rassasia, en silence. M. Spallery fut le premier qui le rompit, pour demander à Ladis le récit de ses aventures. C'était la première fois que le petit Polonais était posé en orateur ; il s'acquitta de ses fonctions avec une naïveté, une clarté, et une gentillesse qui lui conquirent les bonnes grâces de la famille du forestier.

— Vous voyez, dit le grand-père à ses enfants : Dieu n'abandonne jamais les siens.

En s'endormant, Ladis se dit qu'il était doux de vivre au milieu de ces honnêtes gens, et il ne put retenir une larme en songeant que, si sa mère avait vécu, elle l'aurait aimé et embrassé comme l'aimable femme aimait et embrassait ses enfants. Le lendemain, de bonne heure, chacun était sur pied, et le grand-père s'occupait déjà pendant le déjeuner à quoi l'on pourrait employer Ladis, répétant sa sentence favorite: « que l'oisiveté est la mère de tous les vices, » lorsque, pendant le déjeuner, on frappa à coups redoublés à la porte.

— Entrez, dit le vieux père, et, en grâce, ne cassez pas la porte.

— Dieu ! c'est le forestier Dietrich, dit Mme Spallery en pâlissant.

— L'ancien forestier Dietrich, Mme Spallery, dit le nouveau-venu en promenant un regard sournois et envieux sur tous les mangeurs.

— Que voulez-vous, Dietrich ? dit le forestier en fronçant le sourcil. Avez-vous faim et soif ? mangez et buvez ; mais, si vous venez ici dans le but d'effrayer ma femme ou de m'insulter, moi, sortez au plus vite, je vous le conseille.

— Ah! oui-dà! M. Spallery, vous le prenez sur ce ton! Ce bon M. Spallery qui fait révoquer un honnête forestier comme moi sous prétexte que je m'entends avec les braconniers! et

qui, lui, ouvre sa maison aux ennemis de la Prusse, à un Français, on le sait ; allez, vous avez ici un jeune garçon qui a la
langue bien pendue et qui trouve mauvais qu'on lui enlève ses
habits pour en revêtir un fils de ces loups sauvages qu'on
appelle les Français.

Ladis s'était levé et voulait s'en aller.

— Restez, mon fils, dit l'aïeul, ne vous préoccupez pas des
paroles d'un insensé et d'un jaloux. Oui, Dietrich, je t'ai connu depuis ta jeunesse, et je t'ai vu grandir en improbité et en
envie, mais non en honneur. Mon fils a fait un acte d'honnête
homme en te faisant exclure des forestiers de Silésie, et il fait un
acte de charité en recueillant le fils malheureux d'un ennemi.

— D'un ennemi! répéta Dietrich en haussant les épaules ;
faites-moi croire que les Français sont pour vous des ennemis!
vous les aimez, vous les choyez, vous les attirez. Vous, vous
êtes de mauvais patriotes.

— Sortez, Dietrich, par pitié, dit Mme Spallery en le suppliant.

— Soit! dit le forestier en colère.

— Sans doute, je sors, je n'ai pas l'intention de prendre
racine chez vous ; je ne suis pas un Français, moi, on ne m'y
ferait pas un bon accueil. Je vais seulement instruire mon
maître actuel, le bourgmestre, de votre belle conduite, et vous
verrez si, avant ce soir, vous n'aurez pas une perquisition en
belle et bonne forme.

Mme Spallery, pâle et tremblante, avait saisi la main de son
mari et la serrait comme pour le retenir.

— Ne crains rien, ma bonne Thecla, lui dit-il ; ces menaces
sont des folies, nous n'avons rien à craindre.

— Détrompez-vous, mon fils, les méchants sont pleins d'ar-
tifices. Vous n'avez rien à craindre s'il dit la vérité, mais vous
avez tout à craindre s'il a recours à la calomnie.

— Que faire alors? demanda la jeune femme en jetant un
regard d'angoisse vers Ladis.

— Je veux m'en aller, dit ce dernier, et m'en aller tout de suite ; je ne veux pas qu'il vous arrive du mal à cause de moi. Je devais toujours m'en aller, ce sera un peu plus tôt, voilà tout.

— Tu parles sagement, mon fils, dit le vieillard ; tu n'es pas ingrat ; j'ai songé à ton désir de rejoindre l'armée du prince Eugène, nous pourrons t'indiquer ton chemin et te faire escorter jusqu'à ***. Cela est sûr.

— Quand partira-t-il, demanda le forestier ?

— Aujourd'hui, tout de suite, répondit Ladis en se levant. Mais... mais... il me faut... je n'ai pas...

— De l'argent ! dit Karl.

— Oh ! non, pas cela, je ne veux rien ; mais je n'ai pas d'habit ; ceux-là... ?

— Sont à toi, dit Mme Spallery en l'embrassant. Si Fritz les regrette, ce sera une juste expiation de son bavardage et de son avarice.

— Adieu ! alors, dit Ladis, et merci ; vous avez tous été bien bons pour moi ; je m'en vais bien loin, mais je ne vous oublierai pas.

— Cet enfant a bon cœur, dit l'aïeul, à qui l'air doux et résigné de Ladis plaisait. Tiens, garçon, voilà un sol pour commencer ta bourse.

— En voici deux, dit le forestier.

— Et voici ma gibecière, dit Wilhem, qui y avait déjà fourré quelques provisions.

— Et mon bonnet fourré, dit Karl en passant encore à la dérobée quelque chose que Ladis refusait.

— Voyez, ma bru, dit l'aïeul, voyez Karl qui veut donner toute sa boursette à l'orphelin qui la repousse. Ces deux enfants se comprendraient.

Cependant il fut décidé que l'on sortirait par le verger donnant en forêt, et que le forestier lui-même conduirait Ladis sur la route de *** où, vêtu en Allemand comme il l'était, il ne manquerait pas de trouver une place sur la charrette de quelques paysans allant au marché.

Au moment du départ, où l'on s'était embrassé comme si l'on se connaissait depuis dix ans, Fritz tira brusquement Ladis par la manche de *sa veste* et, lui glissant dans la main sa toupie, il lui dit :

— Mère t'a donné mes habits, je te donne ça pour t'amuser pendant la route : je ne veux pas être un égoïste et un méchant comme Dietrich.

Deux baisers sonnèrent en même temps sur les joues rebondies de Fritz, l'un donné par Ladis, l'autre par Mme Spallery.

Il s'élança comme une flèche sur la route de Bohème... (page 229).

CHAPITRE XXXI

COUP D'ŒIL EN ARRIÈRE

L'ARMÉE du prince Eugène était en Saxe. Ladis dut, d'après les explications du forestier, diriger sa marche vers Dresde, tout en dissimulant avec une grande prudence son nom et sa race, car la guerre était décidée contre la France, et l'enfant aurait pu rencontrer de nouvelles persécutions : encore tout ému de sa séparation avec les bons forestiers, assis au milieu des choux et des raves, il regardait d'un œil distrait les campagnes fertiles qui fuyaient devant lui, quand tout à coup une idée lui traversa le cerveau :

— Moffino! s'écria-t-il, Moffino!

Mais l'écho seul de l'air tranquille répéta Moffino : le caniche ne parut pas, Ladis voulut descendre de la charrette, retourner en arrière, tout fut inutile : Moffino avait disparu.

— On l'a pris, on l'a tué peut-être, disait l'enfant en sanglo-

tant. Mon pauvre compagnon, faut-il que nous ayons traversé
tant de dangers ensemble pour que nous n'arrivions pas tous
deux auprès de ceux qui nous aiment et nous attendent! Oh !
tu es mort! tu es mort !

Mais Moffino n'était pas mort : déjà il avait manifesté maintes
fois son impatience des retards survenus dans le voyage et, le
matin même, quand on avait quitté *Ittenheim*, il avait hurlé,
aboyé, s'était pendu aux habits de Ladis qui, grimpé sur la
charrette, suivait la route de Saxe. Après bien des gémissements et des protestations, le chien, qui devait donner un exemple
presque unique de son admirable instinct, aspira longtemps
l'air comme il avait souvent coutume de le faire et, prenant un
parti décisif, s'élança comme une flèche sur la route de
Bohême   .   .   .   .

.   .   .   .

Après vingt jours de marche, à travers l'industrieuse et
hospitalière Silésie, Ladis se trouva en Saxe et arriva enfin à
Dresde, où étaient quelques débris des troupes françaises. Dès
les premiers mots de son courageux voyage, il fut accueilli,
acclamé, presque porté en triomphe ; mais, quand il demanda
à rejoindre la 5e compagnie du 106e régiment de la division
Delzons, les braves vétérans et les jeunes recrues qui l'avaient
reçu baissèrent tristement la tête. Hélas! il en restait si peu de
cette héroïque division! ceux qui n'avaient pas rencontré le fer
ennemi étaient morts de froid et de faim.

— Ainsi, dit Ladis, avec un découragement qu'ont rarement
connu de si jeunes enfants, ils sont tous morts ! et je suis tout
seul, moi !

Les soldats ne trouvaient guère à lui répondre, et ils recom-
mençaient pour la millième fois les douloureux récits des tortures de leurs frères, quand un vieux grognard qui, à en juger
par ses rides, sa peau tannée et ses nombreuses balafres, avait
dû faire toutes les campagnes depuis la République, dit entre
deux jurons :

— Halte-là, camarades, et n'enterrons pas ceux qui ne sont pas morts! Vous tous ici, excepté moi et deux ou trois anciens, n'avez pas fait la campagne de Russie, vous étiez de la réserve, donc vous ne savez rien. Voilà tantôt un mois qu'un vieux soldat tant soit peu écloppé, et qui se disait sergent au 106°, a passé ici pour aller, tout en se reposant, sur le Rhin dresser les nouvelles recrues qu'on fait tous les jours. Il s'appelle Marengo, et chacun le connaissait au régiment. « Nous ne restons pas beaucoup, a-t-il dit en tortillant sa moustache, — c'est un tic qu'il a comme cela, cet homme, — mais j'en ai pourtant ramené douze de ma compagnie. Dame! Ils ne sont pas tous entiers, et ils sont allés se refaire chez eux; moi, je ne veux pas de congé et je dois mourir à la guerre! » Voilà ce qu'on m'a dit, jeunes gens; s'il en a ramené douze dans sa seule compagnie, c'est qu'ils ne sont pas tous morts, pas vrai.

— Et Mario? dit Ladis, il n'a pas parlé de Mario?

— Connais pas, répliqua le grognard.

— Çà, mon petit ange, dit un sergent-major à Ladis, nous vous trouvons à notre gré, mais nous n'avons pas le droit d'héberger et de loger les jolis enfants qui passent. Nous croyons que vous êtes un brave petit Polonais, mais nous ne pouvons rien pour vous sans ordre supérieur. Il faut vous adresser au quartier général, et d'abord j'ai un conseil à vous donner, c'est de ne pas rester près d'ici, car b entôt, dans quelques jours, il va tomber des prunes qui ne sont pas du goût des enfants et qui casseraient vos belles dents.

Donc, le lendemain, Ladis, qui avait peu dormi et beaucoup songé, reprit le chemin de l'Italie ; mais il ne devait pas y arriver encore. Pendant qu'il continue son voyage avec des alternatives de misère et d'abondance, jetons un coup d'œil en arrière.

Nous avons laissé l'armée au lendemain de la Bérésina; de cruels mécomptes et de nouvelles douleurs l'attendaient encore: le froid ne fit que s'accroître, la marche devint de plus en plus

pénible; le départ inopiné de l'Empereur avait découragé jusqu'aux chefs, presque tous épuisés et malades, et après un
martyre de dix jours elle arriva enfin à Vilna. Mais cette mul-
titude en délire, voulant jouir au plus tôt du bien-être renfermé
dans cette ville, s'écrasa et se meurtrit aux portes : Murat,
commandant en chef, n'eut pas le courage de donner des ordres,
et, après deux jours de résidence, les Cosaques venus forcèrent
à fuir : dans la déroute, on perdit le trésor de l'armée, qui
était de dix millions.

En arrivant à Vilna, le premier soin de la mère Antoine avait
été de s'élancer, toute faible et malade qu'elle était elle-même
vers les hôpitaux où résidaient les blessés mourants de la Bérésina. Elle espérait y rencontrer son fils, ou le petit Ladis, ou
Mario, qu'elle aimait sincèrement. Seule au milieu de ces
malheureux, elle était encore animée par le dévouement et
l'abnégation, qui ne l'avaient pas abandonnée un jour. Quand
elle entra dans ces vastes salles où étaient entassés les malheureuses victimes de cette guerre fatale, elle resta un instant
comme suffoquée, elle, pourtant habituée aux horreurs des
champs de bataille ; les gémissements des malades et le râle des
mourants s'y confondaient : les uns appelaient leur mère, leur
fiancée, les autres murmuraient une prière : ce fut avec un
effort surhumain qu'elle se mit à parcourir les allées funèbres
formées entre les lits, cherchant à démêler parmi ces figures
hâves et livides la petite tête enfantine qu'elle cherchait. Elle
avait deux fois déjà arpenté la première salle, quand un aide
dit à un infirmier :

— Allons, mon brave, voilà encore une malade ; tâchez de ne
pas la faire trop attendre.

— Moi? dit la mère Antoine, je ne suis pas malade.

— Pauvre femme, dit l'officier en regardant le visage
exténué, les yeux caves de la cantinière ; vous êtes donc aussi
de ceux qui aiment mieux mourir sur le chemin que de se faire
soigner par nous ?

— Ce n'est pas pour moi que je suis venue, dit la mère Antoine, les yeux pleins de larmes, parce qu'elle commençait à désespérer.

— Et pour qui?

— Hélas! je ne le sais pas : c'est un enfant, un pauvre enfant de troupe, mon fils à moi !

— Le fait est qu'il n'y a pas beaucoup d'enfants ici, dit l'aide-chirurgien ; pourtant...

— Pourtant !

— Dites-moi le nom de celui que vous cherchez.

— Au régiment nous l'appelions Clairon...

Le visage de l'officier s'éclaircit.

— Eh bien! dit-il, frappant avec bonté sur l'épaule de la brave femme, vous avez du bonheur.

Et, lui faisant signe de le suivre, il la conduisit à une petite salle où se trouvaient seulement quelques lits.

— Voilà votre affaire, dit-il, et recommandé encore par le major Larrey !

— Maman ! murmura une voix qui remua jusqu'au fond de l'âme la mère Antoine.

Elle s'élança vers le lit d'où était partie cette voix et les deux bras maigres de Clairon l'étreignirent avec force.

Ils restèrent ainsi embrassés un long moment d'autant plus qu'ils avaient cru à la mort l'un de l'autre.

— Mon garçon ! mon brave enfant ! dit enfin la cantinière, vois-tu, la vie m'est trop dure sans toi ! Mais qu'est-ce qu'ils t'ont fait, ces misérables Russes? demanda-t-elle ; es-tu blessé ou seulement mala... ?

Elle n'acheva pas, car elle venait seulement d'apercevoir les cercles qui soutenaient les couvertures au-dessus de la jambe du jeune blessé : elle pâlit et donna un nouveau baiser à son enfant adoptif, baiser qu'elle prolongea pour cacher ses larmes.

— Allons, dit-elle en soupirant, mon Clairon, tu ne seras pas soldat.

— C'est à savoir, dit l'enfant en faisant luire aux regards de
sa mère la précieuse croix ; l'Empereur a bien gardé des officiers boîteux !

— Et Mario ? dit-il tout à coup.

La cantinière secoua tristement la tête, ce qui fit pleurer
Clairon, qui comprit que son ami avait disparu. Il apprit avec
un redoublement de chagrin que Ladis et son cher César avaient
eu le même sort. Cependant le major Larrey, en faisant sa
tournée afin d'ordonner le transport de ceux qui pouvaient supporter le voyage vers Kœnigsberg, reconnut Clairon, le caressa,
lui renouvela sa promesse et déclara à la mère Antoine qu'étant
malade elle-même elle était autorisée à rester à l'hôpital, où
elle servirait à soigner les blessés quand elle serait plus forte.

La mère Antoine, dans son effusion, baisa la main de l'excellent homme et, le lendemain, conduisant Pologne par la
bride, la charrette ayant servi à faire du feu dans un moment
désespéré, elle suivit les voitures d'ambulance qui se diri-
geaient vers Kœnigsberg; bien lui en prit, car deux jours
après les Cosaques chassaient et pillaient les malheureux restés
à Vilna. Des juifs qui, attirés par l'appât de l'or, avaient
offert leur maison et leurs soins à plusieurs blessés ou malades,
ne rougirent pas de lancer ces malheureux par les fenêtres,
afin de paraître amis des Cosaques !

Quant à Mario, il n'avait pas grossi le nombre des morts à
la Bérésina, comme le pensait la mère Antoine. Sorti sain et
sauf des eaux glacées du fleuve, il n'avait pu rejoindre ses
compagnons et, cédant enfin au découragement qui l'envahissait peu à peu, il resta avec les retardataires, ne songeant plus
qu'à se réchauffer et à se nourrir. Il n'était pas le seul qui
fuyait ainsi l'occasion de combattre : les souffrances avaient
glacé et engourdi les facultés de ces hommes, et ils mettaient
tout ce qu'ils avaient d'énergie à veiller avec un égoïsme sauvage à leur propre conservation, s'arrachant mutuellement les
rares proies qu'ils trouvaient, et cheminant seuls et silencieux

comme s'ils eussent été seuls. Il y avait loin de là aux rêves de
gloire et d'avenir qui avaient longtemps animé et soutenu
Mario. Il arriva ainsi à Kœnigsberg, où des maisons bien
chauffées, une nourriture abondante, des habits neufs furent mis
à la disposition des survivants. Mais la transition était trop rapide : le jeune Italien, dont la nature méridionale avait supporté
avec une vigueur miraculeuse tant de privations et de misères,
fut tout à coup saisi d'un mal contagieux et jeté à l'hôpital où
gisaient déjà du même mal une foule de soldats. C'était la fièvre
de congélation qui fit un grand nombre de victimes, parmi
lesquelles le général Éblé, l'héroïque vieillard de la Bérésina.

<hr>

CHAPITRE XXXII

RETOUR AU BERCAIL

E mois d'avril 1813 fut remarquablement beau en Italie ;
on eût dit qu'avec son radieux soleil, ses fleurs par-
fumées et ses gais oiseaux, il venait faire oublier les
angoisses et les deuils amenés par ses aînés. Un soir du 8 de ce
mois, Mme Brunetti, assise à la même place qu'elle occupait au
commencement de ce récit, relisait pour la centième fois peut-
être une feuille de journal sur laquelle étaient inscrits les noms
des soldats *connus* et restés dans les neiges de la Moscovie. Elle
était vêtue d'habits de deuil, son visage pâle et amaigri ne semblait avoir de vie que par ses yeux illuminés d'un feu sombre.

— N'avoir qu'un fils, disait-elle, en secouant lentement sa
belle tête mélancolique, n'avoir qu'un fils, et le perdre par un

concours de circonstances bizarres et cruelles ! Ce Tita ! qui
m'aurait dit, quand je venais en aide à sa misère, que par sa
faute je resterais seule au monde. Ah ! le criminel !

La main de Bianca, qui vint caresser doucement celle de la mère
désolée, arracha cette dernière à son douloureux monologue.

— J'ai tort, dit-elle ; toi, tu es ma fille chérie.

Et ses yeux creusés par l'inquiétude et la douleur laissèrent
tomber deux grosses larmes.

— Ma tante, dit Bianca, tout n'est pas désespéré, puisque
son nom n'est pas là !

— Hélas ! fillette, crois-tu qu'ils ont porté là les noms de tous
ceux qui ne reverront ni leur mère ni leur patrie ? S'il vivait,
ne m'aurait-il pas écrit ?

Bianca soupira.

— Va me chercher ma mantille, dit la mère en se soule-
vant lentement ; va, ma chère, j'entends la prière du soir qui
tinte à San-Tomasino ; nous allons y aller ensemble. Là seulement j'espère. Quand je suis en face de la Madone, il me semble
qu'elle n'a pas pu laisser mourir mon fils !

Bianca obéit, et quelques minutes après les deux femmes se diri-
gèrent vers l'église, ce refuge de paix, de résignation et d'espoir.

La nuit était déjà avancée quand elles rentrèrent à la maison :
la vieille bonne en venant ouvrir regarda sa maîtresse avec une
figure renversée qui frappa pourtant l'œil distrait de celle-ci.

— Quoi donc ! ma pauvre enfant ? dit-elle, que t'est-il arrivé ?

La bonne femme ouvrit deux ou trois fois la bouche pour
répondre, mais sans réussir à articuler un son ; elle leva vers
le ciel ses mains tremblantes, et finit par faire entendre un
rire nerveux et entrecoupé qui étonna et inquiéta Mᵐᵉ Brunetti.

— Cette pauvre femme a eu peur, sans doute, dit-elle.
Bianca, va me chercher un flacon, de l'éther, quelque chose.

Mᵐᵉ Brunetti tressaillit en entendant un cri aigu poussé par
la jeune fille, et lui trouva, quand elle redescendit, le visage
aussi bouleversé qu'à sa servante.

— Toi aussi! dit-elle ; quel mystère y a-t-il donc ici ? Parle, Bianca.

Mais Bianca, encore moins maîtresse d'elle-même que la vieille servante, se mit à sangloter en se jetant au cou de sa tante.

Celle-ci sentit une émotion indéfinissable, mais elle s'élança avec une agilité d'enfant au premier étage. Sa chambre était ouverte, et la lampe avait été rallumée : sur un tabouret de tapisserie, en face de son fauteuil, à la place qu'occupait Mario d'ordinaire, un homme était assis : la mère l'envisagea en une seconde ; malgré la longue barbe qui couvrait son visage maigre et pâle, malgré sa maigreur et l'air de souffrance répandu sur ses traits, elle le reconnut dès le premier abord et, saisissant sa tête entre ses mains, elle le couvrit de baisers passionnés et nerveux.

— Mario ! dit-elle enfin ; Mario ! Dieu a eu pitié de moi !

— Ma mère, répondit Mario, ma mère bien-aimée, quel bonheur de n'être pas mort sans vous avoir revue ! M'avez-vous pardonné au moins ?

— Hélas ! répondit Mme Brunetti, ce pardon, mon cœur te l'envoyait chaque jour, à chaque instant, à chaque minute avec toute ma tendresse.

— Que vous êtes bonne et généreuse, moi qui vous ai tant fait souffrir ! dit Mario en voyant avec tristesse l'altération des traits de sa mère.

L'expression de joie qui éclairait alors le visage de Mme Brunetti disparut pour faire place à une gravité triste.

— Tout le monde a été généreux et bon, Mario, et ce n'est pas moi qui y ai eu le plus de mérite.

— De qui parlez-vous, ma mère ?

— Regardez, Mario, ne voyez-vous pas une place vide ? n'ai-je pas des habits de deuil ? Mon fils, celui qui pendant quinze ans a vécu à mes côtés, celui qui a pris soin de votre enfance avec tant de sollicitude que j'en étais jalouse, celui-là est mort en vous pardonnant et en s'accusant lui-même de trop de sévérité.

— M. Brunetti?... dit Mario.

— Mort il y a quatre mois, emporté par une mort subite et rapide. Il n'avait consenti à votre départ que parce qu'il croyait que vous resteriez sur les frontières : il a souffert de tout cela.

Et Mme Brunetti donna des larmes à la mémoire de celui qui l'avait souvent fait souffrir, mais dont le cœur avait toujours été honnête et droit.

Le retour du jeune soldat éclaira comme d'un rayon de soleil cette demeure si triste depuis un an ; nulle inquiétude ne devait subsister pour l'avenir. Mario avait été fait l'unique héritier de son absolu, mais généreux beau-père, et on n'avait pas à redouter une nouvelle séparation, malgré la rigueur qu'on déployait pour se procurer de nouvelles recrues : à la suite de la fièvre qui l'avait retenu à Kœnigsberg, Mario avait perdu l'usage presque complet du bras gauche, ce qui l'avait fait réformer. Cette paralysie momentanée n'existait déjà plus que très légère à son retour en Italie et finit par disparaître. Malgré son bonheur, Mario avait des moments de tristesse que ne pouvaient dissiper la tendresse de sa mère, ni la gentillesse de Bianca, c'était lorsqu'il se rappelait Clairon si brave, si aimant, si gai, la mère Antoine si dévouée, Ladis si faible, et Moffino si fidèle. Il lui semblait parfois qu'il ne les avait pas cherchés avec assez de soin et qu'il était coupable de les avoir abandonnés. Un matin, en sortant de bonne heure pour aller à la caserne où étaient arrivés de nouveaux soldats, il s'arrêta, sentant qu'il avait foulé quelque chose aux pieds ; et vit, non sans dégoût, un être informe, meurtri, mourant, si maigre qu'on eût dit un squelette, qui à sa vue parut se ranimer et poussa un petit grognement joyeux :

— Moffino ! s'écria-t-il avec émotion, Moffino !

Le pauvre caniche, car c'était lui, s'avança en remuant la queue, mais il était si épuisé qu'il tomba.

— Mon chien ! mon bon chien, s'écria Mario les yeux pleins de larmes. Et, le saisissant dans ses bras, il rentra et le porta dans la chambre de sa mère, où les soins et les tendresses ne lui manquèrent pas.

— Je l'ai perdu au passage de la Bérésina, mère ! Ainsi songez quelle route il a eu à faire seul, à travers l'Europe. C'est unique cela !... Moffino, tu es un fidèle ami.

Le chien semblait comprendre et répondait par de tendres regards aux discours affectueux de celui qu'il avait tant cherché. Chacun rivalisa de soins auprès de lui, on le traita en hôte raisonnable et intelligent ; le repos, la nourriture lui rendirent peu à peu ses forces, mais il fut longtemps avant de reprendre son embonpoint et cette magnifique toison qui aurait jadis fait envie à un pur mérinos d'Espagne. On remarqua aussi qu'il avait perdu la voix dans ce voyage, mais on ne l'en aima pas moins : ses yeux remplaçant éloquemment ses aboiements éclatants ou tendres.

Comme on l'a deviné, Mario retrouva un jour Clairon et sa mère : la reconnaissance des deux amis fut touchante, et leur amitié, loin de s'être refroidie par l'éloignement, avait acquis une nouvelle force. Il faut dire aussi que l'intelligence de l'enfant de troupe s'était élevée dans ces épreuves, et que son esprit avait mûri à l'unisson de son cœur. La mère Antoine reçut pour sa retraite la direction de la cantine de la caserne *royale* de Milan, et Clairon, qui avait le droit de porter sa croix d'honneur, entra à l'école, où il reçut une instruction solide et élevée : puis il en sortit, on le mit dans les bureaux de l'intendance puisqu'il persistait à vouloir rester soldat et, malgré les revers de 1814, il eut un avancement rapide.

Et Ladis ? Mario et Clairon, tout en en parlant souvent, le croyaient englouti dans la Bérésina, et Clairon, qui croyait pourtant avoir expié le mauvais tour qu'il avait joué à Wladimir, regretta beaucoup de ne pouvoir racheter entièrement la faute qui lui avait paru si lourde, en donnant à l'orphelin une tendresse de père. Mme Brunetti avait dit plusieurs fois déjà que, si l'enfant se retrouvait, elle pourvoirait à son éducation lorsqu'un jour Clairon apporta de la caserne une lettre adressée à Mario et timbrée de *Trente*. La lettre était ainsi conçue :

« Monsieur Mario, fusilier au 106ᵉ régiment de l'armée d'Italie, — le bourgmestre de Trente. — Voici deux mois déjà qu'un enfant, disant se nommer Ladislas Lerowsky, Polonais de naissance, et enfant de troupe en votre régiment, est détenu dans la prison de cette ville comme vagabond ; il a été trouvé seul par les chemins, ses poches étaient remplies de grenats que nos paysans recueillent le long des roches : on l'a accusé de les avoir dérobés : l'enfant a nié avec énergie ; depuis plusieurs jours je l'ai observé avec attention : rien en lui ne m'a paru annoncer un naturel vicieux, au contraire. Il réclame votre caution. Donc, monsieur, si vous consentez à répondre pour ce jeune garçon, je suis disposé à le remettre entre vos mains. »

Mario, sitôt la lecture de cette lettre, n'hésita pas, et sa mère était trop heureuse de pouvoir accomplir la bonne action qu'elle voulait offrir à Dieu qui lui avait rendu son fils, pour s'opposer à son départ. Il franchit encore une fois les Alpes dans des dispositions plus gaies que l'année d'avant, et ramena l'orphelin dans les bras de Mme Brunetti.

« Tu auras une mère, Ladis, lui dit-il ; notre famille sera la tienne. »

L'enfant ne répondit pas, mais l'avenir répondit pour lui : il fut toujours digne de son nom, de son pays et de sa famille adoptive. Il prit du service et se distingua dans les armées françaises. Quant à Mario, il devint un homme utile à son pays et, comme ses premières études le portaient vers le droit, il fut reçu avocat et occupa longtemps un poste distingué. Il épousa sa cousine Bianca. Moffino mourut de vieillesse ; la mère Antoine vit les petits-enfants de Clairon. Un seul manquait au rendez-vous : le vieux Marengo qui, dès les premiers coups de Lutzen, avait rendu à Dieu son âme brave et loyale.

TABLE

Tours, imp. Deslis Frères, rue Gambetta, 6.

Contraste insuffisant

NF Z 43-120-14

www.ingramcontent.com/pod-product-compliance
Lightning Source LLC
Chambersburg PA
CBHW061443030726
47503CB00005B/1544